COLLECTION FOLIO

Antoine Audouard

La peau à l'envers

Gallimard

Antoine Audouard est né en 1956. Avant de consacrer vingt années de sa vie à l'édition, il avait publié trois romans. *Adieu, mon unique,* salué par la critique et traduit en douze langues, a marqué un retour à la littérature.

À Susanna, mon Unique.

No, one's story isn't a skin to be shed — it's inescapable, one's body and blood. You go on pumping it out till you die, the story veined with the themes of your life, the ever-recurring story that's at once your invention and the invention of you.

PHILIP ROTH,
The Prague Orgy

« Non, notre histoire n'est pas une peau qu'on peut dépouiller comme une mue — on ne lui échappe pas, elle est notre chair et notre sang. On ne cesse de la faire circuler en soi jusqu'au jour de sa mort, une histoire dont les veines sont les thèmes de notre vie, cette histoire perpétuellement récurrente que nous inventons alors même qu'elle nous invente. »

PHILIP ROTH,
L'Orgie de Prague

Cet homme qui attend dans la bibliothèque, qui ne peut ni s'asseoir, ni se lever.

Cet homme qui lit et ne lit pas, vérifie cent fois les objets dans ses poches, jette un coup d'œil par la fenêtre pour s'inquiéter de l'approche des nuages hauts dans le ciel.

Cet homme qui sort brusquement et dévale les escaliers pour aller respirer l'air de la terrasse. Il reste trois marches à descendre pour s'allonger dans l'herbe entre deux amandiers dont l'un tarde à fleurir...

Il remonte doucement, sans répondre à une question qui lui est posée. Il ne veut être désagréable avec personne : c'est juste qu'il ne voit pas, il n'entend pas.

Il pense à elle, bien sûr. Il se demande s'il a cessé un seul jour de penser à elle pendant toutes ces années. Un seul jour ? Allons donc, le voilà repris par cette sentimentalité larmoyante, excessive... Mettons : pas une semaine. Et alors ? Ça lui fait une belle jambe, une semaine. Est-ce qu'on dit à la femme qu'on a aimée : tu sais, j'ai pensé à toi au moins une fois par semaine ? C'est un amour d'expert comptable. Autant lui dire directement : j'ai failli t'envoyer des fleurs le jour de ton anniversaire. Tout de même, sérieusement, chaque jour, ou presque... Elles sont ainsi, ses pensées, décousues, frustrantes... Qu'est-ce qu'on fait pour ne pas penser des conneries pareilles ? Il serre les lèvres et se bloque le plexus, il ferme les yeux jusqu'à perdre l'équilibre.

Elle est là, juste à côté, il va la voir quand elle sera réveillée. Il y a encore des images qui passent en désordre, une confiture de rushes où des scènes minuscules sont projetées des dizaines de fois tandis que des bobines entières ont disparu. Les eaux mêlées de la vie. Il dit le mot tout bas, entre ses lèvres, comme s'il soufflait un oiseau : la vie. Il voudrait aussi bloquer les sentiments qui lui traversent le cœur et dire les choses aussi simplement que possible, dans une objectivité rassurante. Il ne dit rien, finalement, il ne pleure pas du tout, et il laisse son cœur battre à grands coups. Pour la centième fois il regarde par la fenêtre, s'arrête sur ce platane trapu dont la branche maîtresse, aussi épaisse qu'un homme, part à angle droit du tronc ; puis il balaie des yeux les livres dans la bibliothèque, les étagères bien rangées où aucune main ne vient jamais créer de désordre.

Le jour tombe imperceptiblement. Une minute, les nuages blancs ; la minute d'après violets, presque noirs. L'incendie habituel. Est-ce qu'il ne devrait pas pousser la porte, tout doucement, pour vérifier si elle n'est pas réveillée ? Même si elle dort, il resterait debout dans l'embrasure de la porte, à la regarder sans la voir, à deviner ce qui l'entoure et qui, peut-être, lui rappellera leur passé.

Une silhouette passe dans le couloir, il voudrait appeler mais ses lèvres trop sèches ne répondent pas, elles bougent à peine. Puis un homme entre, lui dit bonjour, s'assied à côté de lui, ils échangent quelques mots, il voudrait il voudrait, l'homme lui pose la main sur l'épaule et il sursaute avant de se calmer. « Peu importe les mots que vous trouverez, lui dit l'homme avec douceur, elle saura que c'est vous. » Il le dévisage : elle saura ? est-ce que c'est mieux ?

Cet homme qui confond les temps, conjugue au passé ou au conditionnel, mais avec peine au présent.

Cet homme qui attend toujours dans le soir orange et noir tandis que la brise fraîchit.

Cet homme qu'une jeune fille vient enfin chercher sans un mot, en le touchant seulement du bras avec intimité, et qui s'arrête devant une porte peinte en ocre où est punaisée une vieille photo du boxeur Marcel Cerdan.

Cet homme-là, peut-être moi.

[illegible]

[illegible]

[illegible] l'homme avec [illegible] [illegible]

Cet homme qui connaît les temps [illegible] passé ou au conditionnel mais avec peine au présent.

Cet homme qui attend toujours dans le [illegible] et [illegible] sur le [illegible].

Cet homme qui une jeune fille tient [illegible] [illegible]

Cet homme-là, peut-il être réel.

PREMIÈRE PARTIE

PARTIR

1

Dernier jour

Le matin, avant d'ouvrir les yeux, elle me demandait si je l'aimais.

Je ne lui répondais pas toujours mais je la prenais dans mes bras et je la serrais. Plus fort ne lui faisait jamais mal, plus fort n'était jamais assez. Le visage encore froissé de sommeil, elle murmurait de ces petits mots-là, et puis elle s'embrassait l'épaule avant de battre des mains en se répétant « Mon Dieu, que tu es belle ! ».

Après, elle roulait hors du lit et la journée pouvait commencer. Je restais allongé à deviner les bruits qu'elle faisait : si j'étendais la main, à un souffle près, elle serait encore là quand elle n'était plus là.

C'était une chambre sans espace et sans rien, un sous-les-toits d'où l'eau gouttait les jours de pluie, avec juste un matelas et une télé que je regardais la nuit, quand elle dormait.

— Tu m'aimes ?

Son regard bleu s'attarda sur moi et sa main

me caressa le nez, la joue, avant de se poser sur un coin chiffonné du lit.

J'avais envie de dire oui mais ça restait bloqué au fond de la gorge. J'esquissai un mouvement pour l'embrasser mais elle me repoussa.

— Tu m'aimes ?

Je ne voulais pas dire non et dire oui aurait été comme une injustice commise envers personne en particulier, une injustice tout de même. (La vérité m'était inconnue et pourtant, à certains moments terrifiants, son exigence me happait à la manière des trous noirs dans l'espace ; alors, je devais me taire devant la femme que je ne savais pas aimer.)

Tu ne le demandas plus. Tu glissas le long de moi et tu restas ainsi en bois mort malgré ma main qui essayait de te réchauffer en te broyant la hanche. Quand les sentiments se retirent le cœur continue à battre et le corps lui-même n'abandonne facilement ni ses désirs ni ses familiarités. Je ne pouvais pas te dire oui (t'aurais-je dit oui, au fond, que ça n'aurait pas changé grand-chose) mais je pouvais avoir le cœur serré à l'idée que tu partes, ou même que tu t'éloignes, et vouloir te garder contre moi aussi longtemps que tu voudrais.

Le soir même nous allions nous séparer mais je ne le savais pas ; si tu me l'avais dit je serais resté la bouche ouverte d'incrédulité. Le soir même j'oublierais ce matin qui ne reviendrait me visiter que des années plus tard, à l'heure où nous ouvrons les boîtes molles de nos confusions passées. Et pourtant il devait y avoir un rapport, n'est-ce pas ? C'est simple comme les choses qu'on apprend aux enfants : bonjour, au revoir, dis merci à la dame. Il faudrait pouvoir dire qu'on l'aime à la femme qu'on aime.

Dans cet entre-deux une musique glissa par-dessus les toits, du Mozart dans l'avenue Mozart où paraît-il j'avais à six mois vécu six mois dans un immeuble orange. Je me souvins de cette nuit d'été où, par la fenêtre ouverte, nous avions entendu immobiles l'un contre l'autre les gémissements d'une femme qui n'en finissait pas de jouir. Je me souviens, je me souvins : à tous les temps, les souvenirs sont comme des pierres pour traverser la rivière, et ça ne nous empêche même pas de nous casser la figure.

La veille, John Mac Enroe avait battu Bjorn Borg dans un match épique à Wimbledon et bien que je sois né la même année que Borg j'avais été joyeux, emporté par la danse du jeune homme mal élevé contre le professeur au bandeau qui voyait grâce à son strabisme des lignes et des angles là où les autres ne voyaient rien. De même que la beauté n'existe pas sans étrangeté de proportion, la perfection de son jeu n'avait été fondée ni sur la force, ni sur la grâce, mais sur une faiblesse apprivoisée, peut-être aimée. Pourtant j'avais timidement joui d'assister à sa première vraie défaite et plusieurs fois j'avais voulu te réveiller pour te montrer des coups. Mais c'était trop tard, toujours, toutes ces belles choses inutiles de la vie qui passe. Le temps que tu ouvres les yeux tu n'aurais apprécié ni l'intelligence d'un passing en bout de course, ni la pureté de neige d'une volée, mais l'éternelle et incompréhensible rencontre entre un homme qui roule et un homme qui tangue.

(Pourquoi ma mémoire me joue-t-elle de ces tours ? Est-ce que les finales, à Wimbledon comme à Roland-Garros, n'ont pas lieu l'après-midi ? Et pourtant j'ai ce souvenir précis et sans doute tout à fait faux de l'avoir regardée au cœur de la nuit, sur ta télévision couleurs qui ne marchait qu'en noir et blanc.)

Tu te levas et je prononçai enfin les deux syllabes de ton nom, si bas que tu ne pus les entendre. Je me souviens seulement que tu te retournas avec brusquerie, comme si je t'avais appelée, et mes yeux se levèrent sur ton regard plein d'une interrogation profonde et désolée. Contre moi, peut-être, tu avais pleuré comme on pleure parfois, silencieusement et sans larmes. Mais à cet instant, tu étais dans un lieu où j'étais incapable de te rejoindre. Avant de disparaître dans la salle de bains, tu posas sur tes lèvres un sourire bref, énigmatique.

Puis le bruit de l'eau emporta tout.

Tu partais travailler toujours si tôt, en ce temps-là, et je détestais, j'avais toujours détesté, cette sorte de divinité adulée par toi et qui semblait capable de t'arracher à moi à tout moment, où que nous soyons. Quand tu prononçais ces mots : « Je dois aller travailler », je sentais un arrêt tomber sur ma tête et ma nuque pliait. J'avais beau protester ou rager, bouder, plaisanter, aucune tactique ne pouvait te faire dévier de ton cours. Tu étudiais dans les cafés et les autobus, tu étudiais en marchant et peut-être en dormant; même nue, je te soupçonnais d'être capable de faire surgir un manuel d'entre les draps. Parfois, dans les moments les plus intimes, j'avais l'impression que ce n'était pas moi que tu regardais mais le tressaillement d'un muscle ou l'emboîtement complexe de deux os. Je frissonnais. L'homme qui tremble dans tes bras et l'homme radiographié, palpé, scannérisé, sont le même homme.

Ce matin-là, pourtant, je trouvai non le moyen de te retenir mais du moins une fêlure dans ton armure de guerrière d'un combat où je n'avais pas part. Cela ne changeait rien, mais introduire du regret, une brève hésitation dans ta détermination fut une sorte de victoire vaine dont je ne sus même pas, sur l'instant, que je la remportais parce que la guerre était finie — j'allais déserter et te laisser te battre, faire de ta vie ce que tu voulais tandis qu'elle me ballotterait, me concasserait de doutes.

Bien qu'on fût en automne, tu portais une jupe légère où l'été s'attardait. Tu t'étais assise à ton bureau pour remplir une enveloppe et je voyais ton profil sage dans lequel je voulais mettre du désordre.

— Tu vas encore bosser avec ce con de Christian ?

Tu ne levas même pas les yeux.

— On fait mieux ça à deux.

— Redis-le, j'aime ça.

Tu posas ton stylo et me considéras sans agacement, avec la patience particulière qu'on réserve à ceux qui ne comprennent *jamais* rien.

— Je travaille mieux avec Christian que toute seule.

— Christian est un con. Je ne pourrais pas passer un quart d'heure avec un con.

— Christian est arrivé premier à l'internat.

Je ricanai.

— C'est sûr, ça le rend moins con.

Tu haussas les épaules sans répondre. Un instant, je fus suspendu entre le tremblement de colère de celui qui ne fait rien et l'envie de laisser tomber, l'indifférence d'un frustré. Quelque chose dans le mouvement de ta main qui traçait un nom inconnu sur une enveloppe en décida autrement. Je posai un doigt sur ta cuisse et l'y laissai immobile. Un doigt, et non la main ;

aucun mouvement. Ton regard sauta sur moi, se reposa sur ton enveloppe. Au moins, tu ne bougeais plus : ta main s'était immobilisée à mi-course d'un nom de rue, tes yeux étaient fixés sur un coin du bureau. Moi qui voulais toujours parler, la sagesse me vint par la peau et je n'énonçai que la vérité d'une caresse, les doigts tremblants et plus certains que moi de ce qu'ils allaient accomplir.

Ta peau blonde avait gardé sa teinte sud d'enfance. J'y attardais parfois ma paume comme si du sable me glissait entre les doigts et dans le froid d'hiver elle me donnait du soleil à travers la vitre. Il faut qu'un étonnement survienne pour que se craquelle un instant l'ordre de nos désirs. L'étonnement était là, sous cette peau que j'avais débarrassée de ses fleurs artificielles et que je plissais à mon gré, y puisant une douce, une invincible envie de lenteur.

Quand le tissu se prit sur la chaise, tu fis un mouvement pour te dégager; il n'y eut ni craquement ni grincement, et même je n'étais pas très sûr que tu m'aies aidé. Ce que tu avais défait je le refaisais en froissé, ce que tu avais découvert je le recouvrais du bout des doigts, mais ton tremblement n'était pas même le début d'une impatience et sous mes doigts se tricotait du temps, comme si nous avions tout le temps alors que le temps était fini, presque.

Ta peau ne glissait plus si bien, il y venait l'humidité de la sueur, celle du désir (et pourtant, tout ce temps, immobile, le stylo en l'air, les yeux posés sur un ailleurs où je n'étais pas, cette façon de rentrer en soi qu'ont les femmes à ce moment-là, qui exaspère et fascine les hommes).

Je ne te regardais jamais t'habiller — ou peut-être était-ce toi, pour des raisons ignorées, qui te cachais pour devenir en un tournemain cette étrangère que je voyais partir, armée pour affronter le monde où je ne savais entrer. Un instant tu étais nue entre mes bras, les yeux fermés sur ton désir, l'instant d'après tu étais jetée là-bas : hors d'atteinte, toujours, finalement.

L'univers de tes vêtements était à la fois secret et sans attirance pour moi : une fois habillée tu étais toujours trop tard et le temps où je te gardais dans l'enchevêtrement des draps était toujours trop court. (Plus tard seulement, j'ai connu ce plaisir de l'effraction soyeuse, de ces mains qui tâtonnent, de ces odeurs familières au bord desquelles on hésite.)

Je ne regardais plus que ton visage qui disparaissait dans la brume lorsque mes doigts sentirent l'élastique relâché de ta culotte. Si j'avais connu le conte de la jeune fille dont l'immobilité fait rivière, j'aurais souri : ne bouge pas, ma belle amante, sois immobile de l'immobilité des sources. Si j'avais dû deviner quels sous-vêtements tu portais, j'aurais désigné des choses sages et serrées, parfaitement ajustées, d'un coton blanc sans tache. La surprise de cette culotte trop grande, une de ces pièces abandonnées au fond d'un tiroir, qu'on garde par lassitude, qu'on enfile par erreur, ne ressemblait pas à l'organisation constante de ta volonté. Elle me bouleversa plus que le reste et fit céder toute prétention que j'aurais pu avoir au contrôle de moi-même.

Je plongeai.

Je bus à bouche perdue entre les cuisses, bus comme si tu ne devais plus jamais couler, bus à la manière de ces malheureux que l'on voit arriver après des semaines de désert et qui lapent à même la mare, bus comme un desperado sans prendre le risque de te déshabiller, ou même de te faire bouger d'un centimètre, bus à cette béance ouverte par ta carelessness.

À l'étage du dessus tout était silencieux mais au sous-sol ton corps m'envoyait son énergie sourde. Là non plus tu n'avais pas bougé mais tu étais ouverte et par une reptation dont seul le résultat m'importait tu me laissais pénétrer en toi plus profondément que si j'avais été en toi.

À supposer que j'en sache quelque chose aujourd'hui, je ne savais rien du sexe en ce temps-là. Mais sous ta jupe d'été que je fanais à grande vitesse, j'eus l'instinct heureux de me rassasier de la délicatesse de ton goût salé tandis que je transformais ta vieille culotte en chiffon mouillé de plaisir et de salive. Comme toutes ces bonnes choses-là, c'était à la limite légèrement dégoûtant, un peu ridicule et terriblement excitant. Je léchais à n'en plus pouvoir respirer, les oreilles remplies d'un bourdonnement infernal dans lequel nos souffles se mêlaient, travaillé par la crainte sourde que si je m'arrêtais un instant tu te lèverais et me planterais là, sans un mot, pour aller bosser avec ce con de Christian.

C'est ici que je te disais oui, ici que je m'étouffais d'amour pour toi, quand j'avais trouvé le moyen provisoire de nous réduire au silence. Toutes les conneries que nous avions pu nous dire, toute cette confusion que nous appelions nos sentiments, tout pouvait s'écouler et tout pouvait s'avaler.

À l'épuisement je me laissai tomber par terre, toujours en rage de toi, te sentant t'éloigner à la seconde où j'entendais ton souffle précipité, où j'avais encore dans la bouche, sur la langue et les lèvres un goût de toi-même que tu ne connaissais pas.

Je me hissai sur les coudes pour te voir. Tes cheveux étaient défaits, tes vêtements comme après une nuit de train mais l'ordre était revenu dans tes yeux voilés de la seule trace d'une ombre. Tu me regardais sérieusement et, sans que tu aies besoin de me dire un mot, je savais déjà que tu étais en retard et que ce con de Christian n'aimait pas attendre.

Peu à peu, et toujours en silence, le sourire

sérieux se posa sur ton visage et ta main lissa ce que ma main avait froissé. Tu fis le tour de toi-même et considéras que tu étais prête pour le monde. Je songeais qu'il y avait là-dessous une culotte entrebâillée et je m'accrochais à ce souvenir, si j'ose dire, de toutes mes dents, pour ne pas désespérer.

Je me laissai tomber à terre en émettant un bruit étrange, mi-soupir mi-râle, où il n'y avait pas de satisfaction. Je fermai les yeux. J'entendis que tu glissais à terre. Tu effleuras mes lèvres d'un coup de doigts, d'un coup de langue, avant de te relever d'un bond. C'était ainsi : tu ne me laissais jamais le temps de jouir des surprises que tu me faisais.

Je me relevai.

— Tu ne te changes pas ?

— Pas besoin. Tu te souviens qu'on déjeune avec mes parents ?

Que je m'en souvienne ou pas était indifférent ; c'était le genre de choses pour lesquelles ta présence faisait une moyenne impossible avec mon absence. Ton regard s'adoucit.

— Je peux te demander quelque chose ?

— Quoi ?

— Tu ne vas pas te mettre en colère...

— Non.

Elle prit une longue inspiration.

— Je voudrais que tu mettes une cravate.

Je la considérai avec stupéfaction, incapable de répondre. Je voulais sa culotte et elle voulait ma cravate : c'était un peu simple de dire que nous en étions arrivés là mais il y avait plus faux. Mes mains s'agitèrent autour de mon cou et je hochai la tête en essayant de construire un sourire.

Elle partit et, dans la grâce de danseuse de son déplacement, il y eut un dernier regard vers moi, où je vis perler à sa lèvre l'écume du goût que j'avais eu d'elle.

Tes parents ne m'aimaient pas.

Je n'étais pas fait à leur goût, charrieur d'inquiétudes, porteur de noises. Tu m'avais rapporté une phrase de ton père : « Il n'est pas fiable. » J'étais bien reconnu dans la songeuse fumerie de mes incertitudes; j'apportais tout un désordre de malheurs imprévisibles au lieu que les leurs s'étaient figés dans une routine rassurante : avec un peu de constance et de bonne volonté, ce que l'on a nommé un peu vite « insupportable » devient une habitude comme les autres.

Ton père avait les épaules carrées d'un patron sportif et des yeux gris acier qui n'en finissaient pas de désapprouver. C'était un homme malheureux qui fabriquait des savons et des téléphones pour ainsi dire contre son gré ; il n'aimait qu'un drôle de genre de poésie mais il l'aimait vraiment. La seule chose qui pouvait lui faire emplir les yeux de larmes c'était dire quelques vers d'Aragon. Développer des marchés, fabriquer de nouveaux produits, diviser et régner étaient pour lui d'atroces contraintes dans lesquelles il préférait se rendre odieux; il y avait dans la morosité de sa solitude une fierté un peu méprisante, désespérée et dont je ne compris que des années plus tard combien elle était touchante. Banalement, sa femme avait des amants et regardait des films pornographiques; une fois, comme je faisais semblant de me rendre utile, elle m'avait frôlé et j'avais l'empreinte d'un sein trop lourd, l'odeur écœurante d'un parfum qu'on ne porte pas à vingt ans.

Leur appartement était un grand veau que la vue sur la Seine ne parvenait pas à éclairer. Certaines pièces n'y avaient pas été visitées depuis un siècle. On y collectionnait de l'art qui, à force d'être moderne, était devenu ancien; le goût de l'antique se confondait avec un entassement où tout s'empoussiérait, mourait avant d'avoir vu le jour, rencontré un regard sincère.

Je ne me sentais bien que dans la chambre de ton frère, un petit diable brun de quinze ans qui allait à l'école un jour sur trois, hurlait seul pour se distraire et qui, suivant de vagues indications, allait pisser la nuit dans le bain tiède de la bonne en espérant l'engrosser. Il aimait partir à l'aube avec une corde sous le bras et escalader la façade de l'une ou l'autre des églises parisiennes pour manger son croissant sur le toit : cela apparaissait aux siens comme une bizarrerie au milieu des autres. Il ne les avait réellement effrayés que le jour où, avec deux heures d'avance, il avait tranquillement annoncé la mort d'une grand-mère dont personne ne se souciait mais qui, par suite de ce miracle de voyance, acquit rétrospectivement quelques qualités magiques. Il développait des photos qui ne représentaient rien que des amas de feuilles, des structures métalliques, des monstres flous virtuels ; sitôt tirées, sitôt détruites. Mais dans la bulle de temps où, à la lumière rouge de la pièce hermétiquement fermée, il avait les mains plongées dans le bain du révélateur, un être surgissait hors de sa frénésie, un être aux gestes calmes et précis qui savait ce qu'il entreprenait dans un but connu de lui seul.

On n'était vraiment bien qu'à la cuisine, malgré les barreaux fixés à la fenêtre sur cour. Il était possible d'y brûler des casseroles et de casser des assiettes sans crainte d'être dérangé. Moi qui avais vécu dans l'exiguïté, sans pouvoir échapper à un reniflement de ma sœur, je découvrais que la grande bourgeoisie est affaire de distance : au bout d'un long corridor, le bruit des larmes et des rires est vite couvert par celui d'un aspirateur.

L'entrée était une rotonde où l'on patientait

sur une banquette inconfortable en regardant une vue de Venise et le portrait de deux faux ancêtres. Je portais une cravate en cuir rouge et mon unique costume que j'avais soigneusement repassé à la paume, espérant trouver dans la tranquillité du mouvement des raisons de me rendre où je ne voulais pas aller.

« Ils veulent mieux te connaître », avais-tu dit d'un air engageant et j'avais grommelé, conscient du piège où je tombais mais incapable d'y échapper. Mieux me connaître ? Je ne me le souhaitais pas à moi-même, qui passais ma vie à m'échapper. Alors à eux... Il n'y avait à connaître que les suites incertaines d'un bombardement hormonal dont j'étais mal remis et qui se traduisait en paroles brutales, en mouvements inconsidérés, en souffrance de la famille inconsolable. Il n'y avait à connaître qu'un grand jeune homme au début de sa longue, de son interminable adolescence et qui n'en finissait pas non plus d'enterrer une enfance incompréhensible.

Si j'avais su j'aurais ricané mais je me croyais plus malheureux que je n'étais.

— André, vous voulez un apéritif ?

Elle disait André avec un *r* mouillé, comme si mon nom était traduit de l'anglais. Je songeai fugitivement à l'improbable Duding incarné par Jean-Jacques Rousseau sans la moindre confiance. Son verre de porto à la main, elle avait l'autre main rapide et désinvolte, une lueur de panique au fond des yeux. J'essayais de la trouver laide, avec ce fard trop lourd sur son teint trop mat, avec ce corps qui se déplaçait trop lentement. Ton père était immobile, debout, les bras croisés devant son costume croisé couleur bleu banque et qui tombait pile où il fallait. On avait le sentiment d'une erreur quand on les regardait tour à tour : lui beau, froid, impeccable ; elle qui tombait, qui embrouillait les mots et riait quand il ne fallait pas, toute seule. Il y avait tellement de place entre eux qu'on ne savait pas où se mettre.

Mon costume me grattait et malgré mes efforts ou peut-être à cause d'eux, le nœud de ma cravate ressemblait à un paquet mal ficelé. Mes seules activités du matin avaient consisté à fixer interminablement la première et la dernière phrase du *Tractatus* de Wittgenstein. « Le monde est tout ce qui a lieu. » « Sur ce dont on ne peut parler, il faut garder le silence. » Entre les deux je ne comprenais rien et cela même je ne le comprenais pas, sinon qu'il y avait de quoi devenir fou.

Ton père ne cessait de me regarder à la manière d'un évêque avant une cérémonie. Quelque chose d'important — mais quoi ? — allait se passer.

— Qu'est-ce que vous comptez faire ? me demanda-t-il sans sourire et sans préciser.

Je manquai renverser mon verre. « Intellectuellement il n'y a que des impossibilités » était la réponse qui m'était venue à l'esprit mais je ne savais pas si elle pouvait être drôle ou stupide. Les deux à la fois, sans doute. Il ne poursuivit pas et nous restâmes, le souffle coupé, dans cette gêne préférable où l'un ignore ce qu'il voudrait savoir tandis que l'autre ignore ce qu'il pourrait répondre. Ce qui nous rassemblait n'était guère que ce qui nous séparait : cela ne suffit pas à créer un lien, ni même une conversation décente.

À table, ils s'efforcèrent à une gentillesse dont, par vengeance, je décrétai qu'ils n'avaient aucune envie. Toi, tu faisais le spectacle mais je n'arrivais pas à te regarder. Le goût écœurant de l'avocat vinaigrette emportait dans ma bouche la douceur amère de ton sexe. Je m'essayais aussi, sans habileté, à l'amabilité hypocrite. Un écrivain dont j'avais oublié le nom prétendait que l'incapacité à tenir l'art de la conversation n'était ni timidité ni fierté, mais pure bêtise. Or je ne finissais pas mes phrases et l'idée la plus simple à exprimer devenait incohérente — c'est ainsi, à l'aune de la sienne propre, qu'il faudrait juger de la stupidité des autres : que si l'intolérance l'emporte, au moins elle ne nous épargne pas.

Une mare de tristesse clapotait en moi et le repas ne passait pas. J'avais l'intuition nauséeuse que je ne voulais pas de ça et que, malgré tes efforts, je n'y échapperais pas si je ne m'enfuyais pas.

Avec cela, ton frère faisait parfois une apparition de ludion, bondissant autour de la table comme si la chose était très drôle — et ton père impassible, indifférent.

C'est étrange d'y repenser mais cette journée était sans que je le sache une sorte de tournée d'adieux : ton visage de fiancée, celui des tiens que je ne reverrais jamais que par hasard et qui se détourneraient de moi (tout ce malheur qui les accablerait et dont tu sortirais miraculeusement indemne jusqu'à jusqu'à), tout resterait fixé par ce lent travail du temps, cet oubli d'où ne s'arrachent que des détails inutiles, des ridicules.

À la fin, comme le café était servi, ton père se leva et il posa les yeux directement sur moi. « Maintenant que notre fille vous a choisi, André, et qu'elle est sûre de son choix, je voudrais vous dire que nous sommes heureux de vous accueillir dans notre famille. »

Choisi, famille... Il m'aurait parlé de l'arrivée des extra-terrestres que mon sentiment d'étrangeté n'aurait pas été plus grand. Il se rassit et les regards se tournèrent vers moi. Étais-je censé me lever, faire un discours ? Je fus submergé par la honte, le sentiment de mon inadéquation. Oui, toute fierté, toute fausse arrogance s'étaient retirées de moi et je ne ressentais qu'une humiliation profonde et désolée. Je n'avais plus besoin du prétexte de leurs défauts pour me sentir différent d'eux et inapte à faire ce que je devais faire, à dire ce que je devais dire. Je n'en étais pas capable, tout simplement.

Je ne me souviens pas de ce qui vint après. Sans doute avais-je atteint un point où tout s'anesthésia : embrassades et mains serrées, paroles et silences, au revoir et promesses, tout s'engloutit sauf la sensation de l'engourdissement qui me figeait le corps, de la sueur qui m'avait recouvert tout entier, le long de la colonne vertébrale et jusqu'aux chevilles, et de ces yeux gris et malheureux qui promettaient avec une générosité sans retenue que moi aussi j'aurais ma part.

Parfois il y avait un endroit qui s'appelait « chez moi » sans que j'aie jamais eu l'impression d'y être à la maison. C'était le vingt-deuxième étage d'une tour où tu n'étais venue qu'une fois et où tu ne revenais pas.

Mon lit sentait l'odeur des autres femmes. J'avais collé du papier au mur de ma chambre. Aussitôt il s'était décollé par pans entiers et je n'avais rien fait pour réparer ; ce qui se défait provoque un agacement passager, avant que l'habitude hébétée n'emporte tout. Il y avait de la laideur partout, à l'extérieur, à l'intérieur, il y avait de la méchanceté et de la peur, de la solitude et la seule proximité d'un logo qui clignotait de l'autre côté du fleuve, par les nuits claires. Je n'avais rien pour m'arrimer qu'une colère qui ne trouvait pas son objet.

De cette époque j'ai tout oublié sauf ces femmes que je n'aimais pas et dont je ne pouvais me passer, ces femmes que je cherchais sans cesse, en leur faisant des promesses le plus souvent (mais hélas pas toujours) silencieuses et que j'étais, de toute façon, incapable de tenir.

Je partageais l'endroit avec un camarade sérieux, un marin né le même jour que moi et qui me jugeait mal. Malgré ses cheveux ébouriffés et ses pull-overs rouges, n'ayant pas de temps à perdre, il était de ceux qui blâment tout et ne voient rien. Il avait crépi son mur à la chaux, sans doute pour avoir l'impression de toujours dormir à la belle étoile ; son amie était petite et brune, elle avait des yeux noirs étonnés et de gros seins un peu mous que j'aurais peut-être aimé toucher. Eux aussi, comme tout le monde, en savaient plus que moi ; simplement, leurs leçons m'endormaient.

Aussi, vers la fin, j'avais recueilli un émigré chilien qui avait pour tout bagage une boîte de couleurs. C'était un géant courbé qui répondait au prénom de Johnson, ce qui pouvait paraître étrange pour une victime indirecte de la CIA. Il m'emmenait dans des soirées où l'on buvait du vin rouge épais et où se tramaient des complots incompréhensibles. N'ayant pas d'argent, il communiquait avec sa mère restée au pays par le grand téléphone céleste ; quand il voyait un arbre il l'entourait de ses bras et appuyait sa joue contre l'écorce. Il était capable de s'arrêter au milieu de la rue pour une fourmi et il entrait tout seul dans de violentes colères contre le monde. Il me disait que la seule solution était encore d'être « marxien », ce qui avec sa prononciation donnait « martien ». Il rentrait parfois à la maison avec une femme au regard triste qui n'ouvrait jamais la bouche : je crois qu'elle avait peur de moi. Un jour il me dit qu'elle était une ouvrière normande et que j'étais le premier bourgeois qu'elle voyait de près.

Certaines femmes ont un goût de pomme, d'autres un goût de crevette, certaines femmes sentent le lait vanillé et d'autres — il faut bien le dire, c'est un peu surprenant — vous donnent carrément envie de vomir. N'ayant ni amour ni légèreté, je n'avais à leur offrir qu'une énergie brouillonne et à souhaiter qu'elles partent le plus vite possible.

L'une je la pris contre le placard de l'entrée, saisi par la seule excitation de sa hâte à me quitter pour prendre un train. Plus tard elle m'appela de la gare : elle avait raté son train. Je trouvai un prétexte pour qu'elle ne revînt pas.

Je voudrais raconter cela et que ce fût plaisant : ce ne l'était pas alors et ce ne l'est pas maintenant. C'était sans joie, sans ivresse, sans dignité. C'est ainsi.

Au milieu de tout cela, il n'y avait qu'un sentiment qui me donnait parfois l'illusion de m'élever au-dessus de moi-même : c'était celui que j'avais pour toi.

Et j'allais te quitter.

Je t'attendis chez toi.

Je ne devais pas répondre quand le téléphone sonnait et de toute façon il ne sonnait jamais dans la journée : tes amis te connaissaient et ils n'étaient pas les miens. (Je voudrais me guérir de cette hostilité qui, à toutes ces années de distance, me submerge encore mais je n'y arrive pas — pas encore. Il me semble que si j'arrive à dire qu'ils avaient des têtes de cons, ma propre tête de con se dessinera mieux. C'est une illusion qui cédera avec les autres.)

Je traînais à ne rien faire — ou plutôt à me désœuvrer dans de multiples commencements dont j'étais incapable même d'envisager la fin. J'écris « ne rien faire » et c'est faux. Si réellement on ne faisait rien, sans doute l'immobilité produirait-elle quelque chose, ce néant nous ouvrirait d'une certaine façon au monde; mais « ne rien faire » comme moi était une agitation perpétuelle et épuisante traversée de moments d'accablement où nul repos n'était trouvé.

Je songeais qu'à mon âge Wittgenstein avait déjà distribué sa fortune, fait la guerre et écrit l'essentiel de son traité. On le lisait à Cambridge et à Vienne, et tandis qu'il envoyait des boîtes à la figure de fils de paysans qui ne voulaient pas comprendre la poésie ineffable de l'algèbre, il devenait une légende sans le vouloir, sans le savoir. Je n'arrivais pas à le comprendre mais, avec Kafka, il était alors le seul que j'avais envie de lire : derrière un impénétrable paragraphe de logique se cachait une vérité qui m'était à la fois inaccessible et indispensable. Je me répétais qu'au fond c'était très simple et je terminais dans la cuisine à manger des biscottes. Je ne rêvais de fréquenter que des inguérissables, sans doute pour draper mes maladies d'une certaine dignité. Toucher si vite mes limites ne me poussait pas au courage mais à la paresse, ne me repoussait pas vers la folie mais vers l'inaction. J'avais peur.

Je déployais une nervosité jalouse face à ton entreprise ; après tout, mon cher W. avait poussé son ami Maurice Drury vers la médecine et sérieusement envisagé d'abandonner la philosophie pour la psychiatrie. C'était donc toi, forcément, qui avais raison, même si tu n'étais pas capable de retenir un fou rire devant les phrases que je te lisais sans les comprendre. Au moins tu mettais de la légèreté jusque dans ton sérieux, alors que je m'ensinistrais dans les tâches les plus futiles.

Après une journée où je m'étais dissous dans les traînailleries, tu revenais chez toi animée d'une énergie joyeuse, prête à faire la cuisine, à boire du vin, à lire des livres, à faire l'amour. Souvent tu ne t'attirais de moi que des ricanements, des chamailleries d'enfant. Pourtant — et je ne me l'explique pas plus aujourd'hui qu'autrefois — tu ne t'étais pas lassée. Tu persistais à me considérer avec une patiente et réformatrice tendresse.

Pour moi, je ne perds même pas de temps à penser qu'une sorte d'instinct me guidait, en dépit de moi-même ; je crois que j'étais seulement en proie au chaos, livré à la confusion.

Ce soir-là tu passas la tête, tu jetas ta sacoche et tu restas un instant à me dévisager.

— Ils étaient contents.

J'avais débouché du vin blanc et je coupais du saucisson. Ton regard bleu, ta tête penchée, l'infinie douceur de ton visage, la délicatesse de ta pose, peut-être si tu n'avais pas prononcé ces mots aurais-je tout lâché et me serais-je traîné à genoux jusqu'à toi. J'aurais accompli mes premiers actes sensés de la journée : t'enserrer les chevilles, t'embrasser en te couvrant de baisers mouillés et de petits mots imbéciles.

Je tournai seulement la tête vers toi.

Le couteau dérapa sur mon doigt et l'entailla profondément. La lame avait touché l'os et le sang jaillissait.

Tu fus tout entière dans ce mouvement : te précipiter vers moi, mettre ma main sous l'eau froide, sortir des glaçons... Je me laissais faire avec une hostilité rentrée que la douleur sourde ne faisait pas céder.

Quand mon doigt fut enveloppé dans un premier pansement que le sang imprégna aussitôt, nous nous assîmes face à face, de chaque côté de la table de couvent qui remplissait ta cuisine et qui était si basse que je n'arrivais pas à caser mes genoux.

— Contents de quoi ?

— Contents de te connaître enfin, que tu aies fait l'effort...

Tu avais vu la colère dans mes yeux et tu étais surprise.

— Je n'ai fait aucun effort, crachai-je, et ce que j'ai fait je ne veux plus le refaire.

Tu fis le tour de la table pour venir t'asseoir à côté de moi et m'entourer de tes bras. Mais le sang battait à mon doigt et j'avais la nuque raidie de refus.

— C'est juste que je voudrais...

— Tu voudrais quoi ?

Tu me lâchas et reculas sur le banc comme si je t'avais frappée.

— Je voudrais des choses simples...

Ton regard avait changé. Tu me demandais, en effet, de ces choses simples que les femmes demandent aux hommes, les choses sans doute que Marguerite avait demandées à W. avant de se résigner à les trouver chez Talla Sjogren (ce qui, malgré sa mort tragique au Chili en 1945, se révéla pour elle un choix heureux), des choses parfaitement raisonnables quand on a passé quelques années et qu'on a traversé sans se haïr les premiers étonnements de l'autre, les premières trahisons. Tu demandais avec douceur et précision, acceptant que je sois comme j'étais, incertain de ma vie, sûre d'être patiente et aimante, de rester sérieuse et stable tout le temps que je chercherais à tâtons.

Mes yeux se remplirent de larmes; je me sentais impuissant et ridicule. Je n'avais rien à opposer à tes paroles. Comme au cours du déjeuner avec tes parents, je nourrissais en moi une colère qui n'avait pas lieu d'être : ce que tu disais n'était pas seulement ce que j'ai dit (prévisible, normal, raisonnable...) mais aussi empreint d'une générosité que je ne méritais vraiment pas. J'avais la nausée à force de murmurer ce que tu n'entendais pas et qui était, de toute façon, inaudible. Quand tu t'arrêtas de parler je ne sus que dire : « Je ne peux pas. »

Sur le moment, je ne fus pas surpris que la violence, la soudaineté de tes larmes ne nuisent en rien à ton efficacité. Je ne sais lequel de nous deux tu connaissais le mieux mais d'une voix qui tremblait à peine tu dis aussitôt que tu t'en remettrais, tu ferais de ta vie ce que tu voulais, avec ta maison et tes deux enfants, je n'aurais aucune part à ça puisque je le refusais mais j'avais tort, oh combien, je ne savais pas combien tu étais merveilleuse (tu dis cela avec un sourire d'ironie qui en aurait fait craquer de bien plus durs que moi).

Cela coulait par tous les bouts et nous échangions des mouchoirs, moi à toi pour te moucher, toi à moi pour étancher le sang qui continuait à jaillir de sur ma coupure. Tu reniflais et je gouttais puis je me mis à renifler aussi surtout quand, après un silence, tu ajoutas solennellement :

— Tu mourras seul.

J'en étais bien persuadé et tandis que je me levais pour partir, embarquant la seule possession de valeur que j'avais laissée chez toi, une machine à écrire électrique qui pesait ses douze bons kilos, je m'éloignai en moi-même en pensant avec un mélange de désespoir et de délectation qu'en effet je mourrais seul.

C'était le genre d'arrêt qui n'étaient jamais perdus sur des types comme moi, dont le développement intellectuel avait trop tôt été bouleversé par Kafka et Kierkegaard, venant directement après les poésies de Francis Jammes. En début de 4e, en sujet libre de rédaction, j'avais audacieusement choisi : « Ma première frontière » pour faire le récit certainement palpitant d'un passage vers l'Espagne avec mes parents et ma sœur en Simca 1 000 ; trois mois plus tard je dissertais sur l'absurdité de l'existence et les possibilités de la révolution mondiale selon Trotski. Je ne m'étais jamais relevé de cette brutale mutation qui, tout bien réfléchi, ressemblait à un escamotage, et des phrases comme celles-ci faisaient et feraient encore longtemps impression sur moi.

Ma machine à écrire dans la main gauche (car je tenais levé mon index blessé, inutilisable, le sang continuant à goutter à travers une forêt de mouchoirs en papier), je partis en penchant d'un côté et en pleurant comme un veau. Je remontai l'avenue Mozart à reculons, en regardant vers ta fenêtre pour vérifier si, penchée au balcon, tu me regardais bien étouffer de peine.

C'est ainsi, à l'envers, que se termina notre histoire d'amour ; c'était une façon comme une autre de la commencer.

2

Exercices de logique

« Comme il serait étrange qu'une expédition géographique ne sache pas de façon certaine si elle a un but, donc si elle a même un chemin. » C'est pourtant dans ce non-sens que les mathématiques, les histoires d'amour et notre vie elle-même doivent se frayer la voie, par la logique ou par l'absurde.

Le temps n'y fait rien et nous ne sommes riches que d'un savoir ignorant. Le souvenir de nos sentiments se mêle à nos sentiments eux-mêmes, le présent s'éternise et nous épuise. Un éclat de voix et nous voilà le cœur battant, l'âme confuse ; nous n'en finissons pas de finir et quand la fin nous surprend, l'impression d'injustice nous étreint : nous n'en étions qu'au début.

Comme c'est difficile, comme c'est douloureux, cette exaspérante écorchure de l'enchevêtrement de soi, ce sac d'embrouilles dont on voudrait se débarrasser et qu'on porte malgré tout.

Rien ne tient à la tombée du soir. Ce qui était passé se produit de nouveau, éternellement, ce qui ne fut pas dit ou fait s'achève sans finir.

Si j'avais cru que te quitter me doterait d'une liberté nouvelle, je m'étais trompé.

Je me souviens que j'avais peur. J'avais peur de toutes ces lettres commencées et jamais terminées, peur de celle que j'avais conservée sur moi pendant des semaines avant de la ranger dans ma boîte bulgare comme un dernier paquet de cigarettes entamé, peur de ces coups de téléphone jamais passés, peur des silences et peur des mots, peur à dire que j'avais peur, peur à le taire.

Les premiers temps il m'arrivait de me réveiller étreint par une douleur incompréhensible : dans mon rêve c'était toujours la même scène où tu n'en finissais pas de me quitter en me tournant le dos. La conscience brutalement me donnait son *back-kick* : ce n'est pas elle qui est partie, c'est toi... Ce qui aurait dû être un soulagement me tenait longtemps entre l'insomnie et la nausée.

Ensemble nous avions vu *Baisers volés,* le film de François Truffaut, et nous avions ri de ce détective amateur et incompétent — et pour cela irrésistible — qu'incarnait Jean-Pierre Léaud. Je me pris pour lui mais il n'y avait dans cette période de ma vie (et peut-être même en moi) rien de la légèreté de funambule qui, quelque temps, préserverait Antoine Doinel. J'allais où je savais que tu serais pour me cacher et regarder comment tu accomplissais certains gestes, comment tu allumais ta cigarette, et si tu souriais aux autres. Ma jalousie — comment la nommer autrement ? — survivait à mon amour et je me prolongeais tout seul dans le rôle de ces amants abandonnés d'avance qui regardent l'autre en n'attendant plus qu'une *confirmation*. L'amour-propre seul me tenait à faible distance du ridicule d'une irruption chez toi au milieu de la nuit ou d'une série de coups de téléphone menaçants. Plus j'avais peur de m'être trompé, d'avoir creusé le malheur de ma vie, plus c'était à toi que j'en voulais.

À peine diplômée, tu t'étais lancée dans une vie qui voulait, comme on avait dit sincèrement quelques mois plus tôt, « changer la vie ». Hôpital Necker à Paris le matin, consultation l'après-midi dans un dispensaire pédiatrique à Vitry-sur-Seine : je n'avais pas de mal à t'imaginer pressée du matin au soir, retrouvant un élan où il n'y avait jamais rien d'inutile.

Je pris un jour rendez-vous en donnant un nom d'emprunt, craignant et souhaitant à la fois que la voix chaleureuse de la secrétaire au téléphone ne me dise qu'il n'y avait pas de place pour moi. Dans la salle d'attente j'étais le seul parent sans enfant et je me disais que j'aurais dû trouver un prétexte quelconque. Sur mon index gauche, il y avait la cicatrice toujours pâle d'une longue entaille.

Une ville naine s'étalait au sol, dépareillée, avec ses abominables chaises en plastique jaune, ses tables bancales et ses poupées auxquelles manquait un bras. J'exagère : il y avait aussi de ces soldats articulés que les garçons se disputent en émettant des bruits de guerre.

Accrochée au mur, incongrue au milieu des dessins d'enfant, je reconnus la photo de Marcel Cerdan. Le champion de boxe émergeait du mur avec au bout des poings l'invincibilité des fantômes. C'est une légende, cela, quand aux yeux de tous on affirme que plus jamais on ne sera battu. Il avait ce poil de taureau, cette rage particulière qui se dégage des sportifs petits.

Quand tu étais enfant, tu aimais la boxe parce qu'un oncle t'emmenait entre la France et l'Espagne dans des gymnases enfumés, aux salles secouées de sueur et de cris. Selon le côté des Pyrénées, tu hurlais « Tue-le » ou « Mata-lo » de toute la force de tes poumons et quand le sang coulait tu battais des mains sans savoir qu'au fond tout ça était très mal et qu'on entrait dans un monde meilleur où il serait interdit à l'homme de dégrader quoi que ce soit. Cette photo de Marcel Cerdan, tu l'avais découpée dans un journal et elle ne te quittait jamais, même si elle n'avait pas de place attitrée. Je l'avais vue sur ton bureau, accrochée au-dessus de ton lit à la manière d'une icône, posée dans un cadre en photo de famille.

Nous échangions nos souvenirs d'enfance : moi la corrida et toi la boxe, et nous nous émerveillions d'avoir supporté, d'avoir aimé toute cette violence et ce qui l'entourait. Là où je ressentais maintenant une indifférence dégoûtée, tu disais que pour toi cela était parti, complètement, il ne restait qu'un étonnement. Après la clameur le silence, après le goût des coups celui des caresses, comme si entre les deux il n'y avait rien eu, drogue devenue farine. Absence — et pourtant cette photo.

Quand ton oncle était mort, tu n'avais plus reçu les coupures de journaux avec les comptes rendus d'obscurs combats de welters qui n'avaient pas été à leur terme ; les noms de ces boxeurs ayant eu leur quart d'heure de maigre gloire semblaient tirés d'un catalogue, de ceux qu'on trouve dans les livres de Patrick Modiano, on ne pouvait les lire qu'à mi-voix et la sonorité s'en étouffait dans la ouate d'un oubli qui ne cesse pas, pas tout à fait. C'est étrange, quand en plein soleil la ville prend les couleurs d'un cimetière et qu'on a l'impression de ne plus parler mais d'ânonner des prières, comme une vieille, pour personne.

La porte s'ouvrit une ou deux fois pour de

vrais enfants qui toussaient et dont les nez coulaient. Bientôt ce serait mon tour mais je n'arrivais à rien voir de ce qui allait se passer quand je me trouverais devant toi, mon esprit s'attardait avec les figures du passé, les odeurs fades et inimitables, uniques et qui vont disparaître.

Parfois, ainsi, le monde nous submerge et nous avons le cœur piqué d'anonymes dont les destins minuscules entrechoqués nous font un univers bouleversant, plus grand que notre propre histoire. Alors nous nous oublions enfin, ne fût-ce que brièvement, et nous avons de la peine pour tous.

— C'est à vous, dit le visage souriant de la secrétaire qui cherchait vainement à côté de moi l'enfant que j'accompagnais.

— Excusez-moi, c'est une erreur, dis-je avec précipitation.

Je partis en murmurant des paroles indistinctes à l'enfant, l'enfant malade qui n'avait pas cessé d'être en moi et que tu ne pouvais pas soigner.

Cette consultation qui n'avait pas eu lieu me soigna de ma timide obsession de toi — ou plutôt elle la fit rentrer à l'intérieur de moi et tu n'eus plus à craindre des persécutions que tu avais dû, de toute façon, ignorer.

Rien n'était changé ; seulement je tournai

contre moi-même les épées de bois et les boucliers de plastique que j'avais brandis dans l'ombre. Les petits enfants jouent à cache-cache en se montrant pour être sûrs qu'on les trouve ; les adultes jouent au même jeu et se trouvent fiers de leurs belles cachettes, ne voyant pas que même s'ils se montraient en plein jour, il ne se trouverait plus personne pour venir les chercher.

« Tu mourras seul. »

Dans les mois qui suivirent, ces mots me hantaient, ils revenaient sans cesse dans mes nuits comme s'ils n'avaient pas été prononcés par toi mais qu'ils étaient sortis directement d'une zone de moi-même inconnue à moi-même.

Pour les manichéens, il y a les ténèbres, et il y a la lumière. Je comprends la fulgurance du succès qu'ils eurent aux premiers temps de l'ère chrétienne : c'est un succès d'aube de l'homme, la naïveté enthousiaste et radicale de celui qui veut faire son salut *une fois pour toutes.* Que les ténèbres soient en nous, indissolublement mêlées à notre lumière, de même que le corps et l'âme, c'est une découverte que nous faisons au prix de la souffrance. La vie n'est pas une contradiction surmontée mais l'incessant frottement des paumes qui se touchent et se repoussent, le mouvement de marée des oxymores : contraires joints mais non complètement confondus, dont en esprit nous nous représentons parfois des frontières dont l'abolition impossible nous met au cœur une tristesse définitive.

« Tu mourras seul. » C'est une banalité biologique — car quoi qu'on fasse, en effet, on mourra seul — ou une condamnation incertaine. Aurai-je assez de regard pour voir, assez de main pour toucher ? La douleur me laissera-t-elle en paix ? Y aura-t-il silence et solitude, et que passera-t-il dans le souffle ? Tout cela nous n'en savons rien, et rien jusqu'à la dernière minute. « Tu mourras seul. » Il m'était impossible (même si, étrangement, un de mes mots favoris était « lucidité ») d'y voir clair dans ces mots-là, de les comprendre, et je ne parvenais que fugitivement à saisir ce qui en eux était de toi. Nos peurs nous enferment à ce point que celles des autres nous échappent, étrangères.

Je fuyais, donc.

D'abord je quittai la tour, le marin né le même jour que moi et celle qui allait devenir sa femme. Johnson prit l'ascenseur avec moi, avec son air penché. Je lui sus gré (car il avait l'ordinaire bavard) de ne pas me demander où j'allais, ce que j'allais faire et pourquoi. Il avait sa façon à lui de se soigner, qui consistait à mettre des plants de cannabis un peu dans tous les endroits où il passait. Il disait que ça le consolait de la nostalgie de son pays, où il en cultivait des champs. Il me donna un sachet de laine colorée qui sentait l'herbe.

Je laissai mes quelques meubles et mes livres au milieu des immeubles et je partis à pied, mon sac en bandoulière. Le temps que je me retourne il n'y avait déjà plus rien, que Johnson tout seul au milieu de la cour comme un baobab triste dans une savane de béton. Tandis que je m'éloignais, l'impression d'allégement s'effaçait et je redevenais lourd comme un propriétaire alors que je n'avais rien.

Chaque soir, je voulais m'endormir dans les bras d'une femme et chaque matin je détestais me réveiller à ses côtés dans des odeurs étrangères, les bruits et les couleurs d'un exil. Je n'aimais pas le craquement du parquet des autres et la lumière grise dont elles se contentaient. Je n'aimais pas chercher un fond de bouteille de shampoing doux et une serviette propre dans une salle de bains trop petite.

Dans la journée, la solitude des cafés, les parties de flipper me semblaient seules susceptibles de peupler mon vide ; mais quand le soir revenait, je voulais en panique entraîner une autre femme dans un vertige d'émotions qui dureraient toujours mais n'auraient pas de lendemain...

Je me rendais compte de la merveilleuse familiarité qu'il y avait eu à commencer les journées avec toi. Voilà : je n'avais plus de chez-moi, plus de chez-toi, plus de nulle part.

Guéri de mes fantasmes détectives, je ne te

voyais plus jamais, et je me bouchais les oreilles pour mieux entendre quand on parlait de toi.

Je t'aimais dans cette absence, j'avais fini de te salir et je ne crois pas avoir été désormais jaloux de sentir que maintenant tu étais libre de devenir celle que tu voulais devenir, sans moi. Les choses se dérouleraient comme tu l'avais dit : tu rencontrerais l'homme qu'il fallait (si ce n'était pas déjà ce con de Christian), tu l'épouserais, tu aurais une maison et deux enfants et tu serais une femme réellement épatante qui soignerait les gens même contre eux-mêmes. Ton nom serait peut-être même attaché à une ou deux découvertes merveilleuses. Je t'admirais de loin mieux que je ne l'avais fait de près. Le manque de toi me rendait juste à ton égard.

Je m'accrochais à l'idée que je ne regrettais rien.

Quand je passais sous les fenêtres de l'appartement de tes parents, je songeais à cette porte maintenant fermée, que je ne pousserais plus, au regard gris de ton père, aux seins de ta mère, aux ancêtres qui vieillissaient dans l'entrée et à la banquette où l'on avait mal au cul.

Je croisai ton frère. Il me dit joyeusement :

— Tu ne viens plus. J'ai trouvé de nouveaux monstres et je ne savais pas à qui les montrer. Il n'y a que toi pour perdre du temps avec moi ! Tu me manques.

— Toi aussi tu me manques.

Nous nous regardâmes avec une affection que nous savions vaine : un mot de plus ne servait à rien. Il alla son chemin avec plus de vivacité que moi. Parfois, dans la souffrance d'être séparés des autres, nous trouvons une soudaine justesse. Obliquement, nous touchons la sagesse du « c'est ainsi » qui ne nous aide à rien.

La voie des méchants se perd : je me perdais dans le désordre des sentiers de mon âme, dans l'arrondi humide du corps des femmes. Saint Augustin jeune avait cru en la beauté, en l'harmonie des parties dans un tout qui n'était pas encore le Tout. Bref, il avait baisé et je baisais de même, n'ayant de foi qu'en l'obscurité des nuits où je pouvais me dissimuler, ricaner, jouir avant que le matin ne m'enveloppe de chagrin.

J'étais animé d'une frénésie, parcouru d'un tremblement froid, d'une passion sans passion, d'un désir irrépressible et sans objet qui ressemblait à une forme d'exaspération. « It was beyond my control », entendis-je des années plus tard répéter John Malkovich dans *Les liaisons dangereuses* (dont nous nous lisions alors des passages à voix haute comme si cela ne recelait aucun danger), et je me retrouvai dans cette honteuse revendication, ce triste triomphe, cet impossible et orgueilleux abandon de soi où l'on ne parvient ni à se magnifier ni à s'anéantir.

Une de ces femmes m'attendait souvent en se cachant sous un porche. Ainsi à moitié dissimulée elle se faisait voir de tous. Elle pratiquait la vénération d'un philosophe unique dans une sorte de secte où un gourou à l'œil sombre organisait des déclamations poétiques, des joutes sur *Être et Temps* et des pizza-parties où l'on devait apporter son Tintin. Bien sûr il se tapait toutes les filles, ce qui paraît bien normal — à quoi bon la concentration intellectuelle et les sacrifices permanents de la direction de conscience si on ne retire pas quelques avantages ? Elle était la seule qui ne lui avait pas cédé, non qu'elle fût la plus laide mais son innocence (qui pouvait passer pour de la bêtise) avait quelque chose d'inattaquable.

Quand j'étais en retard — ce qui était presque tout le temps — je la trouvais plongée sans sourire dans la lecture des poésies de René Char, qui faisait partie de la liste des produits autorisés. Ou bien alors elle jouait de la flûte, ce qui me donnait terriblement envie de rire.

Après quelques soirées, je l'avais embrassée dans un jardin public et j'avais touché sa fente étroite. Elle m'avait dit qu'elle était vierge et demandé solennellement si elle pouvait me faire confiance. Confiance ? mais comment donc, mais bien sûr, mais plus encore... J'étais le type le plus confiant en confiance le plus confectible confit plus confiture la confiance et moi étions une vieille histoire... Je voulais m'enfouir dans sa blondeur bouclée, vénitienne, odorante, je voulais ouvrir ce qui était fermé, créer dans la nuit une bulle qui n'en finirait pas de gonfler. Je mis des courants d'air dans sa robe indienne et tandis que dans l'inconfort d'un banc je pénétrais enfin en elle l'arrosage automatique se déclencha dans le jardin et je lui confiai pour calmer sa peur (il y a des lumières, on va venir !) qu'à la différence de beaucoup d'hommes je n'avais aucune fascination pour la virginité.

Le lendemain, je rompis par pneumatique. (Je te parle d'un temps que les moins de vingt ans, etc. L'idée de la revoir un soir de plus, de l'entendre jouer de la flûte une mesure de plus — et surtout l'idée de son regard triste, de son absence de protestations quand je lui dirais qu'elle avait eu tort de me faire confiance — m'étaient insupportables. Et puis de toute façon, ce n'était pas vraiment avec elle que j'avais voulu coucher, mais avec son amie.)

Je me souviens de cette vie, dans la brume, de ces lucioles qui s'allumaient parfois, jamais pour longtemps.

Pendant des années, tu sais, ça m'est revenu comme des relents de vieille cuite, quand on a été si mal qu'on s'est dit « plus jamais ça » et qu'on a recommencé tellement de fois qu'on préfère essayer d'anesthésier le muscle du souvenir — c'est un entraînement pas plus difficile qu'un autre.

Je t'en dirai d'autres, plus tard, comme ça, ni

par fierté, ni par honte (un peu plus par honte que par fierté, tout de même), pour que tu saches et que je sache aussi.

J'avais fini par déménager dans un deux-pièces qui donnait sur une cour sombre, où je n'aimais jamais rentrer et où j'avais toujours l'impression d'avoir froid. Le seul meuble agréable était une malle qui ne m'appartenait pas (rien ne m'appartenait, sauf un petit tapis et un appareil photo) et que j'avais déplacée près de la fenêtre pour m'y asseoir à califourchon quand, vers quatre heures les après-midi d'été, un rayon de soleil passait pour quelques minutes.

J'avais aussitôt racheté ou volé les quelques livres dont j'avais besoin — Ludwig et les autres. « La philosophie doit délimiter l'impensable de l'intérieur par le moyen du pensable. Elle signifiera l'indicible en figurant le dicible dans sa clarté. » (*Tractatus,* propositions 4.114 et 115.) Je restais à clignoter devant ces phrases jusqu'à ce que la tête me fasse mal. Elles se transformaient en formes, en couleurs, en sons et bourdonnements — puisque aussi bien le monde n'était qu'affaire de langage, il me semblait que mon cerveau et mon corps lui-même étaient en même temps traversés de part en part par le multiple des langages possibles, sans que ma compréhension débouche sur beaucoup mieux qu'une migraine persistante. Je n'atteignais pas le point de mon ami Rachid, qui à force de vouloir toucher ces murs-là devint à moitié cinglé et dut pendant un an se réfugier au bled, avec interdiction de parler à plus évolué que la chèvre.

Pourtant je voulais croire, désespérément...

À défaut de fréquenter l'église, je m'étais trouvé une sainte à qui je vouais un culte chargé de mépris. Ma dévotion n'était pourtant pas contestable et, même aujourd'hui, je dois mettre une capitale à l'initiale de son Cul.

Elle avait de petits seins et des épaules étroites, des lèvres fines et un nez trop grand pour son visage. Il me semble que vous étiez vaguement cousines — de tes amis et relations elle était la seule qui, étrangement, m'avait appelé pour me demander si j'avais besoin de quelque chose. Tu parles.

Elle avait essayé des ingénieurs et des acrobates, des instituteurs et des pompiers mais au fond, tout au fond, elle préférait les artistes.

Nous eûmes — chose difficile à croire quand on connaît la suite — une phase romantique où elle me racontait ses déboires sentimentaux devant une mauvaise assiette de lasagnes avant de m'emmener au cinéma voir des films mexicains en noir et blanc. Nous n'osions pas nous frôler, sa laideur ayant quelque chose d'intimidant.

Notre premier baiser fut un choc de dents, notre première nuit un froissement de tissus synthétiques. Je parlais beaucoup et nous n'allions nulle part : nous nous séparâmes aussitôt. La roue avant de ma mobylette avait été volée : je dus rentrer en métro.

Je la revis par hasard, un soir d'ivresse, quand tout le monde était rentré ou affalé. Son compagnon du moment dormait un peu plus loin et nous dûmes faire l'amour en nous mordant les lèvres, dans un fond de cuisine, au milieu d'une puissante odeur de bœuf mode. Comme elle jouissait elle s'arracha à ma bouche pour chuchoter tragiquement qu'elle me demandait pardon. Moi, je me demandais bien pourquoi.

Nos débuts dans le dégoût nous ouvrirent une porte que la recherche d'un plaisir simple — sans parler de l'inutile exploration des sentiments — ne nous avait pas même laissé entrevoir.

Elle continuait à cohabiter avec des hommes dont elle changeait tous les six mois, sans drame, comme un fonctionnaire change d'affectation. Elle déménageait dans des coins étranges de Paris où elle posait ses cassettes vidéo et son ours en peluche, ainsi qu'un aquarium où un poisson faisait grise mine. (Elle changeait de poisson en même temps que de compagnon et je n'osais pas lui demander ce que devenait la victime : de la friture ?) Avec elle, j'appris le plaisir de se retrouver dans des endroits inconnus qui sentaient l'odeur d'un autre homme que je ne connaissais pas et dont elle retournait les photos.

Nous baisions sous les porches et dans les parkings, dans les caves, par terre et même parfois, par erreur, sur des lits. Je lui disais avec exaltation qu'elle était ma pute et au bord des larmes elle me répondait oui, elle aimait ça. Elle me racontait dans un sanglot de pitoyables aventures de chef de bureau probablement à moitié inventées et je la poussais dans de nouvelles variantes, comme un maquereau de l'imaginaire. J'exigeais sa fidélité dans la tromperie — elle était la vérité de ce mensonge.

J'aimais son cul jusqu'à l'idolâtrie et j'étais capable, si nous marchions dans la rue, de rester la main sous sa jupe à la fouiller pour le plaisir de la sentir fondre sous moi.

Nous manquions résolument d'humour.

Je restais parfois sans la voir pendant des semaines pour oublier ce que je devenais en la voyant, ce que je voulais en l'attendant. Elle ? Je ne voulais surtout pas l'entendre parler, juste jouir et me demander encore, encore, tout ce que tu veux, je ferai ce que tu voudras. Je voulais qu'elle me dévoie son cul dévoué, qu'elle lève sa jupe, qu'elle baisse son pantalon, qu'elle ferme sa gueule et qu'elle ouvre sa chatte et me reçoive. Si elle ne comprenait pas mon culte qu'elle aille, justement, se faire foutre : il n'y avait que ça pour me calmer — jusqu'à la prochaine fois.

Je voulais fermer les yeux et sentir ses fesses

rebondir sous mes mains, je voulais qu'elle me raconte comment elle s'était fait tringler entre deux portes puis lécher par une femme qui passait par là — tout ça de sa voix monocorde, légèrement plaintive qui susurrait des saloperies avant de me souffler, entre deux hoquets, comme si un coup au plexus lui avait soudainement coupé le souffle, qu'elle m'aimait et que j'étais un salaud.

Après on s'endormait l'un sur l'autre, ma sainte et moi, d'un sommeil bref et agité, écrasant; je me réveillais après quelques minutes la bouche pâteuse. L'air était sinistre et gris, mes doigts collés à la super-glue du plaisir. Elle ondulait et s'agitait et grognait, ce qui sans aucun doute voulait dire « encore », avec quoi j'étais d'accord — ô le beau langage complexe dont les signes sont si simples, ô l'immédiate connexion des corps !

Quand c'était fini je voulais juste me rhabiller à toute vitesse, sans prendre de douche, et me tirer comme je l'avais tirée. Je ne voulais pas qu'elle me dise un autre mot que de sexe — oubliés les films argentins (et aussi les mexicains), oublié le souvenir que j'avais pu être attiré par autre chose que son cul.

S'il n'était pas possible de la baiser, je préférais me branler que de la voir ; à la moindre conversation je substituais un interminable et étouffant 69, à l'issue duquel je la retournais pour la lécher encore mieux et faire parler la magnifique, l'insatiable intelligence de son cul.

Un jour elle prononça ton nom (après tout, n'était-elle pas ta cousine, vaguement?) ; je me sentis submergé par une vague de haine incontrôlable. Elle n'avait pas le droit. Je n'expliquai rien et m'enfuis, bien décidé à ne pas revenir, jamais. Brièvement je fus exalté par la netteté de mon attitude, il me sembla même que tout mon être était irradié par une expérience plotinienne de l'Un. Malheureusement l'impression ne dura pas; outre que Plotin lui-même avait rarement connu cet état au cours de son existence, sans doute les bases de ma mue n'étaient-elles pas très sûres. Il n'est pas facile de se construire une recette de moralité à la manière de celle du gratin dauphinois : une couche de pureté, une couche de fange, une couche de pureté, une couche de fange.

La semaine suivante j'étais dans sa voiture et je la caressais aux feux rouges, dans une impatiente et injurieuse exigence de jouir. Elle n'avait pas le sens de l'opportunité : ç'aurait bien été le moment, maintenant, de me demander pardon.

Il me fallut des années pour rompre avec la sainte; encore ne fut-ce pas une rupture à proprement parler mais un rendez-vous qui ne fut pas pris, ni par elle, ni par moi. Je voudrais pouvoir te dire que l'absurdité et la cruauté de mon attitude m'étaient enfin clairement apparues mais il n'en était rien : j'imagine seulement que son divin Cul s'était un peu, insensiblement, ramolli et qu'à sa gloire ma dévotion se devait de rester fidèle en quittant le temporel pour passer dans le spirituel. Bref, dans un mouvement proprement paulinien je passai du cul charnel au *cul intérieur*, qui a sur le premier l'avantage de durer toujours, éternelle fontaine de fantasmes.

Mon amour, j'ai essayé de rire en relisant tout cela et j'ai simplement envie de pleurer. Je ne suis plus — comme pendant si longtemps — tenu par la honte qui me tenait enchaîné, j'ai tous les jours le frêle espoir que peut-être je vis autrement, mais je sais que tout cela *aussi* est en moi et qu'il y vit, aujourd'hui comme hier. Pendant longtemps, je disais à chaque femme de rencontre l'homme que j'avais été sans qu'elle comprît que je l'étais toujours et que ce dont nous riions peut-être nous en pleurerions bientôt ; quand on a la prétention vaine d'être honnête, c'est une très détestable intimité que celle de soi-même.

Le jour où W. se mit à lire la confession complète de sa vie (il n'était pas vierge et avait connu des « relations intimes » une fois, il n'était pas un quart juif mais trois quarts, il avait nié avoir frappé un de ses élèves alors que c'était vrai), son amie Fania Pascal s'impatientait : « Mais vous voulez être parfait ! » lui dit-elle, exaspérée. « Évidemment ! » répondit-il.

Voilà où le goût de la perfection m'avait entraîné.

3

Tu m'envoies une lettre d'amour

Je me trouvai pour la première fois en face de toi un an après notre séparation.

C'était une de ces fêtes qui avec le temps glissent dans une sorte de flou : je me souviens d'un vaste appartement vers la gare du Nord et d'une petite cuisine couleur crème où un grand Black silencieux confectionnait des boissons vertes. Il y avait ces gens, tu sais, ces gens que tu croises et que tu ne vois pas vraiment, que tu recroises ici, ailleurs, et que tu finis par ne plus voir. Avec le temps ils s'affadissent et disparaissent comme les mots qu'on n'a jamais appris que dans le dictionnaire. La plupart des autres sont comme les langues étrangères : nous ne les parlons que par force et, l'âge venant, le goût de l'effort nous quitte, l'effort passé ne nous laisse que des paroles émiettées, probablement incompréhensibles. Tu ne doutes pas de leur existence bien qu'elle te semble appartenir à une autre vie et si, par extraordinaire, tu les croises, tu partages la gêne d'une extrême intimité qui ne repose sur rien. Tu te souviens d'un visage mais pas du nom, d'une veste en velours côtelé mais pas du métier et tu ne saurais dire que « C'est toi qui jouais au go » ou « Nous avions parlé de *Sous les falaises de marbre* » ou encore « Nous avions été voir *Trash* avec Joe Dallessandro, à la séance de minuit ». Le reste s'est enfui dans la chasse du temps et du rêve de partir voir le soleil se lever sur les Maures ne subsiste que le goût de carton dans la bouche, tôt le matin, dans une station-service d'autoroute.

On avançait dans la fumée tandis que les lames du parquet craquaient. Cette fille petite dansait contre moi, très serrée, et plus tard un type dont je n'avais pas compris s'il était le mari ou quoi avait voulu me casser la gueule en anglais et ses amis s'étaient précipités pour le retenir *easy, man, easy,* et je buvais de la vodka orange pour faire passer le temps, *all right now.*

Tu étais belle en étrangère et ton mystère s'était refermé sur toi. À croire que je n'avais rien su de toi et que cette culotte à l'élastique lâche, ta façon d'enfiler tes collants, de m'imiter quand je prononçais le mot « dégueulasse » (je ne sais pas pourquoi ça te semblait irrésistible et impossible ; quand tu essayais ça donnait quelque chose comme « dé-gô-laaaa-ce »), de t'endormir sur mon épaule, de vouloir faire l'amour dans l'eau et sous le sable, ta façon de rire en lâchant tout comme si c'était la meilleure blague du monde, l'espagnol que tu parlais comme une Espagnole — tous ces fragments d'une vie que nous avions partagée quand je nous croyais séparés — tout se reconstituait en un puzzle dans ma mémoire à l'instant où il était trop tard, ce n'était pas une conscience douloureuse, cela n'impliquait pas de regret particulier, c'était juste une découverte, l'étrange familiarité de l'autre quand il est sorti de nous-mêmes.

Tu t'approchas de moi, avec cette gentillesse un peu ivre qui passait dans tes yeux après une certaine heure. Je me souvins comme je t'aimais à ce moment de la nuit où ton mur de brique tombait. Tu dis que tu étais contente de me voir et je dis que j'étais content aussi, je levai mon verre à ta santé.

Nous étions assis par terre et nous nous parlions à l'oreille, très fort, en détachant les mots comme si nous devions appeler à travers une vallée profonde.

— J'ai lu ton livre.

— Tu n'avais rien de mieux à faire ?

Ton poing frappa mon épaule. Je ne pouvais pas — pas encore — évoquer l'été où je l'avais écrit et te dire ces choses bêtes, ces choses vraies — chaque page a ton odeur et sans toi, etc. Mais ni mes bêtises ni mon silence n'étaient là pour te retenir.

— C'est un livre sur le Sud, dis-tu sérieusement, et sur l'enfance. Il m'appartient aussi.

— No problem. Welcome. Fais comme chez toi.

J'essayai par un sourire de compenser mon ironie déplacée. Tu n'avais pas l'air de m'en vouloir. *All right now*, ça continuait en battant des pieds à faire trembler l'immeuble.

— Je vais avoir un enfant ! hurlai-je.

— Tu vas quoi ?

— Avoir un enfant.

Ta bouche s'arrondit et tes yeux s'ouvrirent d'une surprise heureuse et douloureuse à la fois.

— Tu vas te marier.

— C'est pas ça...

— C'est quoi ?

Je ne savais pas ce que c'était, je ne savais pas le dire simplement : ce n'est pas facile de se dire qu'on va être un père quand, à l'intérieur, on se sent toujours comme un enfant perdu. Je voulais te dire que j'étais venu à Vitry. J'eus un geste flou qui suspendit ma main quelque part en l'air, paume ouverte — une moue comique, des yeux qui s'agrandissent. Tu finis par rire.

— Tu es content, au moins ?

— Je ne sais pas. Je ne sais pas ce que ça veut dire, d'avoir un enfant.

(La nuit, je restais les yeux ouverts des heures entières à me retourner sur mon lit, il me semblait qu'au-delà de cette naissance ma vie prendrait un tour totalement nouveau, inconnu et vaguement effrayant. Le mot « impossible » m'emprisonnait : impossible de vivre jusque-là, impossible de vivre au-delà, impossible de vivre autre chose.)

— Tu sais bien que c'est à moi que tu devais le faire, cet enfant. Et même deux.

— Je ne pouvais pas. Pas à toi.

— C'était mieux avec Madame « c'est pas ça » ?

— C'est pas ça...

— Je crois que je commence à comprendre, merci...

Je ne répondis pas. Les mots ne valaient pas mieux que ceux des séries américaines sentimentales qu'on commençait à voir à la télévision. Et pourtant il n'y en avait pas d'autres. Et puis face à toi me venait une sagesse à la fois instantanée et inutile : ne sachant rien, je savais donc qu'il n'était pas nécessaire avec toi d'employer des mots trop grands pour moi. Je te devais bien ça : je t'avais dit « je t'aime » bien des fois et quand je ne te l'avais plus dit (car ce matin-là, si lointain et si proche, n'était que le dernier de mes premières fois) c'était encore si proche de l'amour que je ne savais pas bien la différence. Oui, à cet instant comme à bien d'autres tout au long de ma vie, il me sembla que s'il était possible de le dire avec un cœur tranquille c'était à toi, et à toi seulement.

Nous restâmes désormais silencieux dans le bruit. Il y avait entre nous une paix fugace et délicieuse, une tranquillité qui n'avait jamais été nôtre et ne reviendrait pas. *All right now...* Le martèlement reprenait, s'il avait jamais cessé, puis les lumières baissaient. *And sympathy is what you need my friend...* Putain, ces conneries qu'on écoutait... Avec le temps c'est encore plus risible parce que le dérisoire (c'était déjà dérisoire alors) nous est resté, il n'y a même que ça à tenir le coup. Tout le reste est parti, tout ce qui nous semblait important, ce qui nous faisait nous dresser, nous battre, et il reste les chansons de ces années-là, heureusement qu'elles ne passent pas souvent, *Nights in white satin, never reaching the end...* Elles résistent à la moquerie mieux que bien des phrases, elles nous madeleinent elles nous rosebudent elles nous shadent of pale et nous aident à devenir doucement, irrémédiablement, les fantômes de nos propres fantômes.

Les rires se diluaient avec les glaçons dans les verres, tout finissait par avoir le même goût, les mêmes couleurs, c'était toujours les autres que les autres embrassaient, dans une odeur de tabac qui n'était pas encore bannie, la fumée jusqu'aux yeux et ton épaule qui touchait encore la mienne, cette façon de se dire au revoir comme nous ne nous étions pas dit au revoir.

Je n'eus cette intuition que bien plus tard (et c'est elle qui traverse cette histoire) — mais c'est dans ce milieu de nuit que nous nous mîmes à remonter à l'envers du temps, en commençant par la rupture.

Tout ce qu'il avait pu y avoir d'inutilement violent, le sang qui coulait, les blessures ouvertes, les mots qu'on regrette, tout avait disparu. Mais la rupture restait : elle était lente et douce, un éloignement au lieu d'un départ avec les portes qui claquent. Elle était dans nos regards qui ne se croisaient plus, dans nos solitudes qui s'enfermaient, dans le silence qui s'installait au milieu du vacarme.

On ne sait jamais vraiment tout ce à quoi on renonce, tout ce qui ne reviendra qu'en rêve — parfois ce n'est rien, pas même un prénom, d'autres fois ce sont des pans entiers de mémoire qui reviennent avec une précision presque douloureuse. Quand, enfin, je tournai les yeux vers toi, je vis sans surprise que tu n'étais plus là.

Je ne te cherchai pas.

Ton épaule avait quitté la mienne et je te sentais encore contre moi : ta présence en moi à la manière d'un reproche.

Là-bas, dans un coin, les joueurs de go continuaient leur partie de smarties en noir et blanc.

All right now.

(Plus tard dans la nuit cette femme qui m'appelle, celle avec qui j'avais dansé, celle dont le mari, et qui me demande si je veux la retrouver et je lui dis non je ne veux pas elle dit ce n'est pas vraiment mon mari tu sais? et je dis c'est dommage vraiment à demain à une autre fois et je reste les yeux ouverts en pensant à toi je voudrais te demander si si si.)

Quelque temps après cette soirée, alors que ma fille allait naître, je reçus de toi une lettre — la seule que tu m'aies jamais envoyée, la seule en tout cas dont je me souvienne — une lettre d'amour que j'appris par cœur sans le vouloir et dont les mots s'inscrivirent en moi avec la nue de bribes et fragments de poèmes, phrases familières, expressions populaires, noms propres égarés, tous ces mots à la dérive qui sont déposés en nous et auxquels nous nous accrochons parfois au hasard des naufrages.

Si notre mémoire était le rouleau des morts qui circulait autrefois entre les monastères et qu'il fût possible de la déplier, cela donnerait une étrange poésie *beat* qui n'aurait probablement aucun sens, même pour nous, un *rap* dont le rythme se brise sitôt qu'il s'établit, une bordélique foire à la brocante où personne ne se retrouve ; et pourtant, celui qui par miracle lirait cela jusqu'au bout et l'apprendrait comme une bible, celui-ci serait nous-même et c'est notre voix qui parlerait à travers lui. Dans le film *Being John Malkovich*, le visiteur ayant pénétré par effraction dans le cerveau de l'acteur garde son identité ; il faut imaginer la terreur d'un lecteur qui, pris dans l'étude du rouleau d'un autre, s'en trouverait progressivement prisonnier au point que sa propre identité ne serait plus qu'un souvenir dans une mémoire qui n'est pas la sienne. Ce serait une sorte de *Total recall* sans l'assistance des machines et des produits chimiques — un malheur qui au fond est peut-être déjà le nôtre.

C'est pour cela que le secret compte.

De la même façon, dit-on, que certaines personnes, certaines tribus refusent de se laisser photographier, il faudrait refuser de livrer certains mots afin qu'ainsi notre âme ne soit pas volée. Je ne la citerai pas, ta lettre, car si dire le goût de ta chatte est du domaine public, ces mots-là sont entre toi et moi, pour toujours.

Il me semble qu'alors ils s'enfouirent dans un silence dont je ne savais que faire. Ta lettre était d'amour et de chagrin, et en même temps la lettre de ta rupture à toi. Je crois comprendre aujourd'hui que tu avais attendu que je revienne comme j'étais revenu une fois déjà, et que l'annonce de ma paternité future t'avait libérée ; ainsi la grossesse dure une vie entière et les naissances sont-elles en même temps des deuils cachés, ignorés, enfouis ; et de même, tout à la fin, nous prenons en mourant des poses d'accouchement comme si nous voulions de toutes nos forces venir au moment où nous nous en allons.

Mon soleil froid d'après-midi découpait un quartier d'une heure sur la moquette grise. Je m'étais assis sur la malle et je lisais ta lettre avec ces mots qui me frappaient le cœur. Tu les avais découpés, taillés un par un et ils me cognaient directement la poitrine, répandant une douleur sourde à travers mes côtes. Entends-moi : je ne *regrettais* rien et mon départ n'avait pas été une fuite. Tu m'avais dit ce que tu voulais et je t'avais dit que je ne pouvais pas te le donner. Quelles que soient nos autres confusions, cela au moins était clair et notre rupture avait été un des rares moments de notre vie commune où nous avions été intégralement nous-mêmes, sans réserves ni calculs, sans stratégie des sentiments, sans ce gouvernement de la crainte qui fait survivre tant de couples. Un an plus tard cela ne changeait pas — cela ne changerait jamais.

Mais en un sens, ces mots d'un amour qui ne se vivrait plus m'appartenaient autant qu'à toi. Tu t'étais crue seule en les écrivant et cela m'était pénible, ce n'était pas vrai ; qu'on le veuille ou non, même s'il faut des années, on finit par être deux à se séparer comme on a été deux à vivre ensemble. Ce serait cela, la condamnation du mourir seul : mourir sans ceux qu'on a quittés, sans qu'ils vous quittent également. En amour comme en politique, ce qui nous libère n'est pas la repentance mais le pardon.

Tu ne me pardonnais pas ; ton amour était

de la famille Dieu vengeur, abandonné par le peuple d'Israël et qui lui promet des plaies inconnues jusqu'ici. Et moi, malgré ma nuque raide, j'aurais simplement voulu être à côté de toi et pleurer avec toi, pleurer de ce que nous n'étions pas, de ce que nous avions vécu, du sable de l'oubli, ou bien ne rien dire du tout, ne rien partager par les mots, les sentiments, les souvenirs ou les attendrissements, tout ce fatras du bon et du mauvais, du désirable, du dégoûtant. Je t'aurais peinte à la main, j'aurais léché ton sel et posé des soupirs sur ton corps, je t'aurais aidé à en finir de moi en restant avec toi. J'aurais tâtonné dans ton temps de finir, temps de commencer, j'aurais été beau et puis laid, et au milieu de nos guerres nous aurions pu trouver de quoi faire une petite paix — oh pas une vraie paix solide et durable, une petite paix de merde avec incidents frontaliers et soulèvements, revendications non satisfaites, ressentiments, une paix haineuse et à laquelle personne ne croit vraiment mais qui finit par tenir et sur laquelle on se retourne en hochant la tête.

Toi tu étais *radicale*, tu voulais des solutions vivables, tu voulais que *les choses soient claires*.

Ainsi, au fil des années, nous avions fini par rester proches, que tu le veuilles ou non, en empruntant des chemins opposés : car moi, qui étais parti, continuais à ma façon secrète à te chercher dans l'absence, à résoudre l'énigme de ta présence en moi ; tandis que toi, qui avais voulu me garder, ne cessais plus de me chasser pour te débarrasser non pas de moi mais de l'obstination exécrable que je mettais à vivre en toi.

Longtemps je conservai ta lettre dans ma boîte bulgare, avec la première photo que j'avais eue de toi, une carte postale de mon grand-père, une lettre d'amour qu'un garçon m'avait écrite à seize ans — ces quelques mots qui nous accompagnent longtemps après que les ficelles sont tombées et les boîtes égarées. Des objets de toi ressurgissaient chez moi étrangement, d'autres photos dont j'avais perdu tout souvenir — une planche contact de toi au réveil avec du sommeil plein les yeux, un T-shirt bleu ciel au col marine, une clé de ton appartement que je n'arrivais ni à jeter ni à te renvoyer — tout cela s'est perdu, bien sûr, ce qui semblait le plus précieux, ce dont la seule vue faisait battre le cœur a disparu dans des poubelles où le ramassage ne se fait pas à jours fixes. Il reste la boîte et ta lettre, et ton visage ne change pas sur le papier qui vieillit.

J'ai mauvaise mémoire.

Je ne me souviens pas de mon enfance, je ne me rappelle jamais les histoires — histoires drôles, histoires d'amour, c'est tout un, c'est comme si les couleurs passaient sur moi sans se fixer. Je suis comme un homme qui devrait au présent, sans relâche, chercher des traces de sa vie ; longtemps j'ai lutté pour ne pas oublier et puis j'ai cessé le combat, j'ai accepté que la mer recouvre tout, presque tout, vague après vague. C'est par cela que tu m'es chère aussi, par tout ce que j'ai perdu et que je ne sais plus, autant que par le peu que j'ai gardé et que j'invente autant que je me le remémore.

Cette lettre, tout de même, me remplit d'une émotion violente et complexe, qui ne diminuait pas avec les jours.

J'avais reçu des lettres amoureuses ; j'en avais écrit à ma façon d'alors, avec des mots qui roulaient et s'accrochaient les uns aux autres sans mémoire de ce qui les avait fait naître, de telle sorte qu'à la fin c'était un étonnement que de se demander si c'était moi qui les avais écrits et pourquoi et ce qu'ils voulaient dire.

Wittgenstein écrit souvent qu'il a besoin de penser en écrivant, de faire naître sa pensée dans l'écriture. Cette rigueur spontanée m'était inconnue et je n'accouchais que d'une brûlante, d'une vaine et nauséeuse agitation intérieure.

Il y avait dans ta lettre quelque chose de sec, de froid, de définitif, l'affirmation de ton amour ne se séparait pas le temps d'une virgule de la certitude qu'il n'était pas à vivre — pas à vivre avec moi. « Tu mourras seul » : les mots de la malédiction n'étaient pas tracés mais ils étaient comme l'ombre au-dessus de cet amour incréé, voué à l'incorruptibilité d'un secret intérieur. À ta façon, ce que tu me disais était que toi aussi tu mourrais « seule » ; ton amour pour moi ne t'avait enlevée à une solitude que pour te livrer à une autre, qui celle-là durerait toujours.

Je n'avais pas été très *délicat* avec toi. J'étais dans l'incapacité de l'être, à bien des égards, et s'il m'arrivait d'avoir des réactions qui semblaient fugitivement échapper à mon chaos, le résultat était souvent pire. Mon incapacité à formuler clairement la vague intuition qui avait été mienne n'arrangeait rien. Mes élans de vérité se terminaient en bredouillements exaspérés. Je parlais comme on s'étouffe. De toute façon, tu t'en souviens, ce n'était jamais *cela* que je voulais dire.

Je ne sais donc si ce fut enfin, tardivement, ma première délicatesse dans notre histoire ou bien une incapacité de plus. Tu m'écrivais ne rien attendre de moi, « aucune forme de suite ».

Je n'écrivis pas.

Je ne tentai pas de me manifester d'une façon ou d'une autre.

Je ne parlai de ta lettre à personne.

Bien sûr tu ne m'encourageais à rien de tout cela, bien au contraire. Mais je m'étais prouvé à de nombreuses reprises que ce genre de considérations ne m'arrêtait pas. Je crois bien — pardonne-moi cette prétention hors de saison —

que je commençai de t'aimer mieux quand je ne t'aimais plus.

Si aimer c'est — même fugitivement — aimer l'autre plus que soi-même, je crois que c'est cela que je ressentis enfin, au plus profond de moi, une corde qui n'en finissait plus de vibrer et qui m'indiquait confusément que je n'avais pour devoir — mieux, pour désir — que de te protéger, de ne rien faire pour t'empêcher d'aller où tu voulais. Vraiment, peu importait dans mon esprit ce qu'une telle tentation avait d'inutile et même de risible : elle était nécessaire et belle, son secret était à moi et tu n'en saurais rien. Peu importait sa vanité puisqu'elle était pour moi seul ; si elle devait nuire ce ne serait qu'à moi, en s'agrégeant à la boule des illusions dont je me protégeais pour survivre.

Je n'avais aucun regret de nos années passées ensemble, aucune sorte de nostalgie, même si alors comme aujourd'hui elles me semblaient appartenir à une sphère particulière de ma vie — rien de continu comme dans les romans maladroits qui m'en avaient été inspirés, rien d'organisé, et pourtant des images d'une beauté intérieure inoubliable, très calme, une empreinte ineffaçable.

À chaque instant de ma vie (ta lettre dans les mains mais aussi plus tard, le soir de ton mariage, puis celui du mien, et une à une au cours des occasions qui nous furent données dans ces années de nous croiser, de nous toucher, comme la distance entre nous ne cessait de croître mais en même temps comme si l'éloignement ne défaisait jamais l'intimité), elles me reviennent, ces images, elles me font un cinéma muet, le plus souvent en noir et blanc, avec une bobine aux trois quarts brûlée et d'où elles émergent floues.

Peu à peu notre amour se détache des lieux, des objets, des sensations et des odeurs, des bribes s'échappent de la matière des songes et flottent un instant dans la lumière avant de disparaître ; et en même temps, peu importe notre sens du ridicule, du décent, de ce qui se dit et ne se dit pas, nous nous libérons de tout ce qui n'est pas la simple sensation d'être face à face, nous le laissons pénétrer en nous plus profondément qu'il ne pénétra jamais. Dans cette liberté ultime, la longue, l'interminable absence nous rend enfin à la pure présence de l'autre.

Je n'avais plus rien que ta lettre entre mes mains.

Je sentais le poids de ton corps abandonné contre le mien, dans une voiture, en Sicile, sur une route poussiéreuse, quand une voiture nous emmenait vers Agrigente et que nous nous abandonnions au sommeil comme on s'abandonne à l'autre. Le pouvoir de l'enfance me rejoignait et me collait les paupières, mon coude s'agitait mollement vers tes côtes pour te dire de lui parler, à ce type qui nous avait pris en stop, merde il fallait être poli, et tout était si lourd, j'entendais sa voix chantante, il disait je les déteste, ces temples, et j'avais envie de rire mais je n'y arrivais pas, tout était si lent, comme si nous avions été drogués. Je me souvins que plus tard, quand nous avions été réveillés et que nous nous excusions, il avait dit qu'il était jaloux de Pirandello à cause de sa tombe et j'avais demandé tu connais Pirandello ? et lui avait répondu et toi tu connais sa tombe ? et nous avions ri tous les deux jusqu'à ce qu'il reprenne un air sérieux et dise sans quitter la route des yeux qu'il y avait de quoi être jaloux, ici, mais ce n'était pas de Pirandello. Je n'avais pas compris tout de suite mais tu t'étais crispée contre moi, quoi ? qu'est-ce que tu dis ? Tu as une femme très belle, avait-il dit avec un bref sourire mais la bonhomie n'était plus là, il y avait un poids, c'est vraiment ta femme, à propos ? et j'avais marmonné mon amie, ma fiancée et il avait répété après moi, amie, fiancée, tandis que tu me faisais des signes que non, non, non, mais c'était trop tard. Je ne suis pas comme ça, avait-il dit doucement, mais j'ai des amis qui donneraient beaucoup pour des femmes comme la tienne. Beaucoup. Elle n'est pas à vendre, et de nouveau son rire, tu crois qu'on te demanderait ton avis ? On s'occuperait de toi, mon ami, pendant qu'ils s'occuperaient d'elle, c'est à moi qu'ils donneraient beaucoup, tu comprends ? Je comprends mais je ne comprends pas.

Il s'était arrêté brutalement sur le bord de la route poussiéreuse, déserte, et nous aurions dû prendre nos sacs et courir mais quelque chose continuait à sommeiller en nous et nous étions descendus docilement, encore engourdis, tandis qu'il nous désignait les collines et les temples, les temples qu'il détestait pour une raison qu'il ne nous disait pas. C'est la Sicile, dit-il, c'est un drôle de pays où si certaines personnes demandent certaines choses ces choses arrivent facilement alors que si d'autres personnes paient, même très cher, pour ces choses, elles n'arrivent pas. Vous comprenez ? La silhouette des temples se découpait et nous comprenions et ne comprenions pas. Il nous a regardés. Vous croyez vraiment que je prendrais de l'argent pour une chose pareille ? Nous restions silencieux, sales, transpirants, égarés. Toi, a-t-il dit en posant un doigt sur ma poitrine, tu crois que je serais capable de t'attacher pendant que mes copains violent ton amie, ta fiancée ? Je ne sais pas, ai-je balbutié, c'est ce que tu veux faire ?

Il nous a regardés tour à tour.

Je fais des pizzas, a-t-il dit doucement, de très bonnes pizzas avec une pâte fine comme vous n'imaginez pas. Quand vous aurez visité vos putains de temples vous viendrez en manger chez moi. D'accord ?

Nous étions remontés dans la voiture et nous n'avions plus parlé jusqu'à ce qu'il nous dépose.

Pendant que nous visitions les putains de temple nous n'en avions pas parlé toi et moi ni plus tard, dans la ville, tandis qu'un moine nous faisait toucher sa peau douce — dites-moi honnêtement, est-ce qu'on dirait que j'ai soixante-dix ans ? — et nous expliquait son secret : l'abondance de prières, la louange au Seigneur et une crème très efficace qu'il pouvait nous faire essayer, si nous insistions.

Le soir nous avions mangé les pizzas — elles étaient comme promis d'une finesse *al livello artistico* — et il nous avait emmenés visiter la tombe de Pirandello.

J'avais compris pourquoi il était jaloux.

Ensuite nous avions été danser et nous étions presque seuls toi et moi sur la grande piste, seuls également à nous étreindre sans retenue quand sur les chansons lentes les jeunes filles très brunes se tenaient à distance de bras tendu de leur cavalier. La piste avait été semée de pétales de roses et au bout d'une heure ça sentait la rose écrasée. Moi qui n'aimais pas danser, j'étais parfaitement heureux avec ta tête dans mon cou pendant qu'on jouait *Je t'aime moi non plus* et que les couples raides comme des piquets souriaient sérieusement en écoutant sans comprendre « Je vais et je viens entre tes reins ».

Quand nous faisions l'amour cette nuit-là, tu disais j'ai eu peur, si tu savais comme j'ai eu peur et tandis que j'allais et venais entre tes reins je te disais mon amour c'est rien, c'est juste un Sicilien qui fait des bonnes pizzas et des blagues pas très drôles.

Je tournais le papier jaune de ta lettre et ces souvenirs étaient comme la cicatrice encore rose sur mon index gauche — cette trace du couteau que je m'étais profondément enfoncé dans le doigt — ce n'était plus la blessure mais je ne pouvais pas encore passer mes lèvres dessus sans qu'une légère douleur se réveille qui traversait la peau jusqu'à l'os. Mon étonnement s'obstinait non de la douleur elle-même mais de la persistance de sa saveur, de sa lente transformation, de ce qui en elle ne cesse d'évoluer et pourtant ne change pas.

Mon appartement était dans le désordre d'un cambriolage : tout avait été renversé, cassé, fouillé, vidé, retourné, mon tapis et mon appareil photo avaient disparu et ta lettre fut le premier élément du nouvel ordre que j'essayai de mettre dans mon inquiétude. Au moins quelque chose était en place et mon silence aussi, cette tendresse à ne pas vouloir te faire mal. (Ou alors cette perversité secrète : te garder envers et contre tout, t'envelopper de ce silence et y laisser résonner ma voix pour toujours, te rappeler à chaque instant de ta vie que le solide sur lequel tu te croyais amarrée n'était qu'un bloc en équilibre instable sur lequel il me suffirait de souffler... Je ne sais pas, je ne crois pas ; mais c'est présent également et je n'ai pas à le rejeter complètement.)

J'ai parlé d'ordre mais ma vie continuait dans son désordre extrême. À colin-maillard on se retrouve les yeux bandés, *aveugle en plein jour*, et l'on vole de main en main, ici frôlant un sein, attrapant là un bras, ne saisissant rien de ferme que l'égarement même et une excitation qui s'éteint dans l'essoufflement final, quand tout le monde vous regarde et rit.

J'avais séduit une jeune fille difficile à séduire et elle venait jusque chez moi pour que je fasse l'amour avec elle et je me contentais de l'embrasser, de la toucher, de la caresser, de me frotter contre elle comme un chien, la laissant humide et le rose aux joues, lui intimant l'ordre de rentrer chez elle tandis que j'achevais de me masturber. (Au téléphone, dans la nuit, elle me disait que j'étais un salaud, qu'elle avait failli se donner à un homme, n'importe lequel, et je lui disais qu'elle aurait dû. Des années plus tard nous nous revîmes et nous parlions calmement de la vie, en nous promenant le long d'un fleuve, la nuit. Comme j'allais l'embrasser elle me donna une gifle dont je garde le rouge aux joues et qui finit par nous faire rire. « Quel salaud tu étais », dit-elle avec une sorte d'affection étonnée, et le regard un peu perdu de la jeune fille qu'elle était alors. « Tu veux dire quel salaud je suis ? » Elle s'arrêta un instant, me prit le bras. « Qu'est-ce que tu en penses, toi ? Ne sois pas trop fier : peut-être tu n'étais pas plus salaud alors que maintenant. Moi, je dirais seulement que tu n'étais pas amoureux de moi, c'est tout. — Crois-moi, il valait mieux. » Elle me prit la main gentiment. « Moi je l'étais, dit-elle. C'est tellement simple, la vie. »)

Comprends-moi bien : l'autofiction sent le vomi et je raconte cette histoire sans rien de ce désir qu'un malade de l'eczéma a de se gratter jusqu'au sang. C'est juste que j'étais cela. *Mon enfance est morte depuis longtemps, et moi je vis.* Ce n'est rien d'autre que cet étonnement d'avoir été, de n'être plus, d'être encore, que je poursuis. J'étais cela — et encore autre chose, peut-être pire, peut-être mieux. On voudrait être à soi-même ce qu'Aliocha Karamazov est pour les autres : celui qui voit tout et ne blâme rien ; mais avant de parvenir à ne rien blâmer il faut justement tout voir et c'est cela qui n'est pas facile.

Il y eut dans ma vie un grand blanc après ta lettre. Tu l'avais écrite au moment où tu allais « refaire ta vie », trop fière pour me demander quoi que ce soit, trop faible encore pour t'élancer. Quoi que tu dises, tu étais encore en proie à une sorte de suspension intérieure et notre passé te retenait encore. La blessure de la passion n'est pas seulement celle de l'amour-propre ;

simplement avec le temps c'est peut-être seulement cela qui reste et nous attache... Est-ce pour cela qu'au fond tu m'en voulus de mon silence, de cet assentiment qui s'arrachait de moi contre moi-même ? Juste injustice : parfois les femmes ne nous reprochent pas ce qu'il y eut en nous de médiocre, de cruel ou de lâche ; mais cette noblesse inattendue de chevalier, cet exercice de liberté qui nous emmène à la guerre, une vie n'est pas assez pour nous les faire expier.

On me parlait de toi — dans ces cas-là les gens parlent toujours, n'est-ce pas, ils aiment te faire souffrir et jouer les étonnés —, d'une liaison sérieuse que tu avais eue mais j'eus l'intuition que cet homme-là n'était pas le bon... Puis on associa ton nom à quelqu'un d'autre — un homme puissant, un homme intelligent et sérieux — et je sus sans l'avoir vu que tu avais trouvé celui avec qui mener ton projet à bien : tu aurais ta famille et tes deux enfants, ta maison et toutes ces sortes de choses, une façon d'être ensemble tous les jours, tu serais ostensiblement heureuse aux yeux de tous et peut-être même aussi (avec ce fond de tristesse et de doutes que tu réfrénerais avec efficacité), vaguement, à l'intérieur.

Je sus en même temps que s'engloutirait dans ta relation avec cet homme tout ce qu'il pouvait y avoir en toi de réellement fantaisiste, d'inattendu, que l'incertain dans ta vie s'était retiré définitivement (l'incertain, mon amour, ne se retire jamais vraiment, il se cache et nous hante, il nous déchire dans les nuits et les maladies, il nous donne envie de crier sans savoir mais enfin, en serrant bien les lèvres et en trempant le cœur, on peut vivre et mourir avec cela).

Je m'accrochai sans mérite à ma détermination — et puis je savais que tu avais mis toute la tienne avec ton cœur, ton honnêteté, dans cette relation-là. Elle était l'affaire de ta vie — l'histoire de ta vie.

Ainsi donc, j'appris à renoncer.

Je crus sincèrement, presque sans plus de rage, qu'après notre dernier jour la fin était venue. Elle t'apportait une sorte de paix et à moi une sorte de guerre, ce qui était dans l'ordre des choses.

Je crus que tu étais une chambre condamnée dans le *palais de ma mémoire.*

J'avais tort.

4

L'année de mes vingt-cinq ans

J'entrais dans ma vingt-cinquième année, une étrange année de deuils et de naissances. J'étais fécond à ne pas savoir qu'en faire, une fécondité dont le seul bonheur, fragile et incompréhensible, fut de tenir ma fille entre mes bras (je pouvais enfin prononcer ces mots, « ma fille », qui pendant sept mois m'avaient paru appartenir à un autre langage, sans me sentir dépossédé de moi-même) et de croiser pour la première fois son sourire. (On m'expliqua plus tard que ce n'était pas « son » sourire mais « le » sourire automatique du nourrisson mais je persistai — et persiste à ce jour — à y voir le premier de ses sourires.)

Le dernier été de notre vie commune, si je puis la nommer ainsi, j'avais écrit un livre dans une fièvre et une confiance incroyables. Pour la première fois, ce livre ne parlait pas de toi mais il était baigné de toi, de ta lumière et de ton rire. Il parlait d'étés déjà anciens mais l'été qui l'enveloppait était à nous et longtemps je crus ne pouvoir être aussi heureux qu'alors, à la lumière tombante du jour, quand après avoir écrit pendant dix heures de suite dans la cuisine, j'allais te rejoindre au bord de l'eau et découvrir les choses merveilleuses qui s'étaient passées dans le monde durant la journée.

Le petit village grec était caché sous les arbres face à l'isthme de Corinthe où, au loin, passaient jour et nuit des pétroliers géants et des bateaux minéraliers. Pendant que je me penchais sur la table de la cuisine vous vous baigniez nues sur une petite plage plus ou moins protégée des regards ; je levais parfois les yeux de mon cahier pour penser à toi et ça me faisait sourire. Tu aimais nager loin et moi je n'avais pas cette patience — et puis je continuais à penser aux monstres marins qui te mangent les pieds, aux méduses molles qui se mélangent aux algues. La mer n'était jamais ce qu'elle avait l'air d'être, elle devait à chaque instant se révéler ce qui en était dit dans les livres anciens.

Un banc de sable émergeait à deux cents mètres du rivage, formant une île où un rêveur avait construit une cabane en quatre planches. Tu m'y entraînas par un soir très orange où je voyais des silhouettes bouger dans la brise ; toi tu ne voyais rien, ta bouche s'agrandissait de désir et tu roulais entre le sable et l'eau, les yeux humides. Je finis par te laisser faire mais j'avais peur, une peur qui me faisait honte et m'empêchait de faire vague avec toi. « On peut nous voir », répétais-je bêtement et tu ne faisais que rire, ensablée, heureuse. Je ne me calmai que de retour au village et c'est là que ma gêne finit par entamer ton plaisir. « Tu n'es pas drôle », finis-tu par dire et je me tus : c'est vrai que je n'étais pas drôle. (Et le lendemain en esprit et plus tard dans mes rêves, je revenais sur cette île et m'y unissais avec toi ; tout était dénoué, abandonné ; tout était donné. La cabane flambait, si tu veux. Vivre de la vie des autres, ne pas vivre sa propre vie, qu'en imagination : écrire.)

La petite maison était une construction médiocre à l'arrière du village. Il y avait du lino par terre et pour cacher le béton qui se lézardait on avait accroché au mur des vues de Naples et du Machu Picchu découpées dans des magazines. Les lits grinçaient et les saintes vierges protégeaient. Tu traînais avec toi une étrange amie, une pauvre méchante qui avait peur des coins et parlait toujours trop fort ; le jour elle se faisait frire à l'huile d'olive ; le soir elle faisait chier. Pour tout arranger elle s'appelait Marcelle et je lui fredonnais entre mes lèvres *Marcelle, si j'avais des ailes* ; elle arrondissait ses yeux bleu pâle vache, se doutant de quelque chose, ignorant et Boby Lapointe et le sens de l'humour.

Tu avais ce besoin atroce de recueillir les gens, de les sauver contre eux-mêmes alors qu'ils ne te demandaient rien ; c'était ton côté samu social. Tu m'avais raconté qu'un jour Marcelle avait dormi dans ton lit et rien que d'y penser je me sentais mal, c'était réellement la chose la plus dégoûtante que je puisse imaginer. Pourquoi tu l'avais invitée en Grèce avait été l'objet d'engueulades avant que nous ne trouvions une façon de régler la question : la maison était pleine de gens que nous n'avions invités que pour noyer la carpe. (Marcelle avait une étonnante façon d'ouvrir la bouche plusieurs fois avant de commencer à parler.)

Si tu avais Marcelle, j'avais donc Johnson, dont la nonchalance et l'accent t'insupportaient au plus haut point ; à Johnson avait répondu Claire, une de tes condisciples aux lèvres fines et à la voix aiguë ; à Claire j'avais rétorqué par Martial, un vieux copain de classe antillais qui à quatorze ans avait couru le soixante mètres aussi vite que Bob Hayes, le légendaire sprinter. (Martial était maoïste, ce qui condamnait la pratique du sport de compétition. Présélectionné pour les championnats de France il avait cédé à nos sollicitations pour prendre le départ de sa course, mais pieds nus. Il avait parcouru les cent mètres en marchant, sous les huées du maigre public, avant de balancer ses pointes à la gueule de son entraîneur qui venait lui demander des explications. Il était mon équivalent personnel de John Carlos et Tommie Smith, à une petite différence près : *eux* avaient gagné les Jeux olympiques.)

Après la plage, vous arriviez dans la cuisine et vous vous nettoyiez les pieds au white spirit parce que vous aviez ramassé sous les galets de petites plaques de pétrole gluant. Je regardais mes bras blancs, mes bras de joueur d'échecs, pendant que doucement ton corps prenait une couleur abricot.

Le soir nous allions dîner sur la place et nous buvions du résiné ; je trouvais que ça avait un goût de sciure mais j'aimais bien dire *retsina* et voir la serveuse se marrer à cause de mon accent jamais où il fallait. Martial faisait le singe avec les enfants, il les poursuivait partout, les attrapait deux par deux sous ses longs bras de nègre et sautait de table en table en poussant des cris très réalistes. Il fallait lui demander d'arrêter quand les enfants criaient vraiment parce que lui ne se lassait pas. Johnson disait que le lendemain il allait se lever avant l'aube et partir avec son carnet de croquis et sa boîte de couleurs pour attraper la première lumière et personne ne prenait plus la peine de se foutre de lui : le lendemain, Johnson resterait comme d'hab' à ronfler jusqu'à des pas d'heures. Marcelle faisait chier et Claire disait avec un air rêveur qu'elle avait envie de faire l'amour.

D'ailleurs, tout le monde avait plus ou moins

envie de baiser mais à part toi et moi, rien ne collait vraiment.

Claire voulait baiser avec Martial (« Parce que je suis sûre que tu as une grosse queue », lui dit-elle un soir, ivre, et lui la regardait avec l'air effondré, incapable de répondre, révolté par tant de vulgarité) et Johnson voulait baiser avec Claire, et Marcelle (qui parlait même quand elle s'appliquait son huile d'olive) voulait baiser avec Martial ou Johnson qui, tout de même, ne voulait pas baiser avec elle. « C'est pas seulement qu'elle est pas iolie, me disait-il, c'est qu'elle doit dire des conneries même pendant *oune* pénétration anale. » Martial ne voulait aucune de ces deux cinglées et il s'était levé une Italienne qui accompagnait ses orgasmes de cris merveilleux.

À mon soulagement, Marcelle finit par prendre le large avec un jeune Américain à queue-de-cheval qui se disait prêtre de l'Église de la Nouvelle Fondation, de Jacksonville, Floride. Il ne parlait pas français et Marcelle pas anglais, ce qui était leur meilleure chance de communiquer dans l'harmonie et, sans doute, d'apporter leur contribution positive à la Nouvelle Fondation, dont *Marcelle, si j'avais des ailes* aurait pu être l'hymne. Ils en avaient de la chance, les Jacksonvilliens.

Martial casé, Marcelle disparue, il restait Claire et Johnson. Je voyais bien qu'au-delà d'une certaine heure elle le considérait avec un peu moins d'hostilité. Même toi, qui ne supportais pas les branleurs dans son genre, tu lui avais dit que c'étaient les vacances, elle pouvait laisser aller.

Le problème était qu'elle lui avait auparavant distillé tant de mépris haineux que Johnson en avait perdu tous ses moyens. Le soir où, aussi bourrés l'un que l'autre, ils tombèrent (comment décrire ce mouvement ? l'un *contre* l'autre, l'un *sur* l'autre ?), il s'endormit avant même d'avoir ôté son large maillot de bain hawaïen (« Ça doit être quelque chose à l'intérieur », avait balancé Claire de sa voix aiguë quand nous avions constaté au bout d'une semaine qu'il ne le quittait jamais, jour et nuit). Quand il se réveilla au milieu de la nuit il la regarda et il vomit.

Après cet affront, Claire décida qu'il était temps de rentrer à la maison et nous restâmes seuls avec notre grand bébé baobab qui ne dépassait pas la page 5 de la préface du *Capital* et proposait des expériences de chamanisme aux femmes à condition qu'elles soient grecques.

Au fond on était bien, là, c'étaient les vacances.

Il n'y a rien de plus beau, peut-être, que d'écrire un livre en étant aimé d'une femme qu'on aime : la plénitude de ce sentiment, je ne la connus que bien des années plus tard mais c'est dans cet été que, la première, tu m'en donnas l'intuition, le commencement de magie.

Tu ne me demandais pas ce que j'écrivais et je n'avais pas envie d'en parler. Parfois, simplement, tu posais ta main sur ton épaule et je sentais que tes yeux glissaient sur le cahier. Tu me donnais un baiser dans le cou et la vie pouvait continuer. Les mots glissaient, j'inventais des mondes et quand tu me voyais arriver des étoiles dans les yeux tu ne me demandais pas si j'avais bien travaillé, oh non, tu me prenais seulement dans tes bras et j'étais ton homme le plus beau et le meilleur du monde.

Cet équilibre devait cesser à la fin du mois de juillet, où tu devais rejoindre ce con de Christian et quelques autres pour reprendre des vacances studieuses. J'avais demandé si je pouvais venir avec toi mais c'était juste pour t'embêter. Quand même, tu m'avais répondu sérieusement que je t'aurais dérangée.

Le matin de ton départ, je t'emmenai dans une grotte où avait vécu un saint et tu te tins sage contre moi ; nous chuchotions des choses gentilles et j'avais le cœur qui battait, je n'arrivais pas à croire que c'était fini, j'avais l'impression d'être en train de tomber d'une falaise de craie sans pouvoir me retenir. D'où nous étions on ne voyait plus la mer et on avait chaud à se couper l'appétit.

En revenant nous nous perdîmes dans les chemins qui traversaient les champs d'oliviers ; nous suivions une route en terre rouge qui semblait avoir été labourée par un troupeau d'aurochs. Tu me tenais par la main.

— C'était bien.

— Tu t'en vas.

— C'était bien quand même.

— Tu t'en vas quand même.

Tu fis une petite moue qui était aussi proche que possible du regret.

— Qu'est-ce que je vais faire tout seul avec Johnson ?

— T'enrouler autour des arbres pour capter les énergies. Lui acheter un deuxième maillot de bain. Lire *Le Capital*.

— Wittgenstein ne recommande pas Marx. Je ne crois pas qu'il le déconseille non plus, d'ailleurs — de toute façon ce n'est pas son genre de déconseiller qui que ce soit ou quoi que ce soit, à part les études de philosophie naturellement.

— Qu'est-ce que Wittgenstein recommande *particulièrement* ?

— Les études de médecine.

Tu me regardas pour voir si j'étais sérieux.

— Je ne plaisante pas. Pendant la Seconde Guerre il a travaillé comme brancardier dans un hôpital et il a sérieusement envisagé de reprendre des études pour devenir psychiatre.

— Ç'aurait été un drôle de psychiatre.

— Qu'est-ce que tu en sais? Il a été un instituteur exécrable mais c'était un excellent architecte et un fabuleux jardinier. Il jouait de la clarinette et il pouvait siffler de mémoire tous les airs de musique. En plus il savait parler aux oiseaux...

— Comme saint François.

— Oui, saint Ludwig, qui notait ses masturbations sur son carnet.

— Tu n'as qu'à faire comme lui.

— Salope!

Tu m'adressas un regard en coin et te mis à courir. Je n'eus pas de mal à te rattraper, te saisir et te faire rouler sur le chemin.

En arrivant au col nous étions couverts d'une poussière rougeâtre qui nous faisait encore cracher et tousser. En contrebas, c'est toute une ville qui se construisait, dans un grondement que j'étais surpris de ne pas avoir entendu plus tôt. Une brume de poussière s'évacuait en rafales au-dessus de la mer qui ressemblait à la Manche par temps d'orage. Le ciel bleu tremblait. Un cri d'oiseau surnageait parfois au milieu du chant des pelleteuses et des scies électriques.

— Je crois qu'il est temps que je rentre, dis-tu en t'essuyant le visage.

— Tu devrais attendre que la maison soit finie.

Je n'avais plus envie de rire.

Nous ne nous égarâmes plus assez pour nous perdre. Au milieu des oliviers étaient groupées des ruches au milieu desquelles des cosmonautes en short se déplaçaient avec lenteur, au loin. Les abeilles n'étaient pas tranquilles, avec ces nouveaux maîtres.

Jusqu'au soir — ton bateau partait à la nuit — nous n'échangeâmes plus que de petites paroles indifférentes en regardant la mer redevenue calme. Notre île de sable s'éteignait dans le couchant, ligne plus claire à l'horizon sur laquelle nous avions dansé comme des funambules. Johnson avait voulu rester avec nous et j'avais dû le chasser, ignorant son air de malheureux.

À une heure du départ mon corps s'agita dans des mouvements incontrôlés mais je te dis que ce n'était pas grave. Tu avais l'air désolé, tu ne voulais pas me faire de peine mais c'était comme ça, dis-tu gentiment. Ce n'est pas ça, tu peux t'en aller, ça m'est égal, c'est juste... C'est juste... Comme d'habitude, les mots restaient bloqués au fond de la gorge : les mots n'étaient pas faits pour être dits, les mots ne servaient à rien dans la vie, on ne pouvait que les écrire et les donner en secret à une femme qui ne le saurait pas ou bien après, quand il serait trop tard.

Je te conduisis jusqu'au port et je bus de la bière pendant que tu vérifiais ton sac et que tu te passais de la crème sur les bras.

Je regardais le bateau et ses lumières dans la nuit étaient le paquebot d'*Amarcord*, ce navire toujours trop grand de l'enfance, il passe pendant qu'on écarquille les yeux et on ne le retient pas, quoi qu'on fasse. J'avais une envie impossible et féroce de toi. Au-delà de cette limite, je m'étais persuadé que tout serait différent ; si tu partais je ne t'aimerais plus du tout, si tu partais je n'écrirais plus mon livre, je ne pourrais plus, si tu partais je me suiciderais au bout d'une heure de Johnson et de ses problèmes de pénétration anale. Si tu restais... mais tu ne resterais pas — et pourtant il fallait tout faire pour essayer de te retenir.

Tu étendis une main vers ton sac. Je me précipitai pour être debout avant toi. Je posai les mains sur tes seins comme tu te levais et léchai ce qui restait de soleil sur tes lèvres.

— Tu n'as pas envie ?

— J'ai toujours envie.

— Si tu restais, si une seule fois tu décidais de rester...

— Je m'en vais.

C'était dit sans sécheresse. Je décollai mes mains, mes lèvres, mon souffle et je pris ton sac. Pour parvenir au bateau il fallait montrer son billet au gardien d'une petite cahute qui commandait l'accès à la jetée. Nous nous arrêtâmes juste devant. Je te serrais dans mes bras et je regardais la mer : si je gardais les bras bien serrés tu ne pourrais pas partir ; si je fermais les yeux, ce bateau partirait sans toi et tu resterais avec moi.

Il y eut un miracle.

Les marins se mirent à rabattre la coupée et à peine avais-tu le réflexe de te précipiter que le gardien fatigué posait une barrière métallique interdisant l'entrée de la jetée. Tu essayas de lui parler mais lui ne comprenait rien sinon que ce n'était plus l'heure, on ne passait plus.

Je regardai avec émerveillement le bateau s'éloigner doucement de la jetée dans les grincements et les craquements et les remous des gros moteurs. Je ne bougeai pas quand tu te mis à courir vers le bureau de la compagnie maritime. Je gardais ton sac et je te gardais avec moi. Je ne comprenais rien mais je ne cherchais pas à comprendre, j'avais l'impression de boire une liqueur délicieuse et sucrée — *mystérieuse douceur qui, si elle vient en moi à se parachever, sera je ne sais quoi* — l'aliment, le vin, le froment, la substance même de ton amour, tout ça en gardant ton sac entre les jambes et en te regardant courir, les jambes en désordre.

Il y avait toujours du monde sur le quai et j'entendais de plus loin les pulsations des discos du port.

Tu revins à pas lents, le visage sans expression.

— Ce n'était pas le bon.

— Qu'est-ce que tu dis ?

— Ce n'était pas le bon bateau. Le mien a deux heures de retard.

J'eus froid.

Je me tus.

Nous attendîmes deux heures et tu partis.

5

Un mariage et un enterrement (1)

Quand d'autres accomplissent une œuvre qui marque ou des performances qui font date, quand des jeunes gens courageux et conscients s'engagent dans des actes qui *comptent*, je dépensais ma prodigieuse énergie à me forger le douteux destin de séducteur triste. Je fis de ma vie un samedi soir qui durait.

J'avais lu (entendu ?) que certains dons Juans de sous-préfecture tenaient à jour un carnet de leurs aventures, veillant à ce que toutes les lettres de l'alphabet comportent au moins une entrée. C'était vulgaire, naturellement, et dégradant pour les deux parties, un peu comme les dîners de cons : enfin une aventure à ma taille !

J'avais une tendance à cultiver les initiales rares. Dans les soirées je cherchais Zynia (pour découvrir avec consternation que c'était un fils de gaulliste qui commençait toutes ses histoires par : « Alors, le général a dit à mon père »), Quitterie ou Wassila ; je déjeunais à la cantine du conservatoire Rachmaninov, m'inscrivais à l'institut Goethe, fréquentais les centres culturels scandinaves. La nullité de l'entreprise me consternait autant qu'un autre ; loin de me décourager cela me stimulait. Je découvrais sans m'en rendre compte qu'avoir honte de soi est une forme d'aphrodisiaque puissant, indéfiniment renouvelable et entièrement naturel.

J'étais en même temps, comme me le dit un ami avec perplexité, « l'être le plus moral que je connais ». Je me posais à propos de chaque sujet, si anodin soit-il, la question de ce qu'il *fallait* faire ; j'étais exigeant et intolérant, susceptible et malheureux. Je me formulais des promesses intenables pour me faire une vie impossible, je m'écrasais d'exigences ; j'ignorais absolument l'apôtre, qui veut que Dieu ne tente pas l'homme au-delà de ses forces. Oui, j'avais bien le ciel étoilé au-dessus de la tête, et la loi morale me dévorait le cœur : je ne l'oubliais jamais en me vautrant. Un joueur de poker m'avait raconté que le plus grand plaisir était de perdre et c'était une phrase qui me revenait souvent : *le plus grand plaisir, c'est de perdre.*

Je t'avais perdue.

J'avais une amie que j'aimais mal depuis des années mais qui ne me quittait jamais vraiment, même quand elle avait des amants, et que je ne quittais pas non plus. Plus tard, évidemment, je me rendrais compte qu'elle m'attendait, tout en se forgeant la conviction sans morosité que je ne viendrais pas — jamais. (C'est d'une facilité à pleurer, de devenir *l'homme de la vie* de certaines et quand la peine s'est accumulée et que tout ça n'a vraiment plus de sens, on se rend compte que la dernière chose décente à faire c'est celle qu'on aurait pu faire en premier : disparaître.) Au fil des années, je vis passer des hommes par lesquels elle se rendait de plus en plus malheureuse, malheureuse presque à en mourir.

Quand je la revis cette année-là, elle ne faisait plus l'amour comme avant. Elle avait appris à se caresser avec une sorte de rage qui lui faisait en même temps sortir des chapelets de mots. Elle parlait comme on coule et cette découverte me troubla, m'entraîna vers un monde nouveau, où les mots ne s'organisaient pas en discours, en exposés, voire en histoires, mais rugissaient dans un staccato de mitraillette, éructaient, exigeaient, triomphaient, où les mots n'étaient qu'une expression du corps, une sécrétion au milieu des autres. Il ne fallait pas leur donner de sens et les rattacher aux structures familières du langage : il suffisait de les accompagner et de les faire jaillir à la manière d'une jouissance féminine, interminable et incompréhensible, excitante, vaguement inquiétante.

Plus tard, j'ai lu les mots « mystérieux féminin »

dans une étude sur la philosophie chinoise mais je n'ai jamais pu — je ne peux toujours pas — les comprendre qu'associés à cette jouissance.

Mon amie vint me voir — elle connaissait mon histoire — pour me dire qu'elle aussi était enceinte. « Je ne peux pas te faire ça », me dit-elle. Non, elle ne pouvait pas me faire ça : j'étais d'accord. Pourquoi pouvais-je avoir un enfant, et pas deux ? Pourquoi elle — et pas l'autre ? Si j'avais la paternité facile, pourquoi certains sacrifices étaient-ils acceptables et d'autres non ? J'étais incapable de donner des réponses. C'était comme ça — c'est tout. Je pleurai avec elle, car elle était déjà passée par là quand elle avait seize ans — mais je la laissai seule.

Avec le temps qui passe, en regardant ma fille, je pense à l'ombre de ceux qui ont été conçus mais ne sont pas nés. Elle grandit avec elle. Je ne leur imagine pas une personnalité particulière mais j'évoque cet être-là silencieusement quand j'entends un petit garçon s'inventer des frères et des sœurs imaginaires avec de ces noms inuit ou dogon que les enfants dénichent au hasard de leurs pérégrinations intérieures, ou bien simplement dans le chagrin qui se réveille dans l'écriture de ce livre. Je ne vais pas plus loin, je ne cherche pas ce qui aurait été ; mais j'ai cessé de repousser la présence.

Nous portons les deuils accomplis aussi bien que ceux qui ne le furent jamais ; nous voyageons avec des âmes mortes, peuple à la légèreté de l'air mais lourd comme la somme mystérieuse de nos histoires. Ceux qui furent et ceux qui furent à peine, ceux qui passèrent — fantômes qui ne cessent de se réinventer, de nous accompagner et que nous rejoignons bientôt.

Des années plus tard, la même femme fut de nouveau enceinte d'un enfant qu'elle ne *pouvait* pas avoir et, dans une sorte de bégaiement de l'émotion, c'est vers moi qu'elle se retourna, c'est moi qui l'accompagnai à la clinique, moi qui l'attendis et pleurai de nouveau avec elle, tandis qu'elle avait si mal de cet enfant et des autres. Nous passâmes la nuit ensemble, l'un contre l'autre, à murmurer des mots que j'ai oubliés mais je crois que je pouvais enfin être doux avec elle — je m'extrayais de la peine que je lui avais faite, je lui disais avec mes lèvres, avec mes mains, que sa vie continuait. Avec nos souffrances j'étais devenu un être humain et c'est en représentant de l'espèce que j'avais le privilège d'être à côté d'elle pour l'aider à traverser.

Enfin, j'appris que tu te mariais.

Je n'étais pas surpris, plutôt engourdi ; pas malheureux, plutôt triste à l'ancienne. Il me revenait par éclairs des épisodes de notre vie — plutôt drôles — comme si c'était *moi* qui me mariais. Je me disais : il faudra que je te raconte ça, j'ai complètement oublié, c'était si con. Par exemple, au début, cette Black magnifique qui m'avait proposé de faire la sieste avec elle et je lui avais dit je ne peux pas, je suis amoureux. Tu sais ce qu'elle m'avait répondu ? « Je comprends ça très bien mais viens quand même. Pour que tu n'aies pas peur, on mettra un traversin entre nous. » C'est pas beau, ça ? Tu ne crois pas que je devrais la regretter, cette sieste-là ? Une fille comme ça, elle devait avoir un tempérament, je ne sais pas. Tiens, je me souviens même de son nom, j'avais écrit une chanson sur elle pour ne pas l'oublier. Voilà les choses que je te sacrifiais, mon amour, dans l'emballement de ma passion pour toi.

Et la fille d'avant, je t'en ai parlé ? Ben oui, il y a toujours une fille d'avant, je veux dire celle de juste avant. Elle avait un nom de province française et elle était très chaste et digne et mignonne et je prenais le RER pour aller la voir à Nogent-sur-Marne et on s'embrassait à s'irriter les lèvres et pour la toucher c'était toute une histoire, déjà parce qu'elle ne portait que des pantalons. Elle était entourée d'un halo de décence légèrement intimidant et elle me prenait terriblement au sérieux, ce qui n'était pas un service à me rendre mais j'imagine qu'il n'y avait pas moyen de faire autrement. Je lui avais fait lire *La révolution sexuelle*, de Wilhelm Reich, et elle n'y avait rien compris mais elle avait eu au moins le mérite de l'avouer. Toutefois, par respect pour moi, elle trouvait que c'était important et qu'il fallait sans doute faire là-dessus une communication à la fête de l'Huma. Elle avait la chance d'avoir des parents communistes et, toute petite, elle avait sauté sur les genoux de Waldeck Rochet. Elle appelait Duclos « Oncle Jacques » et Marchais « Oncle Georges » et pour la faire enrager je lui parlais d'Onc'Picsou — forcément elle avait été nourrie à *Pif* alors que j'avais le *Journal de Mickey*. Un soir, pas loin de la station du RER, après une heure de discussion sur Reich et de baisers mouillés, j'avais réussi à prendre sa main et à la poser sur mon sexe en érection. Elle était légèrement émue : c'était la première fois qu'elle en touchait un — sauf si sur les genoux d'oncle Jacques ou d'oncle Georges... non, je plaisante, en ce temps-là la pédophilie n'avait pas encore été inventée, surtout au PC.

Je t'avais rencontrée le lendemain du jour où elle m'avait promis sa virginité — il est vrai sans fixer de date, exaspérante imprécision qui, avec le recul, me semble avoir été de sa part une intuition juste dans une ligne politique qui, dans sa rigidité même, n'avait jamais manqué de clarté.

Bouleversé par ma découverte de toi, je m'étais précipité à la station du RER de Nogent-sur-Marne pour lui en faire part. Passé le premier élan de mon enthousiasme, je me rendis compte que j'étais passablement cruel et je me mis à bafouiller. Elle me regardait avec son air paisible, probablement assez malheureuse, et elle ne disait rien. Je m'arrêtai enfin, roulant des yeux inquiets.

— Tu n'oublieras pas de me rapporter mon magnétophone, dit-elle avec placidité.

J'acquiesçai.

— Bon, eh bien on se dit..., commençai-je en m'approchant de ses lèvres pour les embrasser une *dernière fois.*

Elle se détourna avec vivacité et m'offrit ses joues à la place. Puis elle me considéra non sans un brin de moquerie :

— On se dit au revoir, dit-elle.

Soulagé par cette leçon de réalisme socialiste et surtout par l'absence des effusions que j'avais craintes, j'étais remonté dans le RER direction Paris.

Je n'étais pas fier. Je ne crois pas que c'est pour cette raison que je ne t'ai rien dit d'elle, de son nom de province française, de ses pantalons pattes d'éph, ses chemisiers bleu ciel dont seul le dernier bouton était ouvert. J'aurais dû. Mais j'étais trop occupé à me soûler de toi, je me noyais dans l'étonnement anxieux d'être avec toi.

Cette aube-là, tu vois, on ne la revoit pas.

Je te le dis sans regret, et même sans nostalgie, car c'est une aube inquiète à laquelle rien ne nous a préparés. La minute d'avant, on se cachait derrière le canapé pour ne pas voir le monsieur et la dame qui s'embrassaient sur la télé en noir et blanc ; la minute d'après on en a plein le corps et le cœur, les sensations déboulent de tous les côtés et la lecture précoce d'*Anna Karénine* ou de *Madame Bovary* ne nous servent plus à rien.

Tenant entre les mains le carton d'invitation, je piochais dans des souvenirs qui s'enfuyaient. De toi je ne savais plus rien, ne voulais rien savoir et ma rage emportait tout, comme si l'entreprise vaine de ma vie avait voulu de ces mois-là effacer toutes les traces. C'est étrangement au début d'un amour, quand on n'a presque pas d'histoire, qu'on joue sans se lasser à « tu te souviens ». Après, quand les années ont passé, qu'on soit englué dans la misère de l'habitude ou qu'on ait perdu celle qu'on aimait, on est condamné à une mémoire solitaire et grincheuse, fragmentée, une mémoire en guerre pleine de traîtrises. Il faudrait pouvoir se traiter comme une enquête et interroger les autres sans relâche pour atteindre une vérité de soi-même qui ne nous inflige pas les souffrances inutiles de l'enfermement. On s'épuise à être soi, on se répète et on se perd dans l'acharnement. C'est uniquement face à l'autre que cette camisole cède provisoirement; c'est uniquement dans cette rencontre que nous trouvons nos commencements.

Je passais mon doigt sur les lettres dorées de

ton nom, du numéro de téléphone que je n'appellerais pas pour dire que je viendrais, que je ne viendrais pas. J'avais oublié. Je ne savais plus où nous nous retrouvions, comment tu me regardais, ce que nous nous disions. Nous allions voir des films ? Nous écoutions de la musique ? Je ne savais plus rien de tout cela, mon amour, car il aurait fallu être avec toi pour le faire sortir de la petite fumée et tu n'étais pas là et si tu avais été devant moi je n'aurais pas su t'en parler.

On plonge dans la mémoire comme on se souvient des rêves : non pas brutalement, en tentant de la faire remonter à la conscience et en tentant par force de « se souvenir » (car dans ce cas-là on a l'atroce impression de la voir s'éloigner à tire-d'aile, se dissoudre à grande vitesse, et on reste debout et seul, la main tendue vers le vide, n'ayant pas retenu l'ami qui s'enfuyait). Cette remontée de rivière est un apprivoisement des sensations, un apprentissage du corps où il faut retrouver les mots comme s'il s'agissait de larmes et de rires comme les autres.

Tandis que j'évoquais nos histoires, je regardais autour de moi ceux que j'aime : ce n'était pas avec eux, ce n'était pas là que se trouvait ma peine. Alors, insensiblement, je glissais vers des sensations indistinctes, la mémoire des objets qui avaient porté ta marque, une couleur brune que tu avais aimée une saison entière, une gare où tu avais attendu, un aéroport où nous avions raté un avion par ma faute ; peu à peu cela se dématérialisait, je n'avais plus besoin d'évoquer quoi que ce soit de précis et au contraire les impressions flottaient au flux et au reflux des vagues, m'emplissaient d'une présence de toi qui n'était plus image, goût, odeur, voix, mais quelque chose de plus profond, comme une note unique qui se répète et vibre, jusqu'à représenter dans le silence qui monte l'âme de la musique elle-même.

Cela fait longtemps que je ne t'aime plus mais mon amour de toi, lui, vit encore.

Il n'est pas figé dans le souvenir que j'en ai : il n'est pas englué dans la mélasse de la répétition des gestes et mes moments de colère contre toi (ceux que j'ai dits, ceux que je raconterai) ne suffisent pas à l'empêcher de vivre et de se développer, même s'il se cache dans les recoins de mon âme. C'est un amour sans désir, peut-être celui-là que W., inspiré par le suicidé Otto Weininger, jugeait seul digne d'estime, l'amour que nous avons dans l'*éloignement*. Mais ce qu'il essayait dans l'espace, seul le temps l'accomplit pour moi : je n'ai pas envie de toi, de te toucher. Si je rêve de t'étreindre et de te tenir contre moi, toutes les images qui me viennent sont exemptes de déshabillage et ton corps lui-même n'est qu'une impression vague.

C'est comme s'il y avait une présence derrière la présence — quelque chose qui perdure malgré la séparation et qui ne cesse de m'imprégner, quelque chose qui fait partie de toi et que je retrouve, selon le mode de mon rêve, en entrant en toi. Tu étais là, tout le temps, dit saint Augustin à son Dieu et c'est ainsi que je le ressens : tu étais là, tu ne cessais pas. Même quand je te faisais souffrir, même quand nous nous séparions, même quand je feignais de t'oublier et que je t'oubliais vraiment, tu étais là, toujours, et quelque chose de toi d'impossible à décrire continuait à me donner de la lumière, même si je ne le voyais pas.

Je sais bien que ce sont là des mots dangereux mais le langage de l'amour est le seul que les hommes ont trouvé — même pour parler de Dieu. Dieu absent — peut-être pour toujours — il nous reste les mots et les autres, il nous reste les prières et les ors, l'encens, toute cette mystique de pacotille, si l'on veut, et qui pourtant se trouve au cœur de nos histoires d'amour à la manière des trésors misérables (ailes de libellules, micas aux facettes brillantes, débris de bâtons qui furent des épées) enfouis par les enfants au fond des tiroirs.

Bien sûr, ce n'étaient pas ces mots que je trouvais en retournant ton faire-part entre mes doigts, assis sur ma malle en désordre, cherchant la pâle lumière de la fin de l'automne.

Je suffoquais de confusion et de chagrin et

justement les mots me manquaient. Je n'en trouvais ni pour alors ni pour avant.

Ce furent des jours étranges où je restais chez moi à manger des biscottes et où je ne décrochais pas un téléphone qui ne sonnait pas. (Plus tard, à la veille de mon mariage, une amie m'appela et me dit en pleurant qu'elle regrettait, c'était elle que je devais épouser et j'essayais d'être léger, de lui dire qu'en effet la vie était belle, pourtant c'était elle qui avait raison de créer ce trouble, il était présent et indiscutable et il fallait mon aveuglement volontaire pour ne pas vouloir, ne pas savoir, ne pas écouter Jeannot, ne pas regarder l'air triste de Johnson.... Est-ce que j'avais eu envie de faire ça avec toi ? non vraiment, pas une seconde, et pas seulement parce que je savais qu'avec toi ça n'aurait jamais marché.)

Ce serait une grande fête sur un bateau avec deux orchestres et des nourritures de tous les continents. Ce serait bien — je veux dire pas seulement bien comme il faut (même si cela aussi) — mais bien tout court : une de ces nuits qui ne finissent pas et où on n'en finit pas d'embrasser ceux qu'on connaît et ceux qu'on ne connaît pas. Vers l'aube quelqu'un dit : « Si on allait prendre le café à la mer ? » et on s'entasse à six dans une 4L ; le temps d'arriver sur la plage grise de Villers-sur-Mer, tout le monde s'est plus ou moins endormi et on se demande ce qu'on fout là mais ça n'est pas grave, la nuit est finie et seule la nuit comptait. Il faut des nuits comme ça dans une vie (non pas toutes les nuits, car c'est alors une habitude ni meilleure ni pire que les autres), il y en a un petit nombre et elles sont précieuses, elles ont des odeurs de shit, des odeurs de foin, elles ont le goût des seins laiteux, des lèvres sèches, elles sont couleur d'ombre et thé brûlant pour se réveiller, ping-pong dans le noir, vin blanc tiède et *Sympathy for the Devil*.

Ce serait une nuit comme ça.

Depuis le matin je la vis approcher, et ma seule et morne satisfaction était que je n'irais pas.

J'avais cette photo de toi, toujours la même, celle où tu penches la tête et où tu regardes ailleurs, et je la tournais entre mes doigts.

Est-ce que, est-ce que finalement?

Mais non, bien sûr. Et — quand même — je n'irais pas.

Est-ce que, est-ce que malgré tout?

Je me sentais sale et j'avais froid, je voulais arracher cet *alien* qui me dévorait les entrailles et me forçait à être moi, c'est-à-dire sans toi. Je me rendais compte que moi aussi, au fond, quelles que soient mes dénégations et mes prétentions, je t'avais attendue, jusqu'à l'absurde. Toutes ces histoires qu'on se racontait, l'une derrière l'autre comme une série de voiles dans le palais.

Et puis encore — seule vérité fixe — ce petit amour-propre, n'est-ce pas, celui qui ne meurt jamais, non, ni chez les saints, ni chez les sages, alors tu penses, moi... Tu n'étais pas pour moi (ou plutôt je n'étais pas pour toi) et donc tu n'étais à personne. Le séducteur triste veut laisser des veuves derrière lui ; ayant cru en vain à l'éternité de son amour, elles se consoleront avec l'éternité de leur chagrin. Non, je blague : juste un pincement au cœur, cette nausée qui va et vient.

Derrière, un abrutissement, un engourdissement, comme si j'avais ouvert le gaz, à l'ancienne. Derrière encore, une sorte de paix inattendue. J'avais soudain envie de te voir et de t'embrasser, de te dire que tu étais belle et que je te souhaitais des choses radieuses, de serrer la main de ton mari (il était très grand, n'est-ce pas ? et cela seul, déjà, me le rendait très sympathique, un grand qui a du mal à se caser) en lui disant qu'il avait beaucoup de chance de t'avoir rencontrée, et toi aussi, enfin tout le monde avait de la chance, et moi le premier. Oh ma générosité tandis que j'essayais de trouver quelque chose qui ressemblait à un costume et que je cherchais le carton d'invitation, pendant que je me brossais les dents et me rasais et même pschitt pschitt, oh l'élargissement de mon âme et comme par l'amour de toi, désintéressé, total, elle accueillait l'univers.

Si j'avais pu avoir un témoin ! Je vois bien que tu ne me crois pas, tu penses que j'exagère ! Si

Johnson avait été là, il te le dirait... Non, pas Johnson, tu te méfierais et tu penserais que nous avons fumé ensemble l'herbe du diable et qu'il m'a fait le coup des enseignements du sorcier yaqui. Soit dit entre nous tu as tort de te méfier de Johnson : c'est le plus sincère de tous, il est incapable de mentir ou alors comme un enfant, en se cachant derrière les paumes de ses grandes mains. En tout cas il ne te mentirait pas sur un truc pareil (tu te prépares et tu t'es fait friser les cheveux, ce qui te donne une allure assez étrange, préraphaélite on disait dans le temps, tu es une de ces madones peintes par Fra Filippo Lippi qui allait chercher ses modèles dans la rue sans doute parce que l'innocence du regard chez une prostituée indique des capacités de survie spirituelle qui ne sont pas de ce monde, ce n'est pas ce que je veux dire, je m'égare, excuse-moi, c'est juste que je suis troublé par ce qui reste de ta beauté dans cet interminable apprêt, dans cette inquiétude qui malgré tout te taraude, dans ton envie de tout envoyer balader et de disparaître, de dire non non — je ne ramène pas tout à moi, c'est normal que tu ne saches plus, que tu sois paumée — et puis tu as Marcelle qui t'appelle pour te demander de lui prêter une robe, comment lui expliquer avec délicatesse que jamais elle ne rentrera dans une de tes robes, Marcelle ! le jour de ton mariage ! Et puis finalement c'est assez gai et assez drôle et tu n'as pas si peur que ça), au contraire il t'aurait décrit chaque mouvement intérieur qui m'agitait avec le talent d'un échographe de l'âme, avec les bruits et en couleurs, s'il vous plaît. Mais Johnson n'était pas là, ni personne, et je dus me résigner à partager avec moi-même ce grand moment de mon abandon à l'autre.

Le temps que je descende dans le métro à Austerlitz, l'euphorie était retombée mais j'avais gardé suffisamment d'énergie pour prolonger le mouvement entrepris et me convaincre que faire demi-tour aurait été d'un pleutre.

Il fallait marcher longtemps le long d'un quai désert pour atteindre la péniche. Je ralentis à son approche : la pulsation de la musique me rappelait à quel point j'étais en retard. De mon élan initial ne restait que deux cigarettes au fond de la poche et l'envie d'être de la fête d'à côté, celle où je n'étais pas invité et où je ne connaissais personne. Il n'y avait pas de fête à côté.

Je regardais les silhouettes s'agiter, suivant parfois dans l'ombre un couple qui sortait sur le pont pour s'embrasser ou fumer une cigarette. Ils ne restaient pas longtemps : on sort voir les étoiles et on ne renifle que l'humidité de l'air. Une bouffée de bruit, de fumée, de rires, s'échappait quand la porte s'ouvrait, bloc de fête que la nuit happait et escamotait. Il restait cette rumeur, ce battement dont la vibration s'étendait jusqu'aux lattes du pont. Je restai de longues minutes sur la terre ferme, incapable de bouger, m'imaginant pour rire que je larguerais leurs amarres et qu'ils partiraient à la dérive sur la Seine, incapables d'esquisser le moindre geste avant de se retrouver au milieu de l'Atlantique.

Soudain surgit une voix se détachant nettement sur le fond de la nuit et qui chantait des mots touchants et ridicules. *Ah ! Je suis heureuse, l'amour étend sur moi ses ailes, au jardin de mon cœur chante une voix nouvelle...* À travers les carrés embués des vitres je vis les danseurs s'immobiliser et des cris fusèrent. *Autour de moi tout est sourire, lumière et joie ! Et je tremble délicieusement au souvenir chantant du premier jour d'amour !* Après un piétinement joyeux toutes les lumières s'éteignirent tandis que la voix reprenait : *Et je tremble délicieusement...* accompagnée par un chœur aux harmonies douteuses. Les lumières se rallumèrent et je te vis — je « vous » vis, impression étrange de sa taille et de la tienne, en effet, brume de vos visages et pourtant tendresse, tendresse sans limites, de son mouvement vers toi, une façon de se casser en deux qui ne manquait aucunement de grâce. Je devinai sur ton visage quelque chose d'arrondi et d'heureux, une plénitude que je ne te connaissais pas. Je devinai ? J'inventai ton bonheur à la mesure du désarroi où je me plaisais. Aussi loin que je me souvienne, la vie des autres m'avait toujours semblé d'une qualité heureuse dont j'étais exclu, que ce fût par une disposition de ma nature ou bien une faute que j'avais dû commettre sans savoir ce qu'elle était. Ce que Fitzgerald prêtait aux riches, cette étrangeté fascinante et radicale qui les mettait à distance en les faisant différents, je me sentais enclin à la soupçonner chez tous ceux qui croisaient ma vie et je glissais dans ma solitude, ne sachant trop si je m'en faisais misère ou gloire.

Tes yeux brillaient quand ils se posaient sur chacun ou partaient vers ailleurs et même dans ma direction où tu ne pouvais me voir puisque j'étais une tache sombre dans l'ombre mouillée.

Je ne pouvais me lasser de te voir sans être vu ; je n'étais plus le détective privé minable des premiers temps mais j'avais trouvé dans l'absence une façon d'être où je m'accomplissais. La vie me suggérait l'oblique, la tangente, les jeux d'ombre ; on pouvait vivre en sautant de fantôme en fantôme, de nuit en nuit, on pouvait vivre en oubliant d'être soi et en regardant briller les yeux des autres ; on pouvait vivre en n'étant qu'à la place de celui qui n'en a pas ; on pouvait vivre en mort.

Je ressentis enfin de la tranquillité.

Le dégoût était passé — et l'exaltation, et l'inquiétude, et tous les sentiments violents, et toutes les confusions.

C'était une paix que je ne pouvais partager avec personne et dont je ne jouissais que sur l'instant, dans l'anonymat et l'inconfort des reniflements, aussi longtemps que les tremblements de plus en plus incontrôlés de mon corps me le permettraient.

La foule se referma autour de toi mais je ne perdais pas ton visage, tes sourires, les embrassades, les verres qui s'entrechoquaient.

Ensuite, les premiers accords d'une chanson familière retentirent.

All right now.

Je me secouai enfin et pris à pied le chemin de chez moi, laissant flotter un reste de ma solitude sur le pont détrempé. Comme je m'éloignais des lumières et de la musique je me mis à courir, créant mon propre rythme et ma propre ombre, scandant les paroles de la chanson qui m'accompagnait depuis notre séparation et m'accompagnerait encore longtemps. « Tu mourras seul... tu mourras seul... », à la manière d'un train qui, après un long arrêt en rase campagne, reprend doucement de la vitesse et trace son chemin au milieu de la nuit. Je ne savais pas encore ce que les paroles de la chanson tenaient en réserve pour moi, ni qu'on pouvait aussi les dire sur le ton de l'ironie, du ricanement, et qu'elles n'y perdaient pas leur charge de dévastation. Oui, je les retrouverais dans toutes les circonstances de la vie où, en effet, je serais seul, ni particulièrement victime, ni nécessairement coupable, simplement dans un retrait des autres et du monde où je n'éprouverais aucune satisfaction que morose, masturbatoire, mais qui me paraîtrait avoir été par décret la seule issue qui m'était réservée.

Dans les quelques heures qui me séparaient de l'aube, toujours tremblant d'un froid qui m'avait saisi jusqu'aux os, j'écrivis une sorte d'histoire, un conte pour enfants si je me souviens bien, dont je laissai parler la naïveté sans honte ni retenue.

Je sais qu'il y était question d'oiseaux, de mer, de départ, de bleu du ciel... Tu vois dans quel état j'étais...

C'étaient les premières lignes que j'écrivais depuis le dernier été de mon amour pour toi et c'étaient aussi — ce qu'alors j'ignorais — les dernières que j'écrirais avant bien des années.

Le froid avait cessé de me faire trembler mais il était en moi profond... « le livre est la mer qui brise la hache gelée en nous » : j'avais souvent été hanté par la notation célèbre du *Journal* de Kafka, pris par sa mystérieuse poésie, sans bien comprendre ce qu'elle pouvait signifier pour moi. Ma vie, ces années-là, fut l'envers de cette phrase : l'impossibilité d'écrire laissait entière cette mer qui me gelait cœur et âme.

Je n'aimais plus.

Vivre sans aimer est un malheur, écrire sans aimer un péché commis par beaucoup. (Je dis exprès « péché » qui n'est pas un mot très aimé alors que nous en avons besoin pour dire la confusion qui est en nous quand, littéralement, nous « visons à côté ».)... Ne va pas croire que je ne le commis plus sous prétexte que je ne publiais plus... J'écrivais bien, tu sais, des mots qui n'étaient pas à moi, des mots pour les autres et que je n'aimais pas, des mots pour ne rien dire ou dire ce qui n'était pas moi, je crachais des mots-glaçons avec autant d'efficacité qu'un frigidaire américain et ma petite hache d'amour je l'avais laissée derrière moi, je l'avais perdue dans cette nuit froide et humide où j'avais enfin rendu les armes.

(Je ne le savais pas mais les mots ne disparaissaient pas — comme je le crus plus tard dans des soirs de colère, de révolte, d'humiliation ou simplement d'abattement —, ils se réfugiaient dans ce château fort de mon âme, attendant une délivrance impossible.)

À la fin de la nuit, les yeux lourds de fatigue, la bouche cartonnée d'avoir fumé sans cesse, j'achevai de recopier à la main ma petite histoire, d'une écriture ronde et lisible. Je la pliai et je la glissai dans une enveloppe à ton adresse (ce n'était plus l'adresse de l'avenue Mozart mais une autre, nouvelle, inconnue, et je préférai cela) ; je ressortis et allai la poster à la gare d'Austerlitz où je bus un mauvais café mais brûlant. Pas de partie gratuite au flipper, pas même une extra-ball. Je voudrais dire au moins qu'en rentrant le soleil frisait les berges de la Seine mais ce n'est pas la vérité : ce n'était que le début de l'hiver, la nuit durait toute la vie, il n'y avait qu'à prendre son mal en patience.

En longeant les grilles fermées du Jardin des Plantes, je me souvins que c'était là, à la fin de l'été d'avant, que j'avais écrit les dernières lignes de mon livre. Je le notai sans m'y arrêter, sans y voir un signe.

Je n'écrirais plus.

Je ne connaîtrais plus cette hâte, cette allégresse d'un heureux malheur qui se prépare et s'accomplit dans le secret des nuits, toujours les nuits. Je n'entendrais plus ce chant monter, cette rumeur de la terre et du ventre qui fait un piétinement du diable en nous, comme si des armées nous dévastaient et, en même temps, nous libéraient. Je ne serais plus naïf : je serais un homme moderne, triste, pressé, respectable, protégé, qui n'aurait à lui qu'une boîte à secrets à laquelle il se garderait de laisser personne s'intéresser de près. Ma fille saurait que j'avais publié un livre l'année de sa naissance et je rencontrerais encore, de loin en loin, de moins en moins souvent, un vieux type un peu bourré qui me demanderait si je n'avais rien publié récemment. Des fois oui mais là non.

Je n'écrirais plus : ce serait la paix des morts, la paix du silence quand on passe sur le champ de bataille pour ramasser les cadavres de soi-même indéfiniment allongés sur la plaine. Vent et cendres, gémissements étouffés. Est-ce que je n'avais pas le droit, moi aussi, d'être heureux comme toi, d'avoir une maison, une femme et deux enfants et une de ces vies réglées qui nous amènent au cimetière, doucement, peinards, ayant assuré la loi de reproduction de l'espèce et pour cette peine mérité un corbillard trois étoiles avec toutes les options, clim' comprise ? Je n'écrirais plus — que des bribes sur un carnet, debout à un feu rouge, feuille arrachée froissée au fond de la poche, allez roulez, mauvais souvenirs, allez mourez vieilles douleurs et les jours où je voudrais rester couché appelez ça les petits rhumatismes de l'âme, laissez faire la blessure inguérissable de la vie, on n'en meurt que le temps de mourir.

Je serais si bien tapi dans la forêt de moi-même que je ne m'y apercevrais jamais : j'adopterais fidèlement la foi des autres et j'en réciterais les prières qui à force deviendraient les miennes : ce que j'avais été serait un mauvais rêve et tout cela s'oublie, tu le sais maintenant, tout cela se guérit à grands coups de produits naturellement sécrétés par l'organisme, sans adjonction de colorants.

En remontant le boulevard de l'Hôpital, tout doucement, comme un vieux, je me disais que je n'étais pas fatigué, pas fatigué du tout, plutôt léger même, presque envie de courir (et dans ma rumination je ralentissais au point qu'une vieille dame m'attrapa le bras, me demanda si j'avais besoin d'aide et elle m'indiquait furieusement de la pointe de son parapluie un panneau sur le trottoir d'en face où j'arrivais à lire « groupe de la Pitié », mots qui me semblaient très étranges, je ne comprenais pas ce qu'une conversation sacrée devait faire au milieu du boulevard et la dame me lâcha, elle s'éloignait en proférant des insultes et en me traitant de fou). Arrivé chez moi je m'allongeai et m'endormis les yeux ouverts.

J'avais été seul à ton mariage et seul à mon enterrement, seul à chanter et à verser des larmes, seul à faire des vœux et à condoléer, seul à mourir, seul à processionner — et à la fin le type qui jouait de la grosse caisse tout seul quand la foule avait quitté l'église, jeté les confettis, pris la photo, serré les mains, évacué le cimetière, c'était encore moi.

J'avais bien mérité de la fatigue.

DEUXIÈME PARTIE

L'ARBRE AUX OISEAUX

6

Lahore

Le temps d'avant coulait en moi, remontant vers une source où je le perdais. Je vivais ma vie de disparu, une vie d'ombre où tout semble et rien ne se fait. À la porte des émotions, j'avais accroché le panneau « en dérangement ». *À présent nous voyons comme en miroir et en énigme...* Là où saint Paul réclame le face-à-face avec Dieu, je partis en voyage loin de moi-même, là où personne ne me connaissait, je revêtis tous les déguisements de la terre et me fis des comédies, des drames et des saynètes à foison.

On parle souvent dans les journaux (c'est même, je crois, ce qu'en langage de presse on appelle joliment un « marronnier ») de ces gens qui disparaissent un beau matin et refont leur vie ailleurs — autre métier, autre pays. « Mon pauvre mari », disait une amie marseillaise de ma famille — et je la crus longtemps veuve jusqu'au jour où j'appris que le « pauvre homme » était un jour parti chercher un poulet et n'était pas revenu. Pour rassembler son courage, cet homme-là avait eu besoin d'un poulet qui courait vite. Pourquoi un poulet? Pourquoi pas des cigarettes ou une ampoule à baïonnette de 60 watts, une bombe insecticide ou de l'engrais pour les géraniums? Pour moi, je n'avais pas besoin d'accessoires pour disparaître sans laisser de traces. Cela se fit sans violence ni décision radicale, mais insensiblement, et avec une efficacité parfaite.

Les autres ne s'intéressent pas à toi et ceux que, par hasard, tu intéresserais ne savent pas te le dire. Il suffit pour assurer ta tranquillité d'être silencieux et de sourire, il suffit de ne pas répondre à des questions qu'on te pose en attendant — ce qui ne tarde jamais — qu'on cesse de te les poser.

Les gens connus, ceux dont on voit la photo dans les journaux, finissent par rédiger pour eux-mêmes et les autres une biographie officielle qui leur tient lieu de vie : ils deviennent cela, réellement, et quand un enquêteur plus acharné vient leur mettre sous le nez un épisode oublié ou dissimulé, ils se sentent souvent mal à l'aise. Mais ce qu'on fait pour les autres, en pleine lumière, on le fait pour soi, dans l'ombre et l'anonymat : on se raconte sa propre vie sur le mode des anecdotes enfantines ramassées par les parents qui souvent nous tiennent lieu d'enfance. *Où es-tu ?* L'éternelle question posée par

Dieu à Adam, nous y répondons en étalant sur la table une carte d'état-major où sont plantés des drapeaux. « J'étais là, là et là et maintenant je suis ici », disons-nous avec précipitation. Imagine face à toi un interlocuteur qui ne t'écouterait pas et te répéterait simplement la question en te fixant. Ce jeu d'enfant légèrement agaçant deviendrait vite insupportable. « Où es-tu ? » Heureusement, n'est-ce pas, cet interlocuteur ne vient jamais et c'est avec toi-même que tu règles les comptes.

Les amis étranges que j'avais disparaissaient, les demi-fous, les musiciens, les alcooliques vendeurs de clous et ils étaient remplacés, afin que ma solitude soit également peuplée, par des amis avec un compte en banque et une ceinture de sécurité ; Johnson n'était plus là et je ne savais pas où il était passé. Les premiers temps je le cherchai et puis je cessai de chercher ; les premières années j'y pensai et puis je cessai d'y penser. Je faisais des patiences, je n'aimais pas être dérangé quand je lisais ni qu'on me pique dans mon assiette. Mon sport préféré aussi était solitaire : je me levais à l'aube pour aller m'entraîner au marathon, croisant dans la lumière grise des boxeurs qui feintaient les ombres.

Ainsi tu t'enfuis hors de toi-même si bien que personne — à commencer par toi — ne saurait où te trouver. Tu es Kagemusha, le double de l'empereur qui accomplit bien les gestes à sa place mais qui n'est pas lui ; tu es un clone de toi-même et ce clone peut à son tour se cloner et ainsi de suite jusqu'à ce que l'enquête soit impossible. À chaque chapitre, quand la porte s'ouvre, la concierge regarde le visiteur d'un air désolé : « M. X? Écoutez c'est bien triste mais il est mort. » Pour échapper à cela, je rêvais d'une femme qui m'aurait poursuivi contre moi-même, refusant de croire à la succession de mes enterrements. Je rêvais : à qui aurais-je demandé de croire ce que je rejetais moi-même ?

Un homme avait pris une place dans ma vie — un homme puissant qui me dirigeait à sa manière et savait ce qui était bon pour moi. Il prétendait savoir qui j'étais en effet mieux que moi-même et il donnait une direction à mon renoncement. Il appelait « intelligence » ma façon de me rendre et « courage » ma façon de céder. Quand je me perdais — ce qui m'arrivait assez souvent — il entrait dans la confusion de mes sentiments et se servait comme au supermarché.

Tout doucement, notre histoire devenait une préhistoire. Qui avait tracé ces signes incompréhensibles sur les parois de la grotte et qui avait appliqué ces couleurs passées, ces ocres dont le pigment se confondait avec la pierre ? Bientôt il n'y aurait plus rien, le temps oxydait tout, et nous-mêmes, si nous nous rencontrions, ne nous reconnaîtrions plus. C'est ainsi, sans révolution ni coup de force, qu'on devient étranger à soi-même et aux autres : cette façon d'être et de croire à l'absurde, cet enthousiasme qui nous portait, toute cette foi sans objet, tout cela n'est plus que des fantômes et il nous arrive seulement de nous réveiller mangés d'inquiétude, la nuit, sans savoir pourquoi.

Un seul pan de notre vie s'obstinait à ne pas tomber. J'en avais des éclairs d'une précision étonnante et des souvenirs qui revenaient par vagues, sans que je les sollicite.

C'était le temps où tu ne m'aimais plus.

Tu étais partie à Lahore depuis trois mois pour travailler dans un dispensaire, ouvrir une école d'infirmières ; tu voulais ensuite aller t'installer à Peshawar et de là, si c'était possible, passer clandestinement en Afghanistan. La guerre avec les Russes venait de commencer, nous étions une génération entière à nous imaginer qu'à être dans le camp des victimes, on ne pouvait pas se tromper. Le mal nous hantait et nous fûmes nombreux à croire nous en libérer par l'obsession du bien ; la misère des autres était irrésistible, elle cachait notre indigence, notre naïveté, notre inexpérience. La vague du dévouement charriait tout : des nostalgiques du colonialisme, des révoltés sans cause, des chrétiens sans foi et même quelques bons médecins. Bien que tu n'aies pas encore ton diplôme, je suis sûr que tu faisais partie de ces derniers.

Tu m'écrivais de belles lettres qui me racontaient tes impressions et tes rencontres. Au début, tu m'avais supplié de te rejoindre et puis, au fil des semaines, tu avais été moins pressante. Au moment où j'arrivais tu ne me demandais plus rien ; au téléphone tu m'avais simplement dit que les choses étaient difficiles (difficiles ? différentes ?) et que tu devais me parler.

Il n'y avait personne pour m'attendre à l'aéroport, qu'un policier à l'épaisse moustache noire et qui portait sous les yeux des valises de bêtise méchante. Je neutralisai sa méfiance tatillonne à force d'humilité ; l'Occidental était au pays des purs. Je pris un taxi conduit par un homme qui insistait pour dire qu'il faisait beau alors que le ciel était couvert et qu'il tombait même une légère bruine.

Je fus accueilli à ta porte par une servante à l'œil noir et à la peau sombre. Je savais par tes lettres qu'Abida s'était attachée à toi avec un sentiment qui approchait la dévotion. Elle me guida dans une pièce obscure que des paravents d'acajou ajourés découpaient en plusieurs petits salons où quelques coussins et des chaises basses entouraient un autel ou un foyer. La seule lumière qui pénétrait directement dans la pièce venait d'une petite fenêtre par laquelle on apercevait le feuillage touffu d'un arbre.

Abida me fit asseoir sans un mot. Comme j'allais poser une question elle m'intima le silence d'une paume presque menaçante. Elle répéta le geste, avec plus de douceur, et je compris qu'il fallait attendre. Puis elle disparut.

Mon regard s'accoutumait à l'ombre, sans que je puisse distinguer les motifs des tapis, les peintures sur les petites fenêtres accrochées aux murs et qui n'ouvraient que sur elles-mêmes, les objets posés comme des sentinelles égarées dans chaque coin de la pièce. Cela tenait du palais abandonné et du magasin d'antiquités et il s'en dégageait pourtant l'impression assez agréable d'un endroit chaleureux, à l'intimité chargée de désordre. J'entendais retentir des voix en urdu et je me laissais glisser moi-même dans l'ombre. Je n'avais aucune envie de bouger, de passer dans le petit jardin intérieur dont l'arbre était roi, je n'avais aucune envie qu'on vienne : mon sort le plus désirable était de rester au même endroit et qu'on m'oublie dans cette moiteur d'où s'exhalait une odeur indéfinissable — celle que j'en vins plus tard à identifier avec le sous-continent lui-même, la laine de ses tapis, l'envahissement de ses épices, les tiroirs des meubles en bois exotique où se dissimule son étrange histoire.

Après un temps infini, Abida revint, suivie de

deux jeunes gens en tunique bleue qui portaient des plateaux de bols fumants. Ils les déposèrent devant moi et, avec le même caractère impérieux qu'elle avait mis à m'installer, Abida me fit signe qu'il fallait manger. Je n'avais pas faim mais sa présence était si intense — sans être réellement désagréable — que je me mis à goûter chacun des plats, picorant au début, puis cédant à l'appétit qui naissait, stimulé par ces saveurs nouvelles et les épices qui m'emportaient la bouche. Je me retournai vers Abida immobile avec un sourire d'enfant, quêtant un regard de satisfaction, mais je n'obtins rien qu'un balancement de tête.

La lumière baissait, tu ne venais pas. Je savais qu'il était inutile de demander mais toute la faiblesse que j'avais retenue en moi commençait à céder et je me sentais perdu dans un pays étranger, enfermé dans une maison d'où je ne pouvais pas sortir. Je n'avais pas de chez-moi ; je voulais rentrer chez moi.

Mes paupières alourdies se refermèrent et je m'endormis en glissant sur le côté. C'était un sommeil dont, même en dormant, je perçus l'inquiétude par les ombres qui le traversaient, les visions désagréables et répétitives, les mouvements brusques qui crispaient mon corps et le redressaient d'une secousse électrique, comme un cadavre pas mort. C'était, en même temps, un sommeil auquel j'essayais vainement de m'arracher ; la sombre servante aurait mélangé sur ton ordre un somnifère aux épices que l'effet n'aurait pas été différent.

Il faisait nuit tout à fait quand je me réveillai. Le coin où j'avais dormi était plongé dans l'obscurité mais je perçus une tache de lumière à travers un des paravents sur lequel je devinai tout un théâtre d'ombres, des soldats, des faucons, des monstres ailés. Des voix provenaient d'un autre coin de la pièce, et puis des rires. Les voix mélangeaient plusieurs langues, le français, l'anglais chantant du sous-continent, l'urdu... Je restai quelques instants les yeux fermés à en écouter la musique — il y avait ta voix dans ce concert, tour à tour amusée et impérieuse, mais la voix de la femme qu'on aime est celle d'une étrangère quand elle ne vous parle pas.

Je me redressai, me dépliai, me levai. Les voix cessèrent brusquement et la tienne retentit.

— André, c'est toi ?

Ça n'aurait fait rire personne que je dise que ce n'était pas moi. Je titubai poliment jusqu'à toi. En débouchant dans votre espace de lumière, je devais avoir l'air d'un lapin effaré. Tu te levas pour m'embrasser sur les joues, rapidement ; tout le monde se redressa derrière toi, il y eut des mains serrées, des saluts. Je demandai dans un anglais cassé qu'on ne s'occupe pas de moi et je n'eus pas beaucoup à me laisser prier, surtout par toi.

Tu ne me regardais pas, ou à peine. Tes yeux glissaient sur moi et ne s'y arrêtaient jamais, j'avais l'impression d'être une sorte de vieux buffet de famille dont on s'aperçoit soudain, sous l'œil neutre des invités, qu'il est de trop (et on a honte en plus parce qu'il a *toujours* été de trop) et pour lequel on cherche acquéreur, même pour pas cher.

À côté de toi était assise, le buste un peu raide, une Française un peu plus âgée que toi et pour qui j'eus une sympathie immédiate. Laurence avait des yeux en accent circonflexe, de fines rides intelligentes et un gros rire grave et lent assez communicatif. Elle parlait anglais avec un fort accent français mais très vite, sans aucun complexe, en regardant droit dans les yeux avec une franchise un peu brutale que le sourire adoucissait juste ce qu'il fallait. Elle enjamba les tapis et les plateaux avec une lourde précision de vache pour se poser près de moi. Elle m'embrassa quatre fois sur les joues, de vrais baisers qui claquaient.

— Tu n'es pas bien ?

Je m'essayai à l'humour sans conviction.

— Il pleut et le premier type que je rencontre prétend qu'il fait beau...

— C'est ce qu'ils appellent un temps romantique. Essaie de le voir comme eux, sinon tu rentres à la maison, tu auras au moins vu l'aéroport. Six mille kilomètres pour décider que tu étais malheureux, ce serait dommage. *Enjoy !*

Je n'avais rien à répondre à ça. Même si je n'en avais pas envie elle avait touché juste. Sans doute tu lui avais parlé — c'est du moins ce que j'avais décidé pour me soulager. Ce qu'il y avait à savoir n'était pas bon pour moi et il semblait en même temps difficile de le prendre trop au sérieux. Il aurait fallu être stupide pour ne pas vouloir de part à cette excitation sur leurs visages. Ils parlaient de la guerre, de ce qui devait arriver ; au bout de cinq minutes on croyait qu'on avait tout compris ; encore dix et on savait qu'on n'y comprendrait jamais rien.

Laurence s'étant à nouveau postée près de toi, un Pakistanais d'une cinquantaine d'années, sa moustache blanche s'étirant avec un sourire permanent, prit sa place à mes côtés. Il se mit à me parler et à m'interroger avec cette familiarité que je découvris, dans les semaines qui suivirent, commune aux siens mais dont le souvenir de chaleur et d'amitié ne se détacha jamais vraiment de lui. Imran me dit qu'il était un feignant et quand je lui répondis spontanément que j'appartenais à la branche occidentale de la même caste, il me serra gravement la main. *You will be my brother in laziness*, annonça-t-il avec sérieux.

Jeune, Imran avait compris ce qu'il fallait faire pour avoir du pouvoir et de l'argent dans une société qui devenait de plus en plus corrompue et violente.

— Ce n'est pas que je ne veux pas, dit-il avec un air malheureux, c'est que je ne peux pas. N'appelle pas ça de la gentillesse ou de l'honnêteté, n'y vois aucune sorte de vertu, ce n'est rien d'autre que de la faiblesse et de la lâcheté. Le seul mérite que je me reconnaisse est au moins de le savoir et donc de n'avoir d'autre prétention que celle d'une médiocre tranquillité.

Ayant délaissé les entreprises sérieuses de la vie, Imran avait pu se consacrer presque librement à ce qui en faisait la belle futilité : il était expert en cricket, en poésie urdu et en tapis; il m'invita à boire du Coca-Cola dans sa bibliothèque quand je voudrais. Il décrivait le Pakistan comme une société féodale abominable, un pays *inévitable*, c'est-à-dire à la fois nécessaire et porteur pour lui-même et les autres de malheurs dont il était incapable de sortir.

— As-tu été à Karachi ? demanda-t-il.

— Je suis arrivé à Lahore il y a quelques heures.

— Si tu veux nous comprendre — c'est pénible à dire pour un Pakistanais même exempt de passions nationalistes — tu dois aller à Karachi. Je crois que c'est la ville la plus terrible au monde. Ferme tes portières à clé et ne donne rien aux mendiants mais regarde et écoute : jamais tu ne verras autant de pauvreté et de violence. Tu as vu parfois des aveugles, n'est-ce pas? des enfants handicapés? Là-bas tu les verras se presser par grappes et tu te demanderas parfois s'il existe sur terre des hommes avec un corps entier, deux bras et deux jambes... Quand on marche tôt le matin dans les rues, on enjambe des cadavres : ce sont les malheureux qui sont morts sur place, ce sont les victimes des règlements de compte entre trafiquants de drogue ou d'armes. Vous ne voulez pas savoir que le combat noble des montagnards afghans contre vos ennemis soviétiques se termine chez nous, dans une sordide bataille de rues... Vous l'apprendrez un jour au prix du sang et nous, les poubelles de cette guerre, nous en pourrirons jusqu'à ce que nous en crevions.

— N'écoutez pas tout ce qu'il dit, dit une petite femme habillée à l'occidentale, tandis qu'Imran portait avec une élégance étudiée le traditionnel *shalwar kamiz*, d'une austère couleur gris perle. Et surtout ne le suivez pas quand il fait une théorie. Depuis que je le connais il s'est trompé sur tout. Cela vaut mieux d'ailleurs, sinon notre famille, ce pays et le monde auraient déjà connu quelques apocalypses.

— Nadia désapprouve tout de moi, dit Imran de son ton inimitable, toujours au bord de la plaisanterie, avec une sagesse triste, résignée, rieuse, qui semblait indiquer qu'en effet il ne fallait prendre au sérieux rien de ce qu'il énonçait.

Elle trouve que je lis trop de livres et que je ne travaille pas assez, ce qui est d'ailleurs exact, mais je n'arrive pas à lui expliquer que c'est un *art de vivre.*

Il prononça ces derniers mots dans un français atroce, tout en me jetant un coup d'œil désolé. Nadia considérait son mari avec tendresse. C'était une femme ronde et séduisante ; sa voix était rauque (elle allumait les cigarettes les unes derrière les autres) et elle avait des mouvements à la vivacité d'oiseau.

— Imran est un rêveur pessimiste.

— Pas du tout ! protesta-t-il. Je vois les choses telles qu'elles sont, je le dis avec une brutalité acceptable avant d'ajouter qu'elles seront pires et que ce n'est pas grave.

— Certains trouvent qu'Imran manque de respect pour Dieu, poursuivit l'impitoyable Nadia.

— Ce sont des choses qu'on peut à peine dire entre amis, protesta encore Imran.

— Je ne le répéterai pas.

— Et toi, en quel Dieu crois-tu ?

Je restai interdit.

— Je ne sais pas si je crois en un Dieu.

— Plusieurs ? interrogea Imran, sourcil levé, bouche gourmande. Le destin nous met en présence d'un polythéiste préchrétien ? Tu sers les sources et les montagnes ?

— Non, je suis désolé de te décevoir. Si je devais croire, ce serait en un seul...

— Voilà qui nous rapproche !

— ... mais je te répète que je ne sais pas si je crois.

— Tu ne sais pas ? Cela me semble étrange. Nous avons vos magnétoscopes et vos usines nucléaires, l'agnosticisme me semble être un luxe de chez vous que nous ne pouvons pas nous offrir. On croit ou on ne croit pas. Si on ne sait pas, c'est une façon pas très reluisante de ne pas oser dire qu'on ne croit pas.

— J'y ai pensé. Mais prononcer les mots « Je ne crois pas » me paraît contenir une impiété radicale que je ne me permets pas.

— De la timidité ?

— Non, cela m'est égal vis-à-vis des autres. Si cela compte c'est vis-à-vis de Dieu seul, ce Dieu auquel je ne crois pas croire mais que je préfère ne pas offenser.

— De l'hypocrisie alors, ou alors une simple prudence ? Tu es comme mon ami africain qui pratique avec ferveur mais ne croit pas...

— Lui au moins pratique. Non, pour moi, appelle cela une réserve, si tu veux...

— Je m'incline, mon ami. Ce n'est pas affaire de dialectique mais de stratégie. Que cela te plaise ou non, tu appartiens au camp des riches et des puissants et tes pères ont payé tes pudeurs avec notre sang...

Tout au long de cette conversation, je te quittais rarement des yeux. Tu parlais avec Laurence et deux hommes qui semblaient se quereller entre eux plus pour le plaisir de voir tes yeux les suivre que pour autre chose. Je me posais la question des amants jaloux : lequel ? Ils étaient laids tous deux, mais chacun d'une de ces laideurs intéressantes qui peut plaire aux femmes très belles. Si je me souvenais bien des présentations, l'un était italien et journaliste. Il était chauve et d'une volubilité dont le rythme ne changeait pas en passant d'une langue à l'autre ; la tristesse au fond de son regard en fit mon favori. Le deuxième était un médecin à peine plus âgé que nous, qui bougeait beaucoup les mains et les posait facilement sur ton bras ou ta cuisse pour appuyer un argument. Je leur vouai une hostilité stupide — c'étaient des hommes qui avaient voyagé, qui avaient vu la mort de près et qui parlaient aux femmes avec la désinvolture de la connaissance. Je n'avais rien fait que perdre ma vie par procuration — *vicariously*, disent les Anglais — dans les livres des autres et m'inventer des souvenirs.

Lentement, le brouhaha des voix se mêlait à ma fatigue et à ma peur pour m'engourdir, m'anesthésier. Dans ma brume, je voyais les serviteurs bleu nuit apporter du thé noir, du Coca, des 7-Up, toutes ces boissons gazeuses sucrées si prisées des Pakistanais, peut-être pour le plaisir essentiel de les décapsuler et d'entendre leur grésillement prometteur.

— Sais-tu que le ramadan commence demain ? me demanda Imran.

— Non, j'avais oublié. Ce n'était pas le meilleur moment pour venir ici.

— Au contraire ! tu vas pouvoir nous observer sans que nous ayons les moyens de te résister. Affaiblis par le jeûne, énervés par le manque de tabac, obsédés de sexe (tu me diras, c'est notre état permanent), nous offrirons la vérité de notre âme à ton œil exercé. Vois-tu, le ramadan est à la fois le symbole de ce qui nous soude et manifeste aux yeux du monde cette unité de l'islam qui vous fait peur, et de ce qui nous met justement hors du monde, à sa marge, frappant furieusement à sa porte. Ah tu vas en apprendre ; peut-être même écriras-tu un livre sur nous, que tu dédieras à ton cher Imran.... Ainsi par toi je deviendrai la figure la plus célèbre et la plus honnie du Pakistan. L'hypocrisie règne partout. Ici, elle est le cancer qui nous ronge de l'intérieur, jusque dans notre intimité. Nous avons fait de nos obsessions majeures l'objet des interdits les plus sévères, impossibles à respecter : nous vivons donc sur une loi que nous ne cessons de transgresser pour survivre. Mais vous !

— Nous ?

— Vous êtes pires que nous. Vous êtes les hypocrites des hypocrites et on devrait vous couper quelques mains et quelques langues pour vous ramener à la modestie. On se demande ce que fabrique votre Dieu, celui qui fait plier les nuques raides ? Vous avez atteint une puissance inouïe, qui vous donne accès à des instruments de domination inconnus jusqu'ici. Vous n'aviez besoin que d'une pomme pour connaître : vous avez mangé tout le pommier, vous en avez planté par milliers et maintenant, me dit-on, vous faites des recherches pour créer des pommes sans pommier, ou des pommiers qui donnent des abricots, et que sais-je encore. Vous avez créé dans l'exercice du pouvoir des outils qui nous font rire aux larmes, d'impuissance, quand nous y pensons. Je ne parle pas seulement des armes — parce que justement sur ce terrain-là nos dirigeants imbéciles ont fait le choix d'être vos élèves... Je parle de la fumée, des images, je parle du sucre, je parle des fontaines de miel et de l'abondance des *houris*. Pour tout dire, vous vivez dans le jardin d'Allah alors que nous vivons dans la merde avec la promesse du jardin pour l'au-delà. Comment ne serions-nous pas jaloux ? Vous avez conquis pour chaque individu une liberté qui lui donne la toute-puissance, qui en fait véritablement un Dieu. As-tu déjà vu un citoyen des États-Unis se promener dans une de nos rues ? Il y a plus de richesse débordant de chacune de ses poches que dans des maisons entières de chez nous. Les enfants le regardent avec la stupéfaction qui fut celle des Indiens devant les conquérants espagnols montés sur des chevaux, maniant le fer, crachant le feu. Vous avez donc — chacun d'entre vous, chaque individu — tous les attributs de la domination, ce qui vous procure une richesse répugnante et enviable... Croyez-vous qu'avec cela, dans l'arrière-goût de la pomme, vous soit venu un vague indice de sagesse ? Pas du tout, bien au contraire ! Au lieu de reconnaître humblement votre victoire et de jouir de ses fruits en attendant la prochaine bataille, vous inventez cette prétention extraordinaire que vous baptisez « droits de l'homme » ou je ne sais quoi et vous vous lancez dans l'entreprise effroyable, proprement impie, de nous intoxiquer avec. Vous auriez l'honnêteté minimale d'avouer agir au nom de votre intérêt, nous ne vous haïrions pas moins mais nous serions obligés de vous comprendre. Mais vous prétendez agir au nom du bien commun, pour l'édification de la société mondiale et l'établissement de la bonté universelle. Vous nous reprochez de vouloir gouverner au nom de Dieu et vous en créez un qui nous ligote effroyablement. Le veau d'Or s'est échappé, il est devenu votre Seigneur, vous lui avez élevé vos plus beaux temples et vous continuez à vouloir nous imposer les textes de la Loi de Moïse. Au moins, quand nous n'obéissons pas, nous avons la défaite triste ; et quand nous faisons le mal, ce qui nous arrive presque tous les jours, nous savons ce que nous sommes en train de faire ; au moins, quand nous n'arrivons à rien, quand nos machines tombent en panne, quand nous semblons incapables de maîtriser les problèmes de plomberie les plus simples, quand nous ne parvenons pas à produire ne serait-ce qu'un film décent, notre impuissance nous humilie et par cette humiliation, par la répétition inlassable de nos souffrances (ne crois pas que battre les Anglais au cricket ou avoir un village fournissant tous les champions du monde de squash soit en rien une consolation — rien de plus qu'un *blip in our blissful disaster*), nous sommes plus près du vrai Dieu que vous, avec votre arrogance insensée, votre alliance répugnante des juges et des marchands. Il y avait une voix des humbles pourtant, chez vous, mais elle est éteinte depuis longtemps, elle est couverte par les cymbales retentissantes, par les vocalises des triomphateurs du progrès. Le starets Zosime, dans *Les frères Karamazov* (que veux-tu c'est ainsi, je lis des romans russes même quand ce n'est pas à la mode), agonisait avec douceur et ne prétendait pas donner ce qu'il n'avait pas. Qu'avait-il en propre ? Presque rien, un sourire à poser sur les autres, une consolation de la douleur d'être, un espoir caché dans un souffle. Menaçait-il ? Promettait-il ? Rien du tout : il donnait, il était bon et — si tu te souviens bien — il savait d'où il venait. Quand vous donnez c'est pour reprendre, votre bonté est un calcul à intérêt dans lequel nous nous perdons et, sous prétexte de la mémoire qui vous obsède, vous êtes entrés dans la destruction la plus radicale de tout ce qui dans votre histoire n'est pas la puissance en acte. Vous avez des musées pleins et des églises vides. Vous êtes des Américains pour qui le monde commence tous les matins et vous regarderez bientôt vos siècles de culture, vos écrivains, vos peintres, vos musiciens, comme les Égyptiens regardent leurs temples. Il n'y aura plus rien en vous de la sève qui les a fait naître, vous vous serez épuisés dans le vertige de la possession, vous serez gras et tout juste bons à flotter dans des piscines. C'est à ce moment-là que vous commencerez à crever — car vous crèverez, bien sûr, comme tous les autres sont morts avant vous. Je ne sais pas comment cela se fera car je prophétise sans être un prophète : je ne sais pas si ce sera de vos propres maladies ou s'il y faudra les envahisseurs dont vous vous méfiez tant... Peut-être un peu des deux... Mais vous crèverez — et personne ne vous regrettera.

Je devais avoir l'air interloqué car il s'interrompit brusquement et partit dans un éclat de rire.

— Mais ne t'inquiète donc pas, mon ami ! Il y aura toujours de la place pour toi et les tiens dans mon palais décrépit de la vieille ville...

Malgré la boutade finale, les paroles, quand j'y repensai, étaient dures, violentes. La voix restait douce et Imran semblait sans cesse par un sourire désolé demander pardon s'il avait été blessant. Ce n'était pas tant d'idées qu'il débattait que sa vie qu'il racontait — comme nous tous, au fond. Nous parlâmes ensuite du Coran et de son étude, de la beauté particulière des femmes quand on ne les voit jamais seules. Je me demandais si, d'une certaine façon, tu n'avais pas voulu « islamiser » notre rapport en imposant qu'il fût public. C'était une façon de me faire glisser dans l'illégitimité ; avec ce genre de stratégies, tu n'aurais jamais affaire à un ingrat. Je me sentais illégitime en tout et pour tout, de naissance.

Enfin ils partirent, non sans qu'Imran ait réitéré son invitation à venir chez lui, et sans attendre les destructions épouvantables annoncées par ses jérémiades. Je n'aurais pas à patienter longtemps : il y aurait chez lui, bientôt, un *qawwali* auquel il me convia.

Nous restâmes seuls.

Je te demandai où tu voulais que je dorme. Tu eus un geste las de la main qui indiquait l'escalier et je te suivis à l'étage. Tu disparus dans la salle de bains, et je restai seul à découvrir la chambre vaste, imprégnée de cette odeur qui avait par avance pour moi la nostalgie d'un départ. Près de la fenêtre étaient alignées quelques chaises, si petites qu'on les aurait dites pour des enfants. Sur les étagères traînaient des livres en anglais qui n'étaient pas les tiens et des gobelets d'argent noirci. Au milieu de la pièce un tapis de soie rose brodé et incrusté de petites pierres. Tu réapparus les cheveux mouillés, la peau fraîche, déshabillée par un pantalon et une tunique de lin blanc. Je me souvins d'une de ces phrases idiotes qu'on retient sans le vouloir, presque contre soi-même, celle d'un prof de géographie à bec-de-lièvre qui répétait sentencieusement : « Le drapé est plus indécent que le nu. » Le sourire resta sur mes lèvres : tu étais belle à ne pas pouvoir regarder, belle à n'avoir pas le droit de toucher. Et tu avais installé un fantôme dans la pièce — une cousine ? une matrone ? — pour me rappeler à l'ordre si jamais j'étais tenté de l'oublier.

Tu fouillas parmi les cassettes (cela me frappa : à Paris, c'était toujours moi qui choisissais la musique, je te croyais indifférente au sujet — simplement parfois, d'une grimace, tu m'indiquais ce qui ne te plaisait pas, Cecil Taylor, le joddle pygmée) et la voix d'une femme remplit la pièce. (Quand je partis, deux mois plus tard, tu me donnas cette cassette et les premiers jours je n'écoutais qu'elle, elle était ma drogue et comme mon lien avec toi, avec ce monde dont la porte s'était ouverte. Avec les semaines à Paris, la porte se referma doucement et la voix nostalgique, puissante, qui chantait *dahda bhirra ishqe,* dont Imran m'avait gentiment traduit les paroles, s'évanouit dans le lointain.)

Le lit était recouvert d'un amoncellement de coussins de toutes les tailles qu'il fallait repousser pour se faire une place. Tu t'allongeas toute habillée ; quelques instants le fantôme me retint et je restai debout avant de m'arracher pour écarter quelques coussins de plus, blocs mous de la frontière entre nous deux. Ton corps était raide de tension, d'hostilité presque. Malgré la tristesse et le sentiment d'abandon dans lesquels je nageais, j'avais l'esprit clair.

— Je ne sais plus si je t'aime, dis-tu posément, gravement.

— Tu ne m'aimes plus.

Tu tournas ta tête vers moi, ta jolie tête que je voulais embrasser depuis tout à l'heure et tourner entre mes mains pour te reconnaître pouce à pouce de peau, et tes yeux ne souriaient pas.

— Je n'ai pas dit ça mais si tu me forçais à te répondre maintenant, je serais obligée de te dire ça.

— Ce n'est pas la peine d'être méchante.

— Je ne suis pas méchante...

— De toute façon, je ne te force pas.

— Les choses ont été si...

Ton geste embrassa la pièce, l'espace entier de cette ville étrange et nouvelle et jusqu'aux bruits qui traversaient la nuit et ne ressemblaient pas aux bruits que je connaissais.

— C'est comme un autre monde, dis-tu avant de te reprendre. *C'est* un autre monde et les premiers temps tu me manquais tellement, je devais me mordre les lèvres pour ne pas t'appeler tout le temps, pour ne pas t'écrire de tout lâcher et de venir tout de suite. Et puis les choses ont changé.

Je retenais ma respiration pour ne pas te déranger. Tant que tu n'arrêtais pas de parler, c'était bon, j'étais en vie; si tu cessais trop tôt, j'étais voué à une force de destruction à laquelle je n'aurais pas la force de résister. Tout simplement, je m'effondrerais.

— D'abord, il y a eu ce type du consulat qui m'a raccompagnée un soir et qui a essayé de me forcer... J'ai mis des jours à comprendre ce qui s'était passé mais le type avait tout simplement essayé de me violer, ce salaud... C'est étrange et injuste, mais je crois que mes doutes ont commencé à ce moment-là, c'est à partir de là que j'ai cessé de penser à toi avec cette impatience. Peut-être que tu n'étais pas là, que je n'avais pas envie de te raconter ça parce que ça me dégoûtait, que je ne pouvais pas pleurer sur ton épaule, que tu ne pouvais pas lui casser la gueule...

— Je peux encore lui casser la gueule?

— Maintenant je m'en fous, dis-tu froidement.

À d'autres moments de notre vie — avant et après — j'aurais pu me laisser aller à des phrases qui n'auraient servi à rien. « Donc tu ne m'aimes plus parce qu'un type a essayé de te violer. » Mais j'avais cette sagesse, cette absence d'espoir qui m'imposaient le silence.

— J'ai oublié, repris-tu avec plus de douceur. Je ne sais pas comment dire mais sur le moment c'était très pénible et je revoyais tout le temps sa sale main qui se posait sur ma cuisse, dans la voiture, et cette espèce d'indolence qui m'avait tentée, dans laquelle j'aurais pu glisser. J'avais pensé au viol comme à une brutalité extérieure, imprévisible ; je n'avais jamais imaginé ce mouvement insidieux et qui paraissait venir aussi *de l'intérieur* de moi. Il avait réussi à me faire participer, à me faire douter... Bien sûr je l'ai arrêté mais il a senti ma gêne plus que ma colère, ma peur plus que ma haine — et l'image qui me revenait c'était que ce salaud se masturbait ensuite en pensant qu'en réalité *j'avais envie*, le viol était accompli puisqu'il avait pu faire correspondre la réalité et le fantasme et moi, au lieu de l'envoyer chier, j'avais participé docilement, je m'étais soumise et j'avais participé à la grande chaîne mentale et historique de l'oppression des femmes. J'avais eu l'occasion de me battre et j'avais raté.

— C'est des conneries, mon amour.

— Je te rassure, mon amour, j'ai compris.

Tu avais une façon ironique et sèche de dire « mon amour » qui me faisait regretter d'avoir utilisé les mots. Sans doute avais-tu raison et, sous couvert de sentiments, je participais moi aussi à la grande chaîne mentale et historique de l'oppression des femmes.

— Excuse-moi, repris-tu plus doucement. Je veux dire que je n'avais pas *vraiment* besoin de t'en parler, je te rassure on ne va pas discuter mon *traumatisme* et que je ne veux plus qu'un homme me touche...

Le rire nerveux ne nous rapprocha pas. Avant de t'allonger, tu avais éteint la lumière électrique et allumé quelques bougies. Par la fenêtre entrait enfin la douceur de l'air qui faisait vaciller les flammes. Ton corps était toujours aussi loin.

— Curieusement, même si je ne crois pas aux signes, c'est après cet épisode que j'ai commencé à rencontrer les gens que je devais rencontrer. Jusqu'à présent, j'avais été comme une coopérante à qui son papa a donné assez de blé pour se louer une jolie maison... J'étais entre le dispensaire et le consulat, le milieu des expats qui te regardent au début comme s'ils étaient au marché avant que tu te rendes compte que tout le monde fait partie du même zoo, ceux qui veulent gagner de l'argent le plus vite possible et les gentils comme nous, qui sont là pour faire le bien des autres...

Je repensai fugitivement à la tirade d'Imran mais je ne voulus pas t'interrompre.

— Après ça je ne voulais plus voir un diplomate et donc j'ai rencontré les autres, les marginaux, les desperados de l'Afghanistan, les fouteurs de merde. Ils m'ont montré les portes que je n'avais qu'à pousser, emmenée dans leurs promenades, ils m'ont fait entrer dans leur guerre. Évidemment c'était cela aussi qui était nouveau : la guerre de là-bas n'a pas de frontière, ce n'est pas une guerre à l'étranger, et à chaque hélicoptère abattu au lance-pierres, la clameur arrive jusqu'ici — mais on voit déjà que ce n'est pas si simple, il y a ce bordel de tous les partis, de tous les pays qui soutiennent leurs protégés... Même quand j'ai découvert à quel point c'était compliqué, à quel point les choses étaient rarement ce qu'elles avaient l'air d'être, ça ne m'a jamais refroidie, au contraire. Et puis il y a eu Noor. Tu ne l'as pas rencontrée ce soir mais tu la verras bientôt. C'est une femme...

Tes yeux s'égarèrent, cherchant une ombre dansante au plafond. Tu t'arrimais à ton récit et la crainte que tu avais d'un geste de moi s'estompait. La nuit durait toujours, elle s'approfondissait et ta voix y creusait des trous noirs où le temps s'enfouissait — et peut-être aussi un peu de toutes les peurs qui m'avaient entravé.

— C'est une femme exceptionnelle, merveilleuse... Tu vois, je ne me savais pas des capacités d'admiration semblables à celles qu'elle a réveillées chez moi. À l'Ouest on qualifierait sans doute son destin de tragique et elle ferait des pages dans les magazines féminins mais si tu lui disais ça elle éclaterait de rire. Elle a deux enfants et quand ils venaient la voir au milieu de sa grève de la faim, elle trouvait encore le moyen de leur demander de ne jamais oublier le côté comique des choses — il devait toujours y en avoir un.

— Pourquoi était-elle en grève de la faim ?

— Je ne m'en souviens plus. Pour sauver une femme violée, pour obliger le gouvernement à rendre des comptes, pour la dignité... Elle n'arrête pas mais quand tu l'écoutes elle te raconte ça comme une série d'histoires drôles où, de temps en temps, il y a un mort.

— Comment tu l'as rencontrée ?

— Cette maison est à elle. Mais comme elle n'a pas d'argent elle la loue quand elle peut et va habiter avec ses deux filles chez des amis — Imran et Nadia, tu les as rencontrés — dans leur palais de la vieille ville, tout près du fort. Je ne l'ai compris qu'en arrivant ici mais il était trop tard : elle dit que si nous devons rester amies, cette distance est nécessaire. La seule chose qu'elle se permet, c'est parfois d'envoyer quelqu'un chercher un shampooing ou une crème pour le corps qu'elle a oubliés.

— C'est d'elle que tu es tombée amoureuse ?

Ton petit rire ne résonna pas loin.

— Si je devais être amoureuse d'une femme, crois-moi, je pense que ce serait d'elle. Non, ce n'est pas d'elle.

« Non, ce n'est pas d'elle. » Je laissai ces mots remonter dans mon sang comme une drogue violente et m'emballer le cœur.

— Ce n'est de personne. Mais je me sens disponible comme je ne l'étais pas, sensible à des attentions ou à des gestes comme je ne me laissais pas l'être. Quand Giardino, qui vit ici depuis trois ans, parle urdu et a presque béni la guerre qu'il maudissait parce qu'elle lui permettait de rester, me récite des poèmes d'Iqbal, il y a quelque chose en moi qui remue. Quand je vois Christophe, le médecin, qui fait des allers-retours à Peshawar pour essayer de bouger la Croix-Rouge qui prétend qu'elle ne peut qu'observer, quand je vois son regard sur les enfants, je suis touchée. Je veux dire ce n'est pas seulement humain, parce que ce sont des êtres humains touchants et justes, des gens qui ne refusent pas leur intelligence sous le prétexte de leurs émotions et qui ne renoncent pas à leurs émotions sous le prétexte de leur lucidité ; c'est aussi que je suis une *femme* touchée, parce qu'ils savent me montrer ces choses-là avec délicatesse, sans me forcer et en m'indiquant que c'est vers moi qu'ils se tournent pour les dire.

Sans me prévenir, la colère m'étouffa la bouche mais je tournai la tête pour que tu ne voies pas la crispation de mes mâchoires et que tu continues à parler pour me dire que ces types — ces cons, ces contre-révolutionnaires —

étaient formidables et merveilleux, séduisants et irrésistibles alors que je n'étais — tu ne m'apprenais rien — qu'une espèce de *grosse merde.*

— Amoureuse, alors...

J'avais marmonné les mots sans vouloir vraiment les prononcer et tu entendis mon croassement avec agacement.

— Je t'ai dit que je ne l'étais pas. Charmée, attirée, étonnée de l'être. Je dois partir avec Christophe à Peshawar pour voir l'état de la situation, de là peut-être passer en Afghanistan...

— Vous avez ?

— Nous n'avons pas. Mais avec lui, en particulier, oui j'ai eu envie, j'ai même failli, si tu veux savoir. Et je n'ai pas, je ne sais pas pourquoi.

— À cause de moi ?

— Non.

Ton petit « non » calme me calma. Malgré mes résolutions, je brûlais encore de dire des choses malignes sur le côté *comique* de la situation et te demander si tu préférais être *touchée* sur un âne ou une mule, en franchissant la Khyber Pass. Je me rendis compte que la cassette n'avait pas cessé de tourner en boucle et je me levai pour arrêter l'appareil. Pour la première fois depuis que nous nous étions retrouvés dans la chambre il y eut entre nous du silence.

J'étais à un coussin de toi mais c'était encore trop loin, encore trop lourd. J'entendis le vent passer dans le feuillage de l'arbre juste avant que la voix ne se mette à résonner à travers les haut-parleurs. Il me fallut quelques secondes pour comprendre que ce ululement sans grâce, haletant, pressant, était ce que dans les contes arabes j'avais connu sous le nom poétique d'« appel du muezzin ».

Tu ne parlais plus et quand j'osai enfin tourner la tête vers toi tu avais fermé les yeux et à ta respiration régulière je compris que tu dormais. Je me sentais misérable et épuisé, j'avais abdiqué ma fierté. Tandis que les vrais croyants étaient appelés et, les yeux encore collés par le sommeil, se levaient pour la prière, je restais seul, les yeux ouverts, plein de moi-même, impuissant.

Qu'aurait fait un homme, un vrai, un de ceux du modèle dont je n'étais pas? Certainement des tas de choses dont j'étais incapable.

Tu dormais sur le dos et ta poitrine se soulevait au rythme ralenti du sommeil. Je les avais caressés, tes seins, je les avais léchés et mordus, habillés, dénudés, pétris, frôlés, j'y avais glissé mon sexe et joui, j'y avais posé mes joues et mes oreilles, pour entendre ton cœur qui battait fort. Il y avait même un moment — je m'en souvenais maintenant — que je m'étais laissé aller à ne plus les voir, ne plus les vouloir, les considérer en quelque sorte comme normaux et acquis. Je regrettais cette indifférence maintenant, elle me faisait souffrir, je me jugeais ridicule et imprévoyant. Je me promettais, si jamais je pouvais te toucher à nouveau (et cela se ferait très vite, et très vite j'oublierais ma promesse), de ne plus jamais cesser de te désirer, de te trouver belle, fontaine de plaisir et d'amour.

J'avançai une main au-dessus de ton sein, juste à la limite du tissu de lin, te frôlant comme une de ces femmes inconnues contre lesquelles on se trouve dans un lieu public et qu'on n'ose pas toucher sans pouvoir renoncer à l'intimité du contact. Parfois sous le tissu je sentais la chaleur de la peau et j'étais à un souffle de t'écraser, de t'empoigner et de te faire savoir qui était l'homme.

Peut-être à cause de l'image du salaud qui avait posé une main sur ta cuisse, peut-être parce que l'on devait rire de tout, y compris de sa propre impuissance, je restai ainsi suspendu jusqu'à ce que la crispation de mon bras ne me fasse retomber du côté où j'étais seul.

À cet instant, comme si tu n'avais pas cessé de me voir, de m'entendre, de partager le plus intime de mes doutes et de mon désir, tu te retournas vers le mur.

Juste avant l'aube, il y eut un matin d'oiseaux dans ton arbre. Ils se déchaînèrent comme si tous les oiseaux du monde s'y étaient donné rendez-vous, puis à l'heure gris pâle se calmèrent et la journée commença sans moi.

Quand j'ouvris les yeux il faisait déjà chaud.

Tu n'étais plus là et à ta place les coussins avaient été remis. J'avais pu rêver les histoires que tu m'avais racontées et ta présence elle-même aurait été incertaine s'il n'avait flotté dans l'air tiède une odeur de cire refroidie. Dans ma faiblesse extrême j'avais l'involontaire sentiment de mon existence : l'*intensité* que je recherchais dans la vie, mon Dieu n'était-ce pas ce que j'étais en train de vivre ? Les mots de « rejet », d'« abandon », de « solitude » sont des drogues puissantes dont nous ne nous lassons pas de rechercher les effets. Nos organismes s'y accoutument et peuvent en venir à réclamer leur lot de souffrance quotidienne.

Pourtant, en accomplissant les gestes du début de la journée (que ce soit dans un lieu étranger leur attribuait un caractère particulier, une impression de maladresse, un peu comme nous devons réapprendre à marcher quand nous avons changé de ville), j'avais dans le ventre une envie de survivre qui me rendait dur comme du bois, une sorte de confiance qui surgissait de nulle part et me permettait d'espérer je ne savais quoi — mieux en tout cas que de me débattre dans l'espèce de pathos où j'avais nagé toute la soirée et une partie de la nuit.

Je bus un thé brûlant, noir et sucré, qu'Abida déposa devant moi. Je lui demandai où tu étais et elle me fixa de ses yeux intenses et indifférents.

« Vous êtes charmante, lui dis-je avec un sourire que je voulais enjôleur et qui n'était sans doute qu'un rictus, mais je ne veux pas que vous me perdiez en chemin. Vous comprenez ? » Je lui mis un petit tas de linge dans les bras et je pointai du doigt une chemise à carreaux bleus, verts et blancs à laquelle je tenais beaucoup. « Celle-là, dis-je en français, tu ne me la ruines pas, c'est ma chemise porte-bonheur. *You understand ?* »

Ma chemise chérie manqua tomber mais d'un mouvement preste elle me devança et la rattrapa. Quand elle se redressa elle reprit sa posture d'immobilité. Ses yeux n'en disaient rien mais il me semblait que pour la première fois depuis mon arrivée, une hésitation traversait son corps. « Vous comprenez ? » répétai-je une deuxième fois. Elle eut un bref sourire, une inclinaison du buste, quelques paroles indistinctes et me laissa avec l'obscur sentiment d'une victoire.

Je me penchai à la fenêtre pour regarder l'arbre. Quelques oiseaux y chantaient encore mais on avait peine à croire que, quelques heures auparavant, il avait été à lui seul une forêt qui s'éveille. Les bruits de la ville me devenaient plus ou moins familiers depuis qu'elle avait émergé de la nuit. J'entendais, provenant d'un terrain que je ne voyais pas ou peut-être de la rue, des enfants qui jouaient au cricket.

Je partis dans la ville chercher une guitare.

7

Avec les cerfs-volants

C'était une ville tour à tour douce et violente, où l'on pouvait étouffer de poussière avant de déboucher, le souffle court, dans la fraîcheur d'un jardin qui sentait l'excès de roses et où des jeunes gens dans une impeccable tenue blanche étaient agenouillés pour couper la pelouse avec des ciseaux à ongle. C'était une ville misérable où traînaient les lambeaux d'une splendeur passée, inutile. Des générations de puissants avaient voulu y édifier des symboles de leur pouvoir : les empereurs moghols leurs palais, les Anglais leur fort et leurs écoles. Les bâtiments restaient là, plus ou moins maintenus — et quelques nouveaux seigneurs enrichis dans le trafic des armes y ajoutaient même leurs palais couleur vanille ou fraise, leurs patios à fontaines de marbre importé d'Italie, leurs chambres à coucher où personne ne dormait que la stéréo la plus grosse possible — et la foule passait au large dans les piaillements d'enfants. On ne voyait que des hommes au regard digne, mais Imran m'aurait fait douter si ce n'était de la pure résignation ou bien la patience de la haine.

Je n'avais presque pas d'argent. Mes premiers droits d'auteur m'avaient servi à payer le billet d'avion et j'étais arrivé avec trois cents dollars en poche. Pourtant je devais trouver cette guitare. Je ne me souviens plus où je finis par la dénicher, dans un coin sombre de la vieille ville, ou bien dans le bazar triste d'une des avenues modernes, rectilignes et sans charme où l'on vendait des ordinateurs, des tapis et des ventilateurs. C'était une guitare dont la caisse était trouée et le manche vaguement de travers ; ses cordes en acier étaient d'origine et l'origine était lointaine. J'essayai de l'accorder sous le regard intéressé du vendeur à la chemise verte tachée et qui fumait des Marlboro sans jamais ôter la cigarette de sa bouche, en laissant tomber les cendres où il pouvait les diriger du coin de la bouche.

La guitare sonnait comme une casserole et je la pressais contre moi. Les passants se retournaient et échangeaient des plaisanteries que j'aurais pu traduire, sur la drôle de femme que je m'étais trouvé là.

Je rentrai à la maison et m'endormis dans la cour, adossé au tronc de l'arbre. À la tombée du jour je pris ma belle guitare neuve et c'est ainsi que tu me trouvas, allongé au milieu des coussins, à jouer trois accords faux, toujours les mêmes, tandis que les oiseaux avaient choisi le crépuscule pour revenir.

Nous passâmes une soirée silencieuse et lourde ; vers onze heures tu dis que tu allais chez Imran et Nadia — Noor serait là. Je me souvins du *qawwali* mais ce ne pouvait être déjà ce soir-là. Tu ne me laissais presque pas de place en ne me demandant pas si je voulais venir mais je te suivis sans un mot et libre des tortures intérieures qui, la veille encore, m'auraient accompagné.

Dans la voiture, un mouvement te rapprocha de moi mais aussitôt tu recréas la ligne de front. Je ne bougeais pas. La pluie s'était mise à tomber et j'eus envie de te demander si tu étais d'humeur romantique. Mais tu ne voulais pas parler de ça, tu passais tes journées à sauver des enfants, à accomplir des gestes décisifs avec des gens importants — vraiment tu ne voulais pas de badinerie, tu n'avais pas envie de ce verbiage amoureux qui dans ces circonstances sonnait vulgaire, dégoûtant. Tu te mis à me raconter la vie du *maulana* qui avait créé ce dispensaire et tant d'autres au Pakistan et aussi des orphelinats et des refuges pour les femmes violées qui ne pouvaient pas rentrer dans leur village. C'était un enfant pauvre, un émigré d'Inde, qui avait soigné sa mère avec tant de dévouement que sur son lit de mort elle avait prophétisé qu'il ferait pour le peuple ce qu'il avait fait pour elle. Évidemment c'était couru d'avance : si j'avais la tentation de m'aligner, il n'y aurait jamais photo entre le *maulana* et moi, entre l'homme au seuil duquel des pauvres se traînaient pour venir mourir toutes les nuits et l'homme avec qui tu ne voulais pas vivre.

Nous passâmes à l'ombre du fort noyé de pluie avant d'entrer dans la vieille ville. Je crois que le palais était tout de suite après les remparts. Nous descendîmes de voiture et nous engageâmes dans un passage couvert où résonnaient des cris et bruits d'artisans. Il y avait au fond une porte de fer, comme celle d'un garage, où ton chauffeur frappa deux coups. Nous pénétrâmes dans un décor de théâtre, où une vaste cour intérieure dallée d'une mosaïque de carreaux blancs et verts était entourée sur deux étages par des pièces où les arches ouvraient sur autant de mystères. Il était impossible de résister à l'impression qu'on avait changé de siècle : la lumière des bougies vacillait partout dans la pénombre, créant des fantômes avec chaque silhouette ; les voix des hommes, les pleurs des enfants, l'écho d'un chant, tous les sons rebondissaient dans un espace qui était clos mais dont la profondeur était et demeurerait inconnue. On n'en pouvait sortir mais on pouvait s'y perdre.

Le ramadan faisait surgir à la nuit des plateaux de nourriture dont l'abondance transformait chaque maison en palais du roi Schariar. On avait faim, soif, on mangeait et parlait avec de grands gestes dans ce mélange chantant d'urdu et d'anglais qui agissait déjà sur moi comme une drogue. Je reconnus les visages d'Imran et de Nadia, assis au milieu d'une dizaine de convives attablés. Il régnait un heureux désordre. Tu m'abandonnas aussitôt mais dans ce capharnaüm je pouvais me sentir seul sans me laisser aller.

Imran me servit à manger joyeusement et me présenta à tous comme ton ami écrivain venu de France pour raconter la véritable vie du Pakistan et l'exposer pour ses fautes. Les cris et les rires ne me laissèrent pas le temps de protester : chacun immédiatement donnait son avis et proposait son conseil. Un directeur de journal voulait m'interviewer, une femme aux yeux ronds me racontait scène par scène un film dont elle avait écrit le script et qui n'attendait plus qu'un esprit occidental éclairé pour voir le jour. Je me laissais étourdir de mots et de caresses, perdant le goût du palais à force d'épices. J'avais la gorge brûlante et mes oreilles bourdonnaient, je me glissais facilement dans la peau de ce nouveau personnage, plein de confiance en lui, ayant un avis sur tout et qu'un petit homme volubile suivait en appelant « boss ».

— Vous devriez raconter l'histoire d'un eunuque.

C'est par cette phrase étrange que Noor

m'aborda et aussitôt ces paroles résonnèrent en moi à la manière d'une prophétie que je ne déchiffrais qu'incomplètement et où se dissimulaient, ainsi que dans les plis d'une étoffe, des secrets dont l'orientation de ma vie dépendait et qui m'avaient été jusque-là interdits.

Je la regardai interloqué et elle éclata de rire — un rire où ma mémoire égare ce qu'elle dit alors de cette classe d'hommes qui n'avait pas disparu dans le Pakistan moderne. Avaient-ils été attachés à la cour des rois moghols ? Étaient-ils serviteurs des *pirs*, ces puissants seigneurs auxquels le peuple prêtait des dons de clairvoyance particulière qui leur permettaient de trancher dans tous les conflits avec infaillibilité ? Je ne m'en souviens plus et dans mon chagrin d'être séparé de Noor sans doute pour toujours, il y a cette impossibilité où je suis de lui poser la question, celle-là et tant d'autres, et d'entendre sa voix profonde me raconter des histoires qui ressemblent toutes à des légendes.

Elle était de petite taille, tout habillée de blanc et il m'aurait été difficile de lui donner un âge. Sa silhouette avait une gracilité de jeune fille mais il lui était passé des vagues de vie sur le front ; les yeux noirs en amande, légèrement proéminents, riaient et pleuraient en même temps, posant sur l'interlocuteur une lumière oblique et douce. Le rire l'emportait souvent et alors les bracelets d'argent à ses poignets tintaient.

Curieusement, alors que je n'avais pas croisé ton regard de la soirée, au point que je m'étais fait une discipline de t'éviter, je sentis alors que tu m'observais. C'était un regard profond et calme, plein d'attention et de cette légère distance par laquelle nous essayons de pénétrer dans une couche de l'être que nous n'avons pas, jusqu'alors, percée. L'étonnement nous fait écarquiller les yeux, en même temps qu'un effort de tout le corps nous tend pour enregistrer cette sensation nouvelle.

— C'est une femme merveilleuse, dit Noor sans se retourner, mais je ne sais pas si dans votre passion vous êtes capable de l'aimer. Comprenez-vous ce que je demande ?

— Je crois.

— Eh bien ?

— Je ne sais pas.

Cela faisait la deuxième fois en deux jours que je ne savais pas ce à quoi je croyais ; le souvenir de la morgue souriante d'Imran m'effleura sans me dévier du monde aride de la foi sans objet, indifférenciée.

Elle me considéra sans rien dire et puis rit à nouveau. Sa petite main saisit mon bras et se penchant vers moi elle dit :

— Je crois que nous allons être les meilleurs des amis.

Je restai sans réaction à ce geste et ces paroles que je ne savais pas interpréter. Il mélangeait une franchise de camarades à une intimité extrême, que je croyais réservée à l'univers de la sensualité. Ils m'excitaient et m'éloignaient, m'invitaient et me repoussaient. C'était pourtant à cette pliure, cet oxymore de vie, que battait une pulsation nouvelle et inconnue, attirante et si lointaine que j'en restais timide.

Au-delà d'une certaine heure la nuit ressemble à une route où nous conduisons comme à l'aveugle, face à des lumières qui nous éblouissent. Il faut se glisser dedans et accepter gaiement l'incertitude de vivre. Je parlais, je riais, le lutin dont j'étais devenu le « boss » m'apportait des verres de thé brûlant que je buvais avec des claquements de langue. Une femme au regard noir me fixait sans se cacher, avec une intensité moqueuse qui cessa vite de me gêner et même m'excita, de façon violemment et directement sexuelle. Quand je lui rendis son sourire, elle se pencha à l'oreille de son voisin et lui chuchota quelques mots avant de reprendre son observation, le visage à l'expression inchangée. Simplement, le plaisir était passé pour moi et à sa place se trouvait un écœurement et même une inquiétude imprécise. Je cherchais à la perdre sans y parvenir tout à fait.

Hors des murs, des lambeaux de chants passaient dans l'air et leur écho mourait sur les dalles lézardées de la cour.

Christophe était arrivé (ou bien il avait toujours été là) et il posait sur toi des tas de mains et de sourires. Il débordait de confiance et de charme maladroit, il avait cette énergie timide que je savais se trouver aussi à l'intérieur de moi mais que j'étais encore incapable de mobiliser. Imran, pour rire, me présentait maintenant comme un joueur de football, un musicien, un astrologue. Toutes les professions m'attiraient des questions intéressées et admiratives ; la révélation de la plaisanterie appelait inévitablement les rires et les hochements de tête. « Imran, cet Imran, tout de même. »

L'air était moite. J'entrais au hasard dans les pièces qui se distribuaient autour de la cour ; dans l'une je découvris un entassement d'objets qui n'avait aucun sens et me fit reculer presque d'un bond. En me retournant, je butai sur Laurence.

— Tu veux toujours partir ? demanda-t-elle aimablement.

— Je devrais ?

— Quand une femme ne t'attend plus, il vaut peut-être mieux partir.

— Je suis du genre collant.

— Pas un genre apprécié.

— Pas le choix.

Curieusement elle s'était mise à parler en

anglais, comme si elle était ivre alors qu'il n'y avait pas une goutte d'alcool à la ronde. (Plus tard seulement, je compris que les bouteilles de whisky étaient alignées dans un coin; l'hypocrisie voulait que pour cette boisson-là, on se serve seul.)

Elle me considérait avec un air sévère : quand son sourire disparaissait, sa bouche devenait une ligne droite énigmatique; je lui offrais un sujet de méditation. Je me demandai si elle attendait quelqu'un, elle, quelqu'un qui ne l'attendait pas. Je pariai que oui et gardai la question pour moi. Toute la légèreté dont je m'étais senti capable s'évanouit et je m'assis seul, épuisé, sur des coussins.

Je m'endormis.

Plus tard, je me réveillai quand l'aube bleuissait le ciel noir. Il y avait encore quelques bruits de conversations étouffées. J'avais raté le réveil des croyants, ce qui n'avait aucune importance, mais je fus sur mes pieds d'un bond, saisi d'une angoisse incontrôlable. Je courus de pièce en pièce sans trouver un visage familier. Des inconnus fatigués et qui n'avaient même pas l'air d'avoir de lanterne me dévisageaient sans rien dire, puis reprenaient leurs solennels palabres.

Tu n'étais pas là.

Le sentiment d'abandon s'empara de moi à la façon d'une sombre jubilation.

— Elle vous a confié à moi. Ça ne vous ennuie pas ?

La voix de Noor avait retenti dans mon dos. Je dus avoir une expression de soulagement qu'elle jugea très comique.

— Non, ça n'a pas l'air de vous ennuyer. Venez avec moi.

Je la suivis dans une pièce encombrée de nattes d'où partait un escalier droit sur les marches duquel étaient posées des jarres : il semblait impossible de monter sans les faire tomber. Je m'efforçai pourtant de filer son ombre blanche, ses petits pieds silencieux qui se posaient sans effort là où il fallait. Nous débouchâmes sur une terrasse qui donnait sur les toits de la ville.

— Parfois, dit-elle, en désignant le fort et la mosquée Badshahi dont les murs commençaient à se colorer de rose pâle, puis en embrassant la ville d'un geste plus large, il m'arrive de trouver cela beau et de vouloir apprendre à peindre pour en faire une infinité de miniatures qui rendraient hommage à cette beauté. Chacune raconterait une histoire. Oh oui, il y en aurait, des histoires, dissimulées sous chacun des toits, il y aurait des rires, mais aussi pas mal de cris et de larmes... Mais ensuite je repose le pinceau sans avoir peint le moindre carreau de mosaïque. Il faudrait de l'innocence et je manque cruellement d'innocence. Ce n'est pas ma faute, c'est ainsi, il faut bien que leur douleur me pèse un peu. J'entends trop bien ces cris, j'entends les histoires qui se déroulent et s'achèvent, et surtout j'entends les voix des femmes qui ne cessent pas, qui persistent à chuchoter après les plaintes... Vous savez comment, sous couvert d'islam, cette société traite les femmes, n'est-ce pas ?

Je hochai la tête.

— Non, vous ne savez pas. Vous n'en avez aucune idée parce que vous ne savez pas écouter le silence. Moi, je sais.

Le sourire ne la quittait jamais. Il se posait sur elle et lui écarquillait les yeux avant de les refermer sur un filet de pierre noire et brillante. Elle s'interrompit brusquement.

— Elle a dit que vous dormiez, vous étiez fatigué. Ne lui en veuillez pas d'être partie sans vous.

— Je ne lui en veux pas.

— Mais si, vous lui en voulez. Il n'y a pas besoin d'être comme moi une spécialiste des intrigues orientales pour s'en rendre compte.

— Alors je lui en voulais, c'est vrai. Mais je ne lui en veux plus. Tout est trop étrange pour que je lui en veuille. Je suis arrivé hier et je n'y comprends rien, et en même temps j'ai l'impression d'être là depuis longtemps.

— C'est un effet que nous produisons, en effet, dit-elle avec coquetterie avant d'éclater de son rire communicatif. Non, sérieusement, nous détestons le formalisme, voilà ce que c'est. J'ai voyagé en Europe, en Angleterre, bien sûr, notre mère patrie, n'est-ce pas ? mais aussi en Allemagne, en Suisse, en France un peu également... J'ai cru devenir folle avec vos manières, avec votre étiquette, avec ce qui se dit et ce qui ne se dit pas. Vous êtes fiers des libertés que vous avez acquises mais vous les utilisez pour vous asservir. Alors que nous qui sommes asservis — je parle des femmes mais pas seulement — nous exerçons notre faible liberté, à l'abri de nos murs, pour nous parler sans aucun souci des manières et des conventions, dans une sorte de vérité qui vous étonnera si vous avez la patience de l'écouter, si vous avez la qualité d'absence nécessaire pour y être présent. Nous voulons tout savoir et nous ne nous arrêtons de parler que lorsque nous sommes satisfaits, c'est-à-dire jamais.

Elle eut un air presque guerrier, pour dire ces dernières paroles, qui était d'un effet comique irrésistible. Elle poursuivit sur sa lancée.

— Vous par exemple, André. Depuis votre arrivée, nous n'avons pas cessé de vous observer. Hier, en rentrant ici, Imran et Nadia m'ont convoquée pour me faire part de leur impression ; tout à l'heure, quand on saura que j'ai parlé seule avec vous (ce qui, soit dit entre nous, est strictement interdit chez nous car si l'on peut tout se dire il faut que ce soit devant les autres), on vous analysera sans fin. Qui est-il ? Que veut-il ? Et vous croyez que je dirai que vous ne savez pas si vous aimez la femme que vous aimez ? Vous l'aimez, je le sais.

— C'est vrai.

— Est-ce qu'on parcourt six mille kilomètres pour rejoindre une femme qu'on n'aime pas ?

— Sûrement pas.

— Est-ce qu'on en veut à une femme qui vous a laissé dormir sur des coussins, dans un palais inconnu, et vous a confié à une étrangère, si on ne l'aime pas ?

— Non, en effet.

— Remarquez bien que vous pourriez avoir fait ce voyage, éprouver des sentiments de cette nature (je ne parle pas de la jalousie qui vous dévore lorsque vous regardez le bon docteur Christophe ou le sympathique Giardino lui tourner autour), et ne pas pour autant l'aimer, n'est-ce pas ?

— Oui, je le reconnais.

— La jalousie, la colère, le désir sont des émotions que nous associons facilement à l'amour mais qui ne sont pas de l'amour, plutôt une forme de narcissisme dont nous imposons la violence aux autres...

— Vous croyez que c'est cela que je ressens ?

— Nous n'essayons pas de trouver ce que je crois mais ce que vous ressentez, vous. Nous essayons de trouver ce qu'il y a derrière votre façon de dire « je ne sais pas ».

— Je voudrais dire que je l'aime mais je n'y arrive pas quand je devrais ou quand elle m'écouterait. Mais d'abord, il m'est impossible de dire que je ne l'aime pas. Et puis aujourd'hui, c'est elle qui ne m'aime pas, c'est elle qui m'empêche de lui dire que je brûle d'amour pour elle.

— Si vous lui parliez ainsi, aucune femme ne refuserait de vous écouter. Quelle femme refuse d'entendre qu'on « brûle d'amour pour elle » ? Brûlez, André, brûlez donc !

— J'ai chaud, vous n'imaginez pas.

Mes paroles avaient perdu le poids, l'épouvantable sérieux qu'elles revêtaient encore la veille. Je me laissais glisser en regardant le ciel s'éclaircir dans un badinage dont j'étais l'objet.

Une brise s'était levée qui faisait battre les drapeaux et le linge aux fenêtres. Noor se tut. Sa main se leva et indiqua un point à l'horizon des toits, comme un oiseau au vol erratique. J'en vis un autre et encore un et ce fut soudain comme si le ciel entier s'était empli d'un monde de créatures volantes, aux ailes bariolées, certaines représentant des animaux fantastiques, d'autres des zébrures de couleurs, certains claquant au vent et d'autres glissant presque sans un bruit.

— C'est l'heure des cerfs-volants, dit-elle paisiblement. Regardez-les et taisez-vous. Ensuite, j'appellerai la voiture pour qu'elle vous ramène.

Elle me laissa seul au milieu du ciel des cerfs-volants. Je songeai avec une ironie désormais lointaine que Wittgenstein, dans ses premières années à Manchester, quand il s'efforçait encore de devenir ingénieur, avait construit des cerfs-volants. En fermant les yeux, en penchant légèrement la tête de côté, il put me sembler que j'étais l'un d'entre eux, oiseau chauffant ses ailes froides au soleil gris d'un matin d'Orient, et que je ne retomberais jamais.

8

Quoi ? l'éternité

La nuit qui suivit, tu te laissas aller entre mes bras et nous fîmes l'amour pour la première fois. Première fois évoquait un univers de maladresses et de tâtonnements, d'ignorance et de gêne, première fois était mignon mais c'était à peu près tout.

J'essayai ensuite de te dire des mots d'amour mais sans doute, contrairement aux instructions de Noor, je fus incapable de te dire que je « brûlais » et je me trouvai de nouveau maladroit et embarrassé, cela ressemblait à l'envie stupide d'une reconquête brutale et spectaculaire. Si l'on dit « je t'aime » de tranchée à tranchée, on a ce qu'on mérite, et c'est ainsi que l'intelligence manque presque toujours à la guerre d'amour qui nous mange la vie.

— Ce sera différent maintenant, dis-je avec un reste d'exaltation.

— Pourquoi ?

Je mangeai ma réponse et nous nous retrouvâmes au milieu des coussins aussi raides, nus, que nous l'avions été, habillés, deux nuits auparavant. Tu allumas les bougies et remis la cassette de l'avant-veille. Puis tu revins t'allonger, enveloppée dans un tissu turquoise d'où ton épaule émergeait, encore et toujours désirable. Tu me laissas poser la main dessus et te caresser comme si j'étais distant, alors que j'avais le cœur battant. J'en venais presque à regretter la nuit de mon arrivée. Je me forçai à parler pour éviter de refaire ce que nous venions de faire et qui ne nous menait nulle part.

— Tu m'avais confié à Noor la nuit dernière. J'ai beaucoup parlé avec elle.

— Je sais.

Une cigarette fumait entre tes doigts, une de ces « marboro » que tu fumais avec économie.

— J'ai pensé que tu pouvais tomber amoureux d'elle. Pourquoi pas ? Tu n'aimerais pas une intrigue orientale, pleine de voiles et d'interdits ?

— On ne tombe pas amoureux d'une femme pareille.

Je parlai avec une assurance risible avant d'ajouter faiblement :

— Et puis j'ai déjà mon intrigue orientale.

— Elle ne se dissimule pas, poursuivis-tu en ignorant ma remarque, mais il y a quelque chose d'incroyablement recouvert dans son corps. Je me demande vraiment comment elle est faite.

— Tu es sûre que ce n'est pas toi qui as envie d'avoir une intrigue orientale avec elle ? Après tout, elle aussi te trouve très belle. Elle me l'a dit.

— Je préfère l'homme.

C'était prononcé avec toute la pompe d'une péroraison de discours politique.

— De toute façon elle ne se montrera pas. Être « exposé », ici, est non seulement un péché mais un danger réel, physique. Si un journal écrit à mots couverts, même sous forme de plaisanterie, même en utilisant des pseudonymes, que tu as été vue avec M. X, le célèbre *cricketer*, tu es déjà dans les ennuis. Et pourtant ils jouent souvent avec...

— Il est interdit de faire ce qu'il est irrésistible de faire.

— C'est plus amusant que de pouvoir tout faire dans l'indifférence générale...

— Comme de partir avec Christophe ?

J'avais taché de ne pas abandonner la badinerie mais la nervosité perçait dans ma voix. Tu décidas d'en rire.

— J'en connais au moins un qui... Nous ne partons pas tout de suite, d'ailleurs. Nous attendons des autorisations administratives, et aussi la visite du *maulana*, dont l'onction religieuse nous est indispensable.

Je me tus. Je m'en voulais encore. Non, je m'en foutais. J'étais bête et malheureux mais je m'en foutais vraiment.

C'était moi qui avais peu dormi, les deux nuits

précédentes, mais c'est toi qui t'endormis la première, à nouveau. Quand je fus certain que ta respiration était régulière, je passai deux doigts sur le tissu turquoise. Je touchais la palpitation de ta peau sans me donner le droit de la toucher : j'étais, comme deux nuits plus tôt, possédé par la crainte d'un tabou, un peu comme si tu avais été une de ces femmes interdites. « Le drapé est plus indécent que le nu. » La réflexion du prof un peu ridicule était peut-être empreinte d'une forme de sagesse paradoxale, celle d'un homme qui a longtemps été près d'une femme sans pouvoir la toucher, celle d'un étranger qui s'est trouvé, tremblant de désir et de honte, face à la silhouette à peine nubile d'une très jeune fille qui sourit et qui tremble.

Alors, le rouge au front, je posai mes lèvres sur le haut de tes cuisses et je restai ainsi, le souffle coupé de désir, prêt à t'attendre jusqu'à ce que tu ne m'attendes plus.

Quelques jours plus tard, sans explication, tu me laissas le message que la voiture viendrait me prendre à neuf heures et m'emmènerait te retrouver quelque part. Je devais m'habiller proprement et avoir ma guitare.

La deuxième requête m'intrigua mais la première était à la réflexion tout aussi étonnante.

Quoiqu'il comprît l'anglais, le chauffeur ne

parlait jamais. Il avait une tête étrange où les yeux semblaient deux longues cicatrices descendantes au fond desquelles les pupilles se tapissaient, presque toujours invisibles ; la ligne de ses pommettes formait un angle aigu avec celle des yeux, donnant l'impression que le haut du visage avait été tracé en quatre coups de ciseaux, tandis que le bas était en fuite. Dans le rétroviseur, je me sentais observé à la dérobée par une série de triangles mal assemblés.

Tu ne dis pas un mot quand tu montas, reconnaissant ma présence d'un simple signe de tête. Intrigue pour intrigue, je ne détestais pas celle-ci.

J'étais incapable de savoir où nous allions parce que je connaissais mal encore la ville et que, la nuit étant tombée, j'avais de toute façon perdu mes quelques points de repère. Au milieu d'une avenue moderne, la voiture s'enfonça dans un passage, longea le mur d'une grande propriété avant de tourner le coin d'une rue défoncée. Nous parcourûmes au pas une cinquantaine de mètres. Les phares n'éclairaient plus que de la poussière et des buissons bas. Une boule d'inquiétude s'était formée dans mon ventre mais, dans le jeu, je ne me donnais pas le droit de te poser une seule question. N'empêche, j'avais cette impression connue de tous les lecteurs de polars : celle d'être entré brutalement à l'intérieur d'une scène où l'on ne choisissait plus son rôle. Même ta présence et ton air distant n'avaient plus rien de rassurant.

Tu commenças à descendre. J'ouvris la portière de mon côté, avec un sentiment inexplicable de lassitude. En frôlant la voiture, je sentis la fumée de la cigarette que le chauffeur avait allumée. Je lui posai la main sur l'épaule. Je ne voyais rien devant moi, qu'une vague lueur. Tu étais baignée d'ombre, immobile.

— Que se passe-t-il ?

Ses lignes s'allongèrent, ce qui devait être un sourire, mais il ne répondit rien. À cet instant, j'entendis des pas précipités sur l'allée et la voix essoufflée d'une femme que je ne connaissais pas : « Excusez-moi... Dépêchez-vous... Je suis désolée.... ». Elle nous prit par le bras et allait répétant sans relâche : « Excusez-moi... Dépêchez-vous... Je suis désolée... », tandis que nous marchions en trébuchant à chaque pas.

Le fond de l'allée était occupé par un cube en béton à un seul étage, une sorte de casemate qui, de loin, n'aurait pas pu passer pour une habitation. Elle était protégée par une haie haute où des fleurs sauvages dégageaient un parfum que je ne pus identifier.

Quand enfin nous franchîmes le seuil, je vis la pièce moderne éclairée par une lumière douce, réchauffée par l'amoncellement inévitable des tapis. Elle dit une dernière fois qu'elle était désolée en nous lâchant le bras et je distinguai enfin son visage. C'était la femme qui, quelques soirs plus tôt, au palais d'Imran et Nadia, m'avait observé avec cette intensité gênante.

Elle nous invita à nous asseoir dans un sofa et nous servit elle-même (la silhouette d'une servante immobile s'encadrait dans le fond de la pièce) un whisky que nous n'avions pas demandé. Puis elle resta debout en face de nous, toussa, et se mit à nous observer tour à tour avec attention.

— C'est donc lui, dit-elle finalement en te regardant. Je vous suis reconnaissante d'avoir accepté le petit jeu dans lequel vous l'avez entraîné. Vous recevoir seule est une chose, la visite d'un homme en est une autre. Ce qui est bien la preuve que....

Elle avait un rire de fumeuse.

— Le général est difficile, reprit-elle. Noor vous a parlé de lui. Ou bien votre amie, n'est-ce pas ?

— Non.

Elle alluma une cigarette au bout rougeoyant de la précédente. Elle était attirante sans être belle, avec ses cheveux tirés en arrière et ses yeux noir charbon. Tout ce que je l'avais vu faire — observer, fumer, boire... —, elle l'accomplissait avec avidité, comme si elle avait dû être surprise d'un moment à l'autre.

— Vous êtes ici depuis trop peu de temps pour que le nom de mon père vous dise quelque chose. Mon père est un général au milieu des autres, dans un pays comme tant d'autres où les généraux ne sont jamais loin. Il a pourtant une caractéristique : il est le seul capable de survivre à tous les régimes avec une intuition géniale : il réprime furieusement les opposants jusqu'à un moment précis de leurs tentatives où leurs chances de réussite deviennent élevées. Il choisit ce moment — où ils se croient souvent plus faibles qu'ils ne le sont en réalité — pour leur proposer une sorte de pacte. Il va de soi qu'ils l'acceptent volontiers, d'autant que mon père offre une deuxième caractéristique intéressante. Il ne veut pas, et ne voudra jamais, le pouvoir pour lui-même. Il ne souhaite que jouir de ses avantages. Le général mon père est un monstre supérieur, en ce sens qu'il perfectionne sans cesse un pouvoir absolu sur quelques êtres qui l'entourent, plutôt que de s'épuiser à l'exercice d'un pouvoir que même les excès les plus atroces ne feront jamais que très relatif sur des millions d'êtres.

Elle partit de son rire qui ressemblait à une toux, écrasa hâtivement sa cigarette.

— Comme vous l'imaginez facilement, appeler « papa » le général mon père est impossible. On doit l'appeler « général », comme tout le monde. Avec ça un collectionneur et un poète... Les étrangers apprécient beaucoup de le rencontrer : il fait partie du programme obligé de toute visite diplomatique un peu sérieuse. Il parle avec sagesse de l'équilibre du monde, de l'islam moderne, il réussit même à ne pas s'étrangler de fureur comme les autres crétins quand on prononce le nom d'Israël, il récite des poèmes, peut citer dans leur langue Baudelaire, Keats et Schiller.

— Vous avez dit collectionneur ?

— Je vois que vous êtes comme les autres, vous mourez déjà d'envie de le connaître. Vous rentrerez chez vous en disant : « J'ai rencontré un homme tout à fait extraordinaire. » Il collectionne — pour répondre à votre question — les femmes, les lettres autographes de W.B. Yeats (il en possède dix-huit) et les armes blanches, les bijoux moghols et les instruments de torture médiévaux, quoique pour cette dernière série il préfère désormais en jouir seul, quelques visites avec des diplomates à l'estomac sensible ayant créé un certain malaise....

En parlant de lui, tout son visage déjà tendu se transformait sous l'effet d'une peur qu'elle avait appris à maîtriser par tout l'effort de son être mais dont la mémoire était si forte, si présente, qu'elle portait son corps aux limites du tremblement. Instinctivement, je te pris la main et la serrai ; tu me rendis la pression.

— C'est un homme, voyez-vous, qui croit au pouvoir de l'esprit et qui méprise la brutalité stupide, même quand il est condamné à y avoir recours. La violence n'est pour lui légitime que par l'élévation d'une volonté appuyée sur une intelligence. Il a lu Nietzsche et ne se retient de citer Hitler que par prudence. Il a besoin de ses deux heures de yoga quotidiennes. Elles lui sont indispensables comme l'air : il tire une fierté sans limites de ne prétendre exercer le contrôle sur les autres qu'à partir d'un contrôle absolu de lui-même, depuis son souffle jusqu'à ses émotions les plus secrètes. Il a des aphorismes utiles comme : « La vie est mouvement. Le tout est d'en maîtriser la direction. » Mais il n'est ni Rabindranath Tagore, ni un émule du dalaï-lama : c'est une brute et un assassin de la pire espèce. Tous les moyens psychologiques de coercition, toutes les perversités, tous les pièges, toutes les séductions, il est capable d'en utiliser l'arsenal entier avant d'en venir aux coups. Il y a des moments, d'ailleurs, où vous préféreriez qu'il vous frappe... Enfin, c'est une discussion que nous avons avec Noor et où nous ne sommes pas forcément d'accord. Affaire de point de vue, n'est-ce pas ? et malgré tous nos efforts les nôtres seront toujours par nécessité différents. En tout cas nous nous retrouvons pour juger qu'il est effroyable de trouver chez un homme autant de finesse, d'intelligence, et même une forme de tendresse qui peut aller aux larmes (mais cela, Noor vous en parlera mieux que moi), jointes à une bestialité qui n'a été domestiquée que pour être faite plus cruelle...

Elle s'interrompit, leva les yeux au ciel.

— Et dire que... et dire que...

Elle secouait la tête, comme en proie à une incrédulité profonde.

— Dire que dans toute la carrière de cet homme il ne s'est trouvé que deux êtres humains pour s'opposer à lui et conserver la vie : Noor et moi. Vous appréciez nos histoires de famille ?

Elle se leva avec brusquerie sans nous laisser le temps d'une réponse qu'elle n'attendait pas, puis disparut dans la cuisine, d'où nous entendions des chuchotements et des rires. Je me rendis compte que ta main était restée dans la mienne. Je me sentais troublé et tu restais pensive. Je me levai pour dissiper le charme noir et m'assis devant toi, entourant tes genoux avec une ferme intimité que tu ne repoussas pas.

— Pourquoi sommes-nous ici ?

— Je ne sais pas vraiment. Parce qu'elle a insisté... Je n'y suis jamais venue qu'avec Noor.

Il y avait une légère nervosité dans sa voix.

— Mais pourquoi Noor ?

Tes yeux s'arrondirent.

— Tu n'as pas compris ? Aucune ne te l'a dit ? Noor est la deuxième femme du général. Celle qu'il a épousée après le décès accidentel de la première, la mère de Meriem, notre hôtesse.

Tu parlais à voix basse, dans un débit précipité qui révélait l'évidence que je n'avais pas saisie d'emblée : tu avais peur.

— Leur mariage a été la chronique pakistanaise de ces dernières années. Il a commencé à la manière d'un conte des Mille et Une Nuits, avec séduction et enlèvement, et s'est terminé dans la brutalité et les coups bas — tous de sa part, naturellement. Mais à l'étonnement général, Noor a obtenu la garde des deux jeunes enfants qu'ils ont eus, ce qui provoque chez le général une humiliation et une haine qui ne passent pas... On dit qu'il cherche une occasion de se débarrasser d'elle, purement et simplement.

— Mais Meriem ?

— Elle est partie.

— Comment cela ?

— Ils ont voulu la marier de force et elle s'est enfuie, réfugiée à Londres chez des amis suffisamment inconscients pour lui offrir l'asile. Il l'a retrouvée là-bas et l'a ramenée ici de force, droguée à mort. Elle a été littéralement détenue dans cette maison que tu as aperçue en venant. Elle a montré une si parfaite indifférence à la mort que, malgré sa puissance, il a hésité à l'éliminer. Alors ils ont passé une sorte d'accord : il ne la mariait plus mais elle s'engageait à ne pas faire parler d'elle, créer de scandale ou lui nuire en aucune façon. Elle habiterait à côté de chez lui, pour sa propre sécurité (car le général lui-même a de nombreux ennemis et son sens de la survie et de la mort des régimes n'est peut-être pas éternel), mais elle serait tenue à l'écart de toutes les cérémonies officielles et des obligations qui vont avec.

J'étais si absorbé par ton récit que je ne remarquai pas que Meriem était revenue.

— C'était si parfaitement hypocrite, dit-elle avec un sourire triste. Hypocrite et tellement lâche... Mais il faut bien payer sa survie, n'est-ce pas ? Sinon quel serait le sens ?

Nous avions sursauté mais elle feignit de ne rien remarquer. Elle décrocha une derbuka du mur et s'assit, la posant sur ses genoux et pinçant une corde au hasard des paroles.

— Oui, reprit-elle, encore pensive, c'était d'une hypocrisie bien pakistanaise et notre arrangement familial est une leçon de politique locale. Peu importe... Mon père avait compris qu'il nous fallait un terrain commun et que s'il persistait dans l'affrontement il lui faudrait me perdre et me tuer. Son réalisme l'a emporté car même ici une mort « accidentelle » comme la mienne ne serait pas passée inaperçue. Je crois qu'il ne l'a jamais sérieusement considérée, même s'il me menaçait avec d'épouvantables détails quand il était en colère. Le fond de l'histoire n'est pas la moindre de ses incongruités : je crois que mon père m'aime sincèrement.

— Et aujourd'hui ?

— Chacun respecte sa part de l'accord. Il passe parfois me voir, rarement, aux horaires les plus étranges, pour m'embrasser, échanger quelques mots et repartir. Je ne suis pas dupe : je sais que c'est aussi, et peut-être d'abord, pour vérifier qu'il n'y a personne ici. Que je ne m'expose pas — et lui avec.

Je m'étais rassis à côté de toi. Tu tournas la tête vers moi et nous échangeâmes un bref sourire crispé. Qu'arriverait-il si le général...

— Il est en voyage cette semaine, dit-elle d'une voix blanche, comme si elle suivait nos pensées. Et rien ne m'empêche de voir mes amis, du moment que...

Il y avait en effet quelque étrangeté à penser qu'une visite du général aurait surpris quoi que ce fût de clandestin dans notre présence, sagement assis en face de Meriem ; et pourtant elle réussit à instiller cette idée en nous-mêmes. Nous sûmes à l'instant que c'était juste, que notre malaise était lié à cette inquiétude-là, que la mise en scène de notre arrivée n'était pas une protection mais un conditionnement. En même temps, plutôt que l'agacement ou la peur, nous ressentions une légère forme d'excitation à savoir que la cause en était voilée et nous serait révélée, le moment venu.

La servante vint déposer les plats devant nous, les uns après les autres. Plus un mot n'était échangé : plus que des gestes imperceptibles, des mouvements de tête et parfois, selon une cadence elle aussi cachée, le pincement d'une corde qui résonnait dans le silence. Quand tout le repas fut devant nous, Meriem échangea quelques mots avec elle. Sa voix était basse et sifflante.

— Je lui ai dit qu'elle pouvait rentrer chez elle. Cela ne vous ennuie pas de ne pas être servis ?

Nous hochâmes gravement la tête, incapables d'articuler un mot, conscients que notre approbation servait un but qui nous échappait. La servante disparut et Meriem posa son instrument de musique à côté d'elle. D'un mouvement elle dénoua le ruban qui attachait ses cheveux et libéra leur masse noire. Toute la dureté qui paraissait emprisonner son visage se défit du même coup et elle nous dévisagea en s'attardant sur toi. Personne ne parlait. Elle se leva pour resservir du whisky, nous tendant à chacun le verre du bout des doigts, comme pour s'assurer qu'aucun contact de nos mains n'était possible dans l'échange. L'ostentation était excessive et elle aussi gênante.

— Sûrement, dit-elle enfin en me regardant, vous vous êtes interrogé sur la raison de mon invitation. Votre amie la connaît, elle.

Je ne tournai pas la tête vers toi mais j'entendis ta respiration coupée. Meriem ne mentait pas : tu savais.

— Elle la connaît mais sans me répondre elle a rendu inévitable que je vous consulte. Oui, André, une sorte de consentement est requis de votre part. Le comprenez-vous ?

— Non.

Son rire rauque éclata en même temps qu'elle faisait tinter les glaçons dans son verre.

— Il est charmant, il est irrésistible ! dit-elle en te regardant avec gaieté. Je comprends que tu l'aies choisi. Garde-le, il en vaut la peine.

Elle but une gorgée et sembla plongée, après l'hilarité, dans une de ses phases de méditation profonde, d'une concentration et d'une solitude extrêmes.

— J'ai été mariée à un homme, dit-elle finalement. Je ne te l'avais pas dit ? C'était un pauvre garçon très naïf, qui avait un grade élevé dans l'armée et tremblait quand je le regardais sans parler. Il n'avait aucune expérience sexuelle — il n'avait aucune expérience de rien, le pauvre. Un jour...

Elle baissa la voix, nous forçant à nous pencher vers elle pour suivre son récit.

— Un jour je l'avais attaché sur le lit dans la chambre en lui promettant je ne sais quels délires nouveaux inconnus de lui — de toute façon ils l'étaient tous, alors ce n'était pas difficile de le surprendre. Il était là, pantelant à l'espoir de me plaire, lorsque le téléphone a sonné. J'ai été répondre : c'était Noor. Nos conversations durent toujours des heures, nous analysons la situation chacune à notre manière, à elle les affaires sérieuses, à moi l'avancement des intrigues. Je pense qu'il n'osait pas faire de bruit, à moins qu'il ne se soit endormi, tant et si bien que lorsque Noor m'a proposé de la rejoindre pour prendre le thé, je l'avais complètement oublié. Mon pauvre mari ! Quand je suis revenue au milieu de la nuit il était perclus de crampes et même sa tentative d'être furieux contre moi n'était pas très convaincante. Je lui ai bientôt proposé un divorce rapide et la seule chose qu'il craignait — je ne vous étonnerai pas — c'était le général mon père. Je lui ai promis que j'arrangerais tout, qu'il aurait même de l'avancement dans l'histoire. Il n'a pas protesté quand la rumeur de son impuissance, que j'avais confessée à mon père pour arracher sa bénédiction, s'est répandue dans l'armée. Je pense souvent à lui avec tendresse : un homme qui n'a pas été humilié jusqu'à l'âme n'est pas tout à fait un homme.

Elle me regardait fixement en prononçant ces derniers mots.

— Je suis très attirée par votre amie, dit-elle ensuite d'une voix basse et rapide mais dont la netteté ne laissait place à aucun doute.

Une vague d'émotions nouvelles me submergea — mélange de soulagement, d'inquiétude et d'excitation que je n'arrivais pas à démêler.

J'avais l'impression d'avoir enfin franchi le seuil de cette porte devant laquelle je piétinais depuis des heures.

— Vous pensez qu'en m'humiliant votre attirance pourrait être partagée ?

Je demandai cela sans y penser, et donc avec une curiosité totalement dénuée d'agressivité.

Elle s'approcha de moi et posa une main sur mon genou, une main d'une surprenante douceur.

— J'ai vu assez de mal, André, autour de moi. Ne croyez pas l'explication trop simple que j'en aurais fait ma drogue... Ou peut-être si, à ma façon, qui est celle d'une faible qui passe pour forte et pleure en regardant les romances indiennes et les bons vieux films de Hollywood. Et en tout cas je ne vous veux pas de mal à vous.

— Embrassez-la.

Elle pencha la tête curieusement, comme pour me considérer sous un autre angle, presque par en dessous, et décider si je parlais sérieusement. Puis elle se redressa en prenant appui sur ses mains et posa sa tête sur tes genoux. Elle ferma les yeux.

— Embrassez-la, répétai-je plus bas.

Je ne te voyais pas. J'entendais ton souffle irrégulier, je devinais ton corps tendu ; il me semblait que si je croisais ton regard tout s'interromprait et le charme serait rompu. Elle leva ses mains vers tes joues et les enferma dans une caresse immobile. Tu avais fermé les yeux à ton tour et quand sa bouche rejoignit la tienne, j'eus l'impression que tes lèvres demeuraient closes.

Je n'avais jamais vu un baiser.

On embrasse une femme et on est soi-même souffle, lèvres, langue, salive, sueur et l'invisible cœur qui bat. Mais un autre ? Les baisers des autres sont des moments volés, comme le corps nu d'une femme dont on attrape la silhouette au loin, à la fenêtre d'en face, et qui paraît plus désirable et mystérieux à distance.

Un temps, vos lèvres ne bougèrent pas, soudées dans une sculpture de chair que rien ne venait faire palpiter. Puis j'entendis un souffle rauque, un grognement presque, et les mains de Meriem se jetèrent sur ton dos et ta nuque, et c'est alors seulement que tu fléchis, que tu lui abandonnas ton visage. Je restais les yeux fixés sur vos lèvres qui ondulaient en vagues à la crête desquelles un peu d'écume se formait, vite absorbée par une langue.

L'intensité de mon excitation, la netteté de mon éveil, à quelques centimètres de vous, immobile, me faisaient un corps de pierre. Il me fallut un effort terrible pour reposer mon verre sur la table sans le briser. Je ne vous quittais pas des yeux.

J'avais, comme la plupart des hommes, développé des fantasmes lesbiens où je m'immisçais avec aisance ; mais ce moment ne ressemblait en rien aux vertiges banals de mon imagination. Il était empreint de solennité et comme baigné de l'inquiétude dans laquelle il était né ; j'en partageais l'intimité par le regard seulement. Poser la main sur l'une de vous — c'est-à-dire sur toi, puisque même dans votre étreinte le corps de Meriem me demeurait inaccessible — aurait été commettre une injustice.

L'image de l'homme attaché sur son lit me traversa l'esprit. On était dans un monde où cet homme persistait à vivre, à moitié mort de froid, réduit à une érection épuisée, les lèvres marmonnant sans fin la litanie de ses espoirs d'avancement. J'eus envie de sourire et dans ce sourire mon excitation se calma : plutôt elle se trouva à distance et je pus la considérer comme un objet étrange dont je faisais le tour d'un coup d'aile.

La bouche de Meriem se détacha de la tienne avec une lenteur extrême : une bulle de salive s'étira comme un filament lumineux entre vos lèvres encore très proches, fil d'araignée du désir où j'étais à moitié pris, à moitié libre.

Tu me jetas un regard rapide où je ne lus rien. Tu avais les yeux gonflés de sommeil.

— Je suis fatiguée, dis-tu dans un murmure.

Je me levai et te pris par le bras. Meriem s'attardait à nos pieds, le sourire égaré. Elle reprit le ruban sur la table basse et, avec autant de dextérité qu'elle en avait mis à les dénouer, rétablit l'ordre sévère de sa chevelure. Elle se leva.

— Je vous remercie, dit-elle d'une voix sourde.

Nous étions incapables de dire un mot de plus. Nous titubâmes en mauvais ordre jusqu'à la porte. Elle t'embrassa dans un frôlement soyeux de joues. Puis elle s'arrêta devant moi et répéta qu'elle me remerciait. Je me penchai, ne sachant quelle était la bonne façon de lui dire au revoir, pensant que cette simple inclinaison du buste serait suffisante, mais elle me saisit les mains et m'attira vers elle. Elle se serra contre moi et il était impossible de résister, je n'en avais aucune envie, mes mains couraient le long de son corps dur où le temps me manquait. Nous nous étreignions avec une dureté presque brutale, cherchant des caresses qui ressemblaient à des coups. Cela dura quoi ? quelques secondes d'une reconnaissance hasardeuse, heurtée, entrecoupée de balbutiements, chargée d'odeurs et de saveurs nouvelles et qui disparaîtraient aussitôt, qu'il était impossible et vain de prétendre retenir.

Nous restâmes assis dans la voiture pendant tout le trajet, toujours sans dire un mot. Ta main était à nouveau dans les miennes, d'une mollesse livrée à l'épuisement plus qu'à la tendresse.

Cette nuit-là nous fîmes l'amour avec abandon, repus de la faiblesse de l'autre comme de la nôtre propre. On cherche des secrets et quand ils sont révélés on les perd aussitôt, comme si nous avions dans les veines la vieille malédiction biblique : malheur au cœur qui comprend, et malheur aussi au corps qui se souvient, malheur encore à celui qui contemple face à face. Nous avions l'un et l'autre devant les yeux, sur fond rouge sang, l'image d'une femme aux cheveux qui pouvaient être libres ou sages jusqu'à la sévérité et dont nous ne prononcions même pas le nom, peut-être parce qu'elle n'existait pas, nous ne l'avions créée que pour retrouver l'ardeur de nous désirer sans réserve, et sans prononcer ces paquets de mots inutiles par lesquels les amants croient s'attacher, se retenir, se faire souffrir.

Nous nous prenions avec une sorte de rage qui ne finissait pas, une impatience qui touchait à l'énervement. Le bois noueux du corps de Meriem sur lequel j'avais passé ma paume et frotté mes poings fermés, je le retrouvais sous la surface de ta peau souple, de ton épaule douce, et j'allais le chercher sans retenue, sans cette peur de faire mal qui nous sépare souvent de ce qui fait du bien. La répétition d'une caresse devient une brûlure, d'abord délicieuse, puis douloureuse et à la fin insupportable même quand il est impossible de s'en passer. C'est le point que tous les amants cherchent et craignent, corps et âme. L'exploration de l'autre est une aventure où le renoncement s'engloutit dans l'obstination, et où l'on tient par faiblesse tandis que l'on cède par force. C'est ici que les religions marquent un point : car s'il existe bien une connaissance par le corps de l'autre, elle ne nous donne à la fin qu'une irritation des muqueuses, une pure anticipation de ce qui en nous et en l'autre se défait inévitablement.

Quand les oiseaux se déchaînèrent, je crois que je venais de m'endormir et tu étais si épuisée que tu t'étais endormie sur moi, tandis que j'étais encore en toi. Nous avions sur tout le corps la saveur légèrement acide de la sueur qui a refroidi, les muscles raides, endoloris de la position peu naturelle où la fatigue nous avait laissés tomber.

Déjà, par pans entiers, des moments de la soirée de la veille s'effaçaient dans ma mémoire. Trop de choses y étaient incompréhensibles et je ne pouvais que les livrer à l'oubli où ils dormiraient pendant des années jusqu'à ce que ma rencontre imprévue avec Noor, à l'aéroport de Washington, n'ouvre cette boîte sans fond où somnolaient — rampaient plutôt — les douleurs délicieuses et les désirs de ce temps-là.

Abida entra sans frapper. Tu dormais encore et je fis à peine un effort pour nous recouvrir d'un drap. Elle nous examina un instant, sans que changeât d'un cil son expression d'indifférence rusée ; elle déposa le plateau avec le thé au bord du lit et se retira sans faire de bruit.

Je m'extirpai de toi non pour te quitter

mais pour te garder plus longtemps, conserver l'image de ton corps arrondi où les genoux repliés touchaient presque tes seins. Je te regardais enfin sans penser, sans me torturer — même si des fragments m'attrapaient l'esprit, où était passée ma guitare ? —, je te regardais pour la seule et pure jouissance de me reposer dans ta beauté, te regardais dans la suspension du temps, sans hier et sans lendemain, pour un instant qui durerait toujours.

9

Qawwali

Je partis dans mon voyage avant que tu ne partisses pour le tien, avec un sac d'affaires qui pesait moins lourd que ma guitare. Nous n'avions pas parlé de ce qui était arrivé chez Meriem, ni dans la nuit qui avait suivi, ni dans les journées d'après où je disparaissais dès l'aube et ne revenais qu'au soir, ayant traîné avec les vrais croyants dans la mosquée Badshahi.

J'allai au sud, à Karachi, là où Imran m'avait prévenu qu'on ramassait chaque matin les morts d'une épidémie qui n'avait pas de nom et trop de causes ; j'allai au nord, jusqu'à Gilgit, et je me gorgeai d'abricots tandis que dans un champ voisin un homme chantait seul, un doigt pointé vers le ciel. J'allai dans des villages hostiles où je recevais des pierres et des mégots allumés. J'allai dans des déserts et sur des collines où des temples étaient enfouis, des figures enterrées, j'appris à n'avoir plus peur d'entrer dans les mosquées, à parler avec des vieillards graves, à jouer aux échecs avec des adolescents aux genoux proéminents qui étaient plus rapides et malins que moi. J'appris à me faire dribbler au football par des enfants qui faisaient la moitié de ma taille et à rire de leur rire édenté ; j'appris à chanter pour eux avec ma guitare trouée et à les faire chanter avec moi. *Sit by my side, come as close as the air...* Les derniers temps je restai dans une cabane de bois, seul à Nathia Ghali, à respirer l'odeur des pins et à regarder la cime du Nanga Parbat se colorer de bleu et de plomb.

Quand ce fut terminé, je laissai ma guitare sans regret : je la posai sur la natte dans ma cabane et lui fis une caresse rapide, m'attardant sur le bois brisé de la caisse avec la tendresse amusée que l'on met à toucher le nez cassé d'une femme aimée. J'entassai dans mon sac les petits objets que j'avais accumulés.

Un mois était passé et je revenais à Lahore dans un car coloré, sale et les muscles las. Je me sentais bêtement le héros d'une guerre qui n'avait pas eu lieu — tout de même, malgré tout, un homme, un vrai.

Seule Laurence était à la maison quand je poussai la porte. Elle m'embrassa et semblait heureuse de me voir. Elle eut une drôle de lueur dans les yeux en m'inspectant des pieds à la tête.

— Tu as quelque chose, dit-elle.

— Quoi ?

— Tu es devenu beau.

C'était dit sans envie de séduire. Je lui demandai de répéter et elle me boxa le menton.

— Elle est revenue, dit-elle après.

— Elle était partie ?

— Quand même tu aurais pu nous prévenir... Nous nous sommes inquiétées.

— C'est bien.

Elle rit de son rire normand, la tête renversée, son gros rire qui pouvait entraîner une salle entière.

— C'est bien, répéta-t-elle en reprenant son souffle. Quel con tu fais.

Même Abida sembla contente de me voir ; elle n'aimait pas les paumés et mon errance avait fait de moi, à ses yeux simples, un guerrier couvert de poussière, sentant la sueur, un homme maître de son destin. Elle me souriait même, en me servant le thé noir, avec une suggestion sexuelle au fond du regard, une soumission légèrement répugnante et qui me donna de la force, encore plus.

Un homme, un vrai — je te l'avais dit.

Au crépuscule, j'attendis le rendez-vous des oiseaux.

Le ramadan était fini.

On entendait dans la nuit des cris de joie, des coups de feu, des klaxons. Dans le noir, les yeux fermés, j'avais cette sensation si rare du peuple de la ville en moi : en faisant pivoter ma nuque je pouvais entrer dans chaque maison et y suspendre les viols aussi bien que l'envol de colombes des mots d'amour ; je me rétractais sous les mots et les cris, je m'envolais aussi, blotti dans l'intime de la nuit, mes ailes portées par des brises invisibles, cerf-volant qui n'existait pas. Je vous compris cette nuit-là, mes frères musulmans, pétris d'inexprimable, dévorés d'un chant ineffable, ravagés par une brutalité qui tend chaque partie du corps jusqu'à l'insupportable. Silencieux, affamé, j'étais l'un d'entre vous quand je guettais le dernier trille du dernier oiseau dissimulé dans le feuillage épais de l'arbre de la femme que j'aimais.

Tu rentras enfin.

La lassitude épuisait ton visage mais tu souris en me voyant, de ce vrai sourire que j'avais perdu et qui me manquait tant sans que je le sache.

— Tu es là, dis-tu simplement — et tu m'embrassas d'un baiser intense et frais, un baiser de confiance où nous étions à genoux l'un en face de l'autre, comme si nous nous étions priés mutuellement.

Il y avait du désir, bien sûr, et du soulagement, un étonnement d'être — aucun mot, aucune étreinte furieuse, aucun regard ne pouvait les traduire aussi bien que ce baiser qui n'en finissait pas.

J'étais trop étonné de trouver le bonheur

contre lequel j'avais lutté et que je ne savais pas nommer : rien de tout cela ne tiendrait, ma toile était mal apprêtée.

Puis tu te détachas de moi, tu allumas tes sacrées bougies et il y eut de la délicatesse dans ta façon d'aimer mon silence. À me regarder tu voyais par où j'étais passé et j'étais récompensé de mon voyage par ce retour seul, dispensé de mots, de récits inutiles et aussitôt oubliés, de photos où tous les visages sont inconnus.

Les triangles étrangement superposés du visage du chauffeur s'encadrèrent dans la porte. Tu fis un signe de tête. Toujours sans parler tu me pris la main. Dans la voiture tu te blottis contre moi et moi je regardais la nuit bruisser, je la traversais avec une aisance de nageur. Pas plus que tu ne m'avais demandé de raconter mon voyage je ne te demandai où nous allions.

Le palais était presque plongé dans l'obscurité et des chaises avaient été posées dans la cour où étaient installés beaucoup de gens parmi lesquels je reconnus les figures souriantes d'Imran et de Nadia, les yeux étonnés de Noor, le regard fixe de Meriem qui ne nous adressa pas même un signe. Devant la fontaine avait été dressée une estrade haute d'un demi-mètre. Déjà, les musiciens s'échauffaient dans une cacophonie sourde rythmée par les percutantes mates des tablas.

Une obscurité presque complète régnait dans

la cour où la gaieté se réduisait en murmures. Je dormais à moitié.

Un très vieil homme vint s'asseoir sur la scène, seul, à l'extrémité opposée du coin où étaient assis les autres musiciens. Lentement, en levant un doigt vers le ciel, il entonna sa louange à Allah et tandis que sa voix faible prenait de la force je m'éveillais et je me souvenais avec joie de l'image de cet homme que j'avais vu dans son champ faire le même geste pour la même louange, et à l'intérieur de moi une louange mystérieuse se leva, mon silencieux chant de l'univers que je te dédiais à toi, mon amour, mon chant à nul adressé et par nul entendu et pourtant oh combien glorieux, chant d'allégresse misérable qui s'élevait à travers les vibrations invisibles qui parcourent la nuit et au-dessus des toits d'où les tiges métalliques sortaient et vers le ciel, le ciel des cerfs-volants qui ne voleraient qu'à l'aube, le ciel orange sombre d'une ville la nuit, le ciel des étoiles qui s'allumaient pâle, le ciel d'Allah peut-être vers qui ce vieillard fragile, aux os cassants, montait directement dans son ascension immobile tandis que loin de Dieu je m'approchais de mon amour de toi, la gorge sèche (le lendemain je te l'écrirais le lendemain tu saurais mais pour l'heure tu n'avais à tes côtés qu'un tremblement), les pieds nus dans la poussière, dans cet état difficile à atteindre et difficile à dire où l'on traverse des montagnes en étant traversé par elles, où l'on marche des déserts en y planant, projetant une ombre douce qui absorbe tout, où l'on est vent, sable, eau, lumière, élément premier sans effort et sans pensée, commencement et fin.

À minuit le chauffeur vint me taper sur l'épaule et fit signe qu'il était temps. Je voulus t'empêcher de me suivre mais tu bousculas les chaises pour venir avec moi, ma belle et douce, mon attente atteinte et toujours attendue. Je fis un signe aux visages que je connaissais et qui, surpris, me regardaient partir.

Après la porte du palais, le passage était dans le noir.

— Je t'aime, dis-tu simplement.

Et tandis que je faisais les quelques pas jusqu'à la voiture, tandis que nous roulions, tandis que j'attendais à l'aéroport, tandis que nous volions vers Paris et que je voyais des cerfs-volants de brume orange jouer avec les ailes de l'avion, dans le levant, je songeais avec les larmes aux yeux que je ne t'avais retrouvée qu'en acceptant de te perdre.

TROISIÈME PARTIE

REVENIR

10

Un doigt sur mes lèvres

Pendant longtemps, on se demande si ces enfantillages cessent jamais et puis on grandit assez pour répondre sans se désoler : non, en effet, jamais. Être adulte — contrairement à ce qu'on lit souvent — c'est accepter l'enfant qui dure en nous. Si nos amours finissaient, si nous cessions d'attendre le cœur battant un être qui peut-être ne viendra pas, il n'y aurait pas la paix derrière, ni même la tranquillité de l'indifférence ou la sagesse au sourire en banane, mais la haine prendrait toute la place. Comprends-moi bien : je ne dis pas cela pour moi particulièrement et si je plonge en moi-même avec l'inévitable complaisance, c'est sans joie, alors que me remontent aux lèvres en nausées les amertumes anciennes et les chagrins, toutes les vagues de mes hontes...

Je relis ce qui précède : *je ne dis pas cela pour moi...* Est-ce que tu te prends pour Jésus, *agnus Dei qui tollis peccata mundi ?* Arrive un moment dans la vie où il faut bien un peu aimer les autres, pourtant, tu ne crois pas ? au risque d'être ridicule.

Andy Warhol a gagné : tous les jours, nous sommes appelés à être célèbres un quart d'heure, à condition que nous vivions au présent, *à fond* mais sans intensité réelle, à condition que nous ne cachions rien et soyons transparents. Nous craignons le clonage, mais nous ressemblons déjà à des créatures au corps presque aboli, dont le tragique est un mauvais souvenir. Où est le temps, passé, forcément passé, de l'*honnête dissimulation* chère à Torquato Accetto ? Nous vivons ici et maintenant et c'est une abominable ringardise que de prétendre être ailleurs dans un monde qui n'a plus d'ailleurs, et avant dans un temps qui n'a plus ni d'avant ni d'après et s'épuise dans le piétinement de la *rave* du maintenant.

Parfois je m'allonge par terre et je respire, je soupire pour chasser de mon corps ces chagrins qui m'oppressent. Je me les représente comme des ballons qui gonfleraient à l'intérieur de mon corps et me feraient souffrir tant que je ne les ai pas expulsés : ensuite il faut les regarder s'élever vers le ciel, les yeux fermés, et jouir d'une brève sensation de bien-être.

Heureusement que j'aime sinon je me déferais, je coulerais par tous les bouts et je me viderais de toutes ces substances. On doit pouvoir se vider de son sperme et de ses larmes comme on se vide de son sang : à la fin, quand il n'y a plus rien d'humide, on est la momie de soi-même, un increvable *patient anglais*.

J'en vois tant parmi mes frères, avec les yeux égarés et leur façon de vouloir sans désirer, de posséder sans conquérir — et bien sûr de baiser sans aimer. Ils m'entourent et me touchent et moi je penche la tête, pour contenir ma douleur et la leur, parfois une fraction de seconde le monde s'entrouvre et puis il se referme. Si seulement tu... si seulement tu... mais dans la course à la survie, cet arrêt est une panique presque impossible à vivre.

Peut-être, déjà, il n'y aurait que des survivants ?

Si notre monde est, comme on l'a dit, déjà le monde d'après, alors tout est déjà mort, tout est comme dans ce film japonais où les machines continuent à fonctionner impeccablement tandis que les âmes des morts errent, en proie à leurs dernières terreurs.

Mais il n'en est pas ainsi, bien sûr, pas encore.

Nous redécouvrons cette vieille chose ancienne — qu'il faut mourir — et nous avons tellement de mal, nous y voyons si peu clair avec toutes nos lumières, nous balbutions toutes nos paroles et à la fin, la condition de ce type qui fait un massacre dans une école ou une mairie, c'est exactement la nôtre et nous nous sentons un lien intime et tragique non tant avec les victimes qu'avec lui.

On voudrait rassurer nos enfants et leur dire que les dinosaures c'était avant et que les monstres ça n'existe pas; mais les dinosaures c'est ici et les monstres sont réels. Voilà bien le présent, le vrai, le seul qui compte, et c'est justement celui que nous persistons à ignorer.

Voilà ce présent.

Je suis sur cette petite route provençale et les oliviers m'emmerdent, les platanes m'emmerdent, toute cette beauté me fait chier.

Je suis sur cette petite route provençale et je m'arrête.

Je regarde, je respire.

J'ai peur, si tu savais.

J'avais, après t'avoir quittée, une sensation de malaise quand je devais dire à un étranger que c'était « fini » entre nous. Qu'est-ce qui était fini ? Il me venait un doute qui a fini — lui — par m'envahir : rien ne finit jamais, c'est seulement que nous mourons plus lourds.

Fini de te voir soir et matin, peut-être. Fini de te voir t'épiler ou peler les tomates. Fini de pouvoir poser des mots rassurants qui ne rassuraient pas, fini de dire « nous ». Ça ne faisait pas grand-chose de vraiment fini par rapport à ce qui continuait à vivre en moi de toi — et, je le savais bien, de moi en toi.

Les gens me blâmaient en général pour notre

séparation — nul n'étant plus sévère que moi-même. Là où tu avais été restait une plaie que je ne voulais pas toucher, de peur de l'aggraver, de peur de la guérir. Pourquoi te quitter, alors ? J'en revenais toujours à cette question. Je n'avais pas de réponse ou sinon toujours la même, répétée jusqu'à l'absurde : parce que je ne voulais pas ce que tu voulais. Ou bien encore : parce que je n'étais pas capable d'aimer.

Bien sûr je fus amoureux après toi et j'eus des passions, je quittai et fus quitté, je me mariai... Mais je crois bien que c'était celui qui s'était enfui dans la nuit qui vivait ces sentiments, accomplissait ces actions paradoxales; un autre était resté à côté de toi et t'avait recueillie dans ses bras, cette nuit-là, et t'avait aimée comme jamais jusqu'alors, avec un abandon furieux, une douceur déchirante.

Ainsi donc, secrètement, inconnu à moi-même, je t'aimais même quand je ne t'aimais plus; ainsi donc me mis-je à apprendre à aimer quand je croyais ne plus aimer; ainsi donc la misère devint une grâce, peut-être.

Quelque temps après notre séparation je reçus une lettre de Noor à laquelle je ne répondis pas; puis un soir j'eus la visite de Laurence qui passait une nuit à Paris. Elle ne parla pas de toi : je l'installai — la bordai presque — dans le lit de secours que j'avais dans mon salon et où, ordinairement, dormaient dans la poussière des peluches pelées qui ne m'appartenaient pas. J'allai me coucher et nous parlions dans le noir, d'un lit à l'autre, comme des bateaux dans la nuit. Elle avait épousé Christophe, le médecin rencontré au Pakistan dont je m'étais cru jaloux, qui déjà ne la touchait plus. Elle me demanda en riant si je me souvenais du *qawwali* de Lahore. Si je me souvenais.... Je m'en souviens maintenant mais c'est alors que je ne me souvenais de rien, j'avais refermé les souvenirs de nos émotions (c'est-à-dire les émotions elles-mêmes) dans une boîte noire à n'ouvrir qu'après ma mort et je me faisais une fierté de devenir lentement qui je n'étais pas puisque j'avais si peur de qui j'étais. Si je me souvenais...

Après le rire je faillis me mettre en colère et pendant que sa voix faiblissait je restai seul, les yeux ouverts, ma rage au creux du ventre. Qui était-elle, cette infirmière de malheur, pour me rappeler à des sensations dont je ne voulais plus? Que voulait-elle, me rendre la vie impossible? Au milieu de la nuit je fus malade et elle se trouva près de moi, une main fraîche sur mon front. Au cœur de mes nausées il y avait le spectacle fantomatique d'une femme robuste en slip et soutien-gorge blancs. Quand les spasmes se calmèrent elle demanda si j'allais mieux et je lui dis que oui, je la pris dans mes bras et je la serrai contre moi, elle était à moitié allongée au-dessus de moi et j'avais une érection qui n'appelait pas de suite — je me disais avec une sorte de fierté amicale que son mari ne la touchait plus mais ce n'était pas une femme comme ça, heureusement. (Des années plus tard nous prenions un café ensemble et nous parlâmes de cette nuit. Elle avait ses belles rides sur le front et les joues et elle me demanda pourquoi mais putain pourquoi je ne l'avais pas embrassée et prise et aimée et j'ouvris des yeux stupéfaits : toi? mais tu étais intouchable. Elle se mit les mains sous le menton, intouchable, elle dit affectueusement, intouchable? quel con tu as toujours été.) Je m'endormis un doigt glissé sous la bretelle de son soutien-gorge.

Quand je me réveillai elle était partie et j'avais de la dentelle dans les mains, qui s'en trouvaient à la fois terriblement pleines et terriblement vides. Mes nausées étaient passées.

Tu m'appelas une semaine plus tard.

J'ai dit l'éloignement cruel des choses familières et comme chasser l'autre, c'est être chassé de l'odeur de ses moqueries charmantes, de ses manies dont on ne peut plus que noter l'absence. Nous ne nous étions jamais longtemps parlé au téléphone — tu n'étais pas de celles avec qui on peut se taire dix minutes, raccrocher et rappeler sans rien dire, se fâcher sur un mot, se réconcilier sur un autre. Pourtant tu avais au téléphone un accent chantant que je n'entendais pas quand j'étais devant toi : le bout du fil était un vent du Sud.

— Je voudrais venir chez toi cet après-midi.

— Oui.

Je cherchai dans l'écho de ta phrase une réponse qui ne venait pas : pourquoi ? pourquoi maintenant ? J'entendais une émotion qui m'était étrangère et à laquelle j'étais confronté sans être admis. J'entendais une sorte de froideur et une reconnaissance malheureuse. J'entendais surtout la confusion de mon propre cœur : chez moi ? Aucun garçon n'a de doute quand une fille *accepte* d'aller chez lui. Mais quand elle *demande* ? est-ce que ça n'est pas une nana *extrêmement chaude* ? Ça n'était pas le qualificatif évident qui me venait quand je pensais à toi mais après tout on ne savait jamais, tu avais peut-être eu une révélation. (Tu sais bien, très belle et tendre, que je ne me moque pas vraiment, sinon de moi. C'est juste que j'avais peur, tu vois, et je ne comprenais rien.)

À midi, je passai l'aspirateur et dans le vacarme et les grésillements j'éprouvais une satisfaction particulière ; il y avait des intentions, même mystérieuses, qui justifiaient des actes, même absurdes. Dans *Belle du Seigneur*, Solal ne chevauchait pas mieux que je ne dirigeais mon aspirateur vers des coins inconnus de lui. Puis je coupai le courant et toute exaltation retomba. Il y a des endroits qui sont encore plus tristes une fois qu'ils sont propres. Quand tu arrivas, j'avais froid.

Tu portais une jupe de velours marron et des bottes qui laissaient entrevoir un peu de peau blanche, sous les genoux. La distance était là, aussi, elle était partout — dans ma façon maladroite de prendre ton manteau et de l'accrocher, dans notre baiser aux lèvres en fuite, dans notre façon de nous asseoir loin l'un de l'autre.

— Mon père est mort, dis-tu finalement.

Tu ne bougeais pas et tu n'attendais rien de moi — en tout cas pas des paroles de consolation banales. Je te retrouvais dans ce ton de la constatation tranquille, presque désincarnée, celui que tu avais adopté au téléphone ; une nouvelle fois, j'eus cette sensation d'être proche de toi, mais selon le cadre d'une nécessité où je n'étais pour rien.

C'était ainsi.

J'eus la sagesse, la prudence ou la chance de ne rien dire. Rien ne venait : alors je ne dis rien. Alors j'attendis et je te regardais.

Tu te levas, glissas jusqu'à moi et posas ta tête sur mes genoux dans un mouvement lent qui était une constatation de plus, un *statement.* Je caressai tes cheveux. Ma main se crispa presque sur ce geste, car elle gardait la mémoire des heures que je passais à en défaire les nœuds, jusqu'à ce qu'ils coulent entre mes doigts comme une pluie d'or. Puis tu remontas vers moi. Je gardais les yeux fermés. C'est seulement en t'embrassant que je sentis le goût de tes larmes, à cause de tes joues pressées contre les miennes mais aussi du sel de ta bouche. Tu tremblais et je voulus t'arrêter mais tu ne te détachais pas de moi, au contraire tu te pressais et dans la consolation émergeait une fleur écarlate. Je défis en désordre les boutons de ton chemisier et t'embrassai avec une avidité nouvelle, presque douloureuse. Mes mains remontèrent le long de tes cuisses, mes ongles s'accrochant aux bas jusqu'au nu de la peau. Nous étions *autres*, c'est-à-dire nous-mêmes, pris dans une impatience qui donnait à nos gestes saccadés une justesse naturelle, en même temps qu'une imprécision nouvelle et excitante : chaque pièce de vêtement, chaque parcelle du corps était un lieu de retrouvailles avec un étranger, la découverte d'un territoire connu et remis en friche par la jachère des sentiments. J'entendais avec une netteté particulière la précipitation de nos souffles, je détachais d'un ensemble où je m'enfouissais sans réserve tel détail du grain de ta peau, tel soupir proche du grognement, telle brillance au coin des yeux, larme si ancienne et récente que le soleil asséchait et dont il ne demeurait que le sel sur ta langue.

Belle rupture qui nous donnait l'occasion de découvrir ce que nous n'aurions jamais su, tous ces possibles remis en mouvement, toutes ces directions non empruntées pour cause d'habitudes ; dialogue muet où au lieu des demandes formelles, vaines, du « qu'est-ce que tu deviens ? », nous le devenions à le deviner ensemble.

Tu fis toi-même glisser ta culotte et c'est toi aussi qui pressas mon sexe à travers le pantalon avant de le libérer juste assez pour que je te prenne, oublieux de l'éternelle et banale menace de la fermeture Éclair, petite guillotine virtuelle pour une petite mort. J'embrassai tes seins ronds et j'embrassai tes épaules, j'embrassai ton cou et tes lèvres, mais toi tu me chevauchais en fermant les yeux, tu cherchais quelque chose qui me faisait peur, tu jouissais en te caressant avec une fureur d'exilée, tu voulais sans me vouloir et je ne t'en voulais pas tandis que je découvrais que tu étais venue, en effet, chez moi comme dans un lieu, un refuge, mais non pas pour me *voir* — cela tu t'en échappais les yeux fermés, dans un affolement concentré du plaisir et de l'oubli. Tu voulais être chez moi et non pas avec moi et plutôt que de me révolter, de te repousser dans un refus enfantin d'être traité en objet, je me prêtai au contraire à ton exigence avec une complaisance et un abandon que je ne m'étais jamais accordés. Car il était de l'ordre du désir et du chagrin d'être pour toi plutôt qu'à toi et de te donner enfin ce que tu avais voulu au moment où tu ne le demandais plus mais où tu trouvais simplement un asile pour une souffrance et un deuil dont tu ne voulais parler à personne — moi le premier. Mon corps était plus intelligent que moi, qui aurais sans doute aligné des mots qui ne servaient à rien ; mon corps, lui, t'accompagnait, se laissait faire, te reprenait, te surprenait sans refuser d'être pris et dépris.

Nous glissâmes à terre et nous défîmes en quelques reptations de l'encombrement des vêtements. Souvent c'est au-dessus de moi que tu avais trouvé le plaisir, dans une sorte de jouissance économe et efficace dans laquelle je cherchais à introduire de l'imprévu sans jamais y parvenir. Ici, sur l'inconfort d'un tapis élimé, les mains sur tes fesses froides, je semblais avoir trouvé sans les chercher une série de secrets bien gardés. Un gémissement enfantin naissait sur tes lèvres, vraiment une protestation continue et plaintive (et tu fermais les yeux, si fort qu'on aurait pu croire une enfant qui dormait et qu'une angoisse traversait à la lisière entre sommeil et veille), tandis que ton corps faisait ce qu'il avait à faire, juste dans ses ondulations, excitant dans ses pauses, ses suspensions, ses retours, ses absences, ses exigences. Moi aussi je m'étais enfin éloigné des mots mais je n'arrivais pas à endiguer ce flot rouge de la pensée brûlée par le désir, je me mordais les lèvres ou je mordais les tiennes pour ne pas te dire que jamais ça n'avait été aussi bon, pas même la nuit d'après Meriem — acceptant cette cadence d'une ampleur et d'une complexité de symphonie, sentant que tu allais chercher ton plaisir au fond de ta tristesse, et derrière cette tristesse une autre encore et puis une autre, qu'elles en étaient la source et la borne, inépuisables tant que le silence n'était traversé que par des gémissements, des grognements, des claquements de langue et le grincement du parquet.

Au milieu d'une grande vague de plaisir — j'avais renoncé à savoir quand précisément tu jouissais, tu avais atteint un plateau d'où tu semblais être capable de ne jamais redescendre — j'eus l'intuition que mon chagrin rejoignait le tien. Je n'avais perdu personne, moi, sinon toi qui justement étais chez moi, et te retrouvant je pouvais te perdre, aller jusqu'au bout de cette douleur-là qui m'appartenait autant qu'à toi. Quitter l'autre c'est peut-être se condamner à n'en jamais faire le deuil et c'est ainsi que le fidèle Don Juan vit avec toutes celles qu'il a séduites et abandonnées — elles vivent en lui et s'il ne cesse de les fuir elles ne cessent d'être avec lui, elles ne le quittent pas. Je ne mettais dans notre étreinte aucune prétention de séducteur, je n'oubliais pas, pas un instant, que tu étais venue et que tu repartirais aussitôt et je me souvenais toujours de chaque ligne de ta lettre ; mais je t'étais reconnaissant, sans prononcer un mot, que dans ton abandon, ton désarroi organisé et dirigé vers moi, tu m'aies donné le privilège de te pleurer, toi, tandis que tu le pleurais, lui, cet homme qui t'avait aimée comme une idole et qui était parti si violemment. (Plus tard seulement, je sus sa fin étrange, cette petite blessure au pied qui s'était infectée et son corps, de façon foudroyante, qui avait commencé à pourrir comme s'il avait été déjà brûlé de l'intérieur, cette maladie qui ne paraissait pas d'aujourd'hui, comme un mal médiéval qui aurait traversé les siècles pour s'attaquer à lui, cet homme-là, cet homme droit aux yeux gris, cet homme triste de rêves passés, et non pas le réduire, non pas le briser mais le gâter irrémédiablement avant que le cœur ne lâche, par une unique et finale miséricorde.)

Dans cette brutalité du désir qui se reconnaît et se partage instantanément, à quatre pattes, par terre, la situation recèle bien souvent un comique qui prendra son temps pour se révéler : une culotte mal dégagée, une latte du parquet qui cède, l'inconfort soudain d'une position — et l'on se retrouve à tourner dans le mauvais porno de soi-même, une de ces bandes vidéo amateur que l'on commence à regarder dans un certain trouble avant que le ridicule et les mauvais éclairages n'emportent le rire. Rien de tel ne se produisit cet après-midi-là. Je me souviens seulement qu'il se mit à pleuvoir et que par la fenêtre que j'avais laissée ouverte pour le soleil une petite flaque se forma dans un clapot qui faisait écho au nôtre. Humidité générale de l'amour, sécheresse de la solitude.

Malgré ma détermination, malgré ton étrange et nouvelle sûreté de *femme qui sait*, je n'arrivais pas à me guérir de la tentation de te dire un mot et d'en obtenir un de toi. Sans me laisser le temps de m'apitoyer sur ce silence forcé, tu arrachas ta chatte pour me la donner à lécher tandis que tu te mettais à me sucer avec une assurance que je ne t'avais pas connue. Quelques pelletées de terre sur le cercueil de ton père t'avaient donné une collection de sciences merveilleuses, prouvant une fois de plus — par des voies authentiquement impénétrables — que la connaissance ne s'acquiert qu'au prix de la présence de la mort. Toute ironie, toute question inutile, toute déclaration intempestive et que nous aurions pu regretter par la suite, tout cela reflua pendant que nous avions la bouche pleine l'un de l'autre. C'est une sorte de combat qui se déroule alors, c'est à celui qui fera céder l'autre le premier en lui donnant tant de plaisir qu'à la fin il s'étalera, les membres en croix, et demandera grâce. Une de mes mains enfonçait ses ongles dans tes fesses tandis que l'autre s'attardait sur ton bas, cherchant ta peau sous le voile et sur lui. Ce qu'il y a de beau avec les femmes, disait Johnson avec une profondeur inattendue de vieux sage, c'est que la même caresse n'est jamais la même. Nous étions-nous pris, pourtant, et touchés, et caressés, avalés, mangés — mais une nouvelle fois c'était la première fois qui était peut-être, en même temps, la dernière.

Je ne comprends pas pourquoi je ne jouissais pas. Plusieurs fois l'excitation avait été si intense que j'avais cru venir mais quelque chose s'entravait dans mes reins et il y avait encore à passer derrière cette porte-là. Liquide, j'étais dur, fier, confiant; abandonné, mon corps s'était livré entièrement à ta maîtrise et lui avait rendu tous les pouvoirs. Je nageais dans une mer de souffles et de muqueuses, je ne savais plus la différence entre respirer, lécher, boire, humer, et tous les mouvements qui m'agitaient avaient leur centre en dehors de moi ou alors si profondément à l'intérieur de moi que j'aurais pu être un autre. Nous étions l'un à l'autre, notre tremblement de corps, dévastateur et mystérieux, ne se calmant que pour préparer des répliques surprenantes.

Je vins finalement, dans une immobilité presque totale où mon sexe était devenu douloureux à force de la répétition et de la variété des frottements auxquels il était soumis. Tu roulas sur le côté et j'eus une brusque sensation d'exil froid, de solitude déchirante. Tu ne la laissas pas durer; sans doute toi non plus tu n'avais pas envie de rester seule, le corps jeté en chiffon sur un tapis à l'odeur inconnue. Tu rampas jusqu'à moi et te laissas entourer d'un bras. Tu laissas ta tête prendre sa place au vieux creux de mon épaule — le désir exige sa nouveauté mais la tendresse veut toujours, éternellement, la même chose. Mon Dieu comme elle était petite, ta petite tête, et fine l'averse de tes cheveux blonds, et comme ton corps, qui cherchait peau à peau son repos contre le mien, était frêle. Peu à peu, insidieusement, dans l'inconfortable engourdissement qui nous gagnait, la familiarité reprit ses droits : il y eut le flottement des odeurs anciennes, la paix du rythme des respirations accordées, il y eut ta façon de peser et ta façon d'être légère, un mouvement de lèvres, l'empreinte d'un sein sur mon flanc, toutes ces imperfections merveilleuses de la beauté quand elle est lasse. Je crois que nous nous endormions et nous réveillions tour à tour — plus tard, quand tu serais partie, je sentirais les crampes et le dos douloureux, cette impression d'avoir été roué de coups qui nous fait douter de la réalité du plaisir en même temps qu'elle la confirme, mais alors, mon amour, si nous étions séparés, j'étais aussi ensemble que j'étais capable de l'être.

Il y eut un changement de lumière, est-ce que je sais, un gargouillement d'estomac, un mouvement imprévu — peut-être la tombée du soir, tout simplement. En un clin d'œil tu fus assise et tu attachais tes cheveux avec grâce, la jupe remontée sur tes cuisses et pas si froissée que ça. Tout ce temps tu avais gardé une botte et tu rampas jusqu'à l'autre pour l'enfiler avec ta mignonne grimace d'effort. Tout semblait avoir séché sur toi et il était vide, cet abreuvoir de bave et de larmes, de plaisir et de sueur auquel nous avions bu.

Je n'avais eu qu'à te laisser venir, je ne pouvais que te laisser partir. L'inéluctable est un grand mot pour les autres ; pourtant ça n'est pas bien drôle de voir le fil te couler entre les doigts et ne même pas pouvoir rapprocher le pouce et l'index pour ralentir. Les choses vont, à leur rythme tranquille, et tu t'éloignes quand tu es encore là, chaque petit geste est un geste de départ. L'instant d'avant c'était autre chose, hein ? mais l'instant d'après est devenu l'instant d'avant, on ne vit plus tout à fait quand on vit déjà avec des souvenirs.

En dernier tu rangeas ton sein gauche, celui que tu appelais le timide parce que le téton n'en sortait que sous mes lèvres.

Tu partis alors que les premiers mots me venaient enfin. Tu partis : tu posas simplement un doigt sur mes lèvres, tu souris à la manière d'une voyageuse dont on a senti la chaleur contre soi et qui, laissant agir le charme, le retenant peut-être en elle plus longtemps qu'on ne le fera, ne s'éloigne pas moins, et sans se retourner.

Tu appliquas tes lèvres sur les miennes sans retirer cet index dressé, m'intimant le silence, scellant entre nous par un rituel connu de toi seule ce qui venait de se passer. Ton épaule me heurta tandis que tu te détournais pour aller chercher le manteau resté accroché à la patère dans l'entrée. Je fis l'effort de ne pas te suivre — mais autant j'avais su me tenir en retrait tant que j'étais en toi, autant, maintenant que tu partais, une panique presque impossible à contrôler s'emparait de moi. Si tu restais une minute de plus, croyais-je, des choses pourraient enfin être dites et tout s'évanouirait de ce qui m'avait séparé de toi. Non, c'était plus vague encore que cela : si tu restais quelques minutes de plus... Mais le temps que je sache ce qui arriverait alors, tu avais déjà parcouru les quelques pas de mon maigre couloir et ta main était sur la poignée de ma porte... Est-ce que tu serais restée si j'avais crié ? Est-ce que j'aurais su te retenir ? (Mais au fond de moi, dans la nuit où je refaisais cette scène indéfiniment, la même et ancienne voix prononçait toujours le même arrêt. Je te laissais partir comme j'étais parti, la seule différence étant mon amour-propre, ce qui ne fait pas une grosse différence.)

Tu aurais pu te glisser dans l'embrasure de la

porte et refermer sans te retourner mais tu tournas la tête. Il y eut...

Je restai devant la porte fermée, interdit, incapable de calmer l'agitation de mon cœur, une fois de plus coincé dans un de ces lieux sombres où l'on attend : on avait dit « impossible » et brutalement c'est ainsi. Puis je marchai, incapable de quitter le couloir, me berçant de l'illusion que si je ne revenais pas dans la pièce tu repasserais la porte ; je donnais des coups de pied, des coups de tête.

Quand il fit noir je revins dans le salon et m'assis sur la malle. J'imaginai qu'il y avait une panne d'électricité et sortis deux bougies. La cire brûlante me coulait sur les doigts. En m'accroupissant, je vis la petite flaque d'eau près de la fenêtre.

Je la regardai s'évaporer.

11

Un mariage et un enterrement (2)

Grisaille de ma vie ! Je m'enfonçai dans des années où je m'efforçais d'être plus gris que les murs et j'y parvenais tant il est vrai que nul ne te blâme de te cacher, nul ne te blâme d'être en peine et de la mâcher soir et matin, tant il est vrai que tous t'encouragent à déchiqueter ce qu'il y a de plus sacré en toi et dans la vie même, tous applaudissent à tes mensonges et à tes singeries, tant il est vrai que même si Dieu ne te voit pas tu te vois encore toi-même, si profond soit ton aveuglement, tu te vois et si tu piétines tes rêves, traites ton idéal avec mépris, c'est toi qui pleures et déplores, si tu fuis ton amour c'est toi qui t'assieds desséché auprès d'un arbre sans ombre et attends la mort sans relâche et sans espoir, la bouche sèche alors que la soif ne te quitte pas et que par tes yeux collés de sel la lumière passe encore, blanche, aveuglante. Grisaille de ma vie ! J'étais dans le désert et toutes les tentations déferlèrent et je cédai à toutes, je me vautrai comme un animal qui a cherché l'eau et trouvé la boue et s'en met plein le groin. Je cherchai de l'ordre et des maîtres et je les trouvai et ma confusion reflua à l'intérieur de moi, elle feignit de me laisser en paix alors qu'elle me tenait tout entier, forte et triomphante, me laissant seul maître de la surface. J'étais payé pour être qui je n'étais pas et oublier qui j'avais été et devenir ce que je ne voulais pas et que pourtant je devenais, avec tristesse et douleur, devenais néanmoins, prostitué de moi-même, putain silencieuse et fardée de mon bel amour passé. Oh devenir cet homme enivré d'apparences et mourir seul, le ventre plein de terreur...

Chose étrange je te revis quelquefois et tu pris ta place dans ce nouvel univers, tu m'embrassas sur les joues en regardant, impassible, celle qui allait devenir ma femme tandis que j'entretenais avec une feinte animation le géant timide qui était déjà ton mari. Nos souvenirs étaient paralysés et nous nous rencontrions le ventre bloqué, nous avions été ensemble, en couples, à l'opéra, voir un ballet, au théâtre nous faire chier poliment. Je me rendais compte avec stupéfaction que j'étais devenu celui que tu avais voulu — *mais pas avec toi.* Te quitter avait été raisonnable, oui, mais c'était la dernière chose raisonnable que j'avais eu la force de faire : incapable d'aller à la sagesse des fous j'avais cédé à la folie des sages et je me trouvais chaque jour un peu plus, un peu mieux prisonnier.

Tu t'étais mariée sur un bateau, je me mariai sur une île.

Plusieurs jours avant j'avais été malade et mes jours étaient laids comme des nuits. Dans les romans anglais, me semblait-il (réminiscence que j'aurais été incapable de préciser : pourquoi anglais?), l'héroïne était prise la veille au soir d'une inquiétude intense. Son angoisse n'était, lui révélait sa mère, que l'anticipation d'un bonheur indicible. Au-delà du déchirement du voile se trouvait la promesse d'une vie entièrement nouvelle; à la morne succession des bals, vase d'inquiétude des jeunes filles, succéderait la large avenue des femmes. Mon malaise était plus profond et me disait une vérité que je ne voulais pas entendre, même si elle m'empêchait de dormir — bien des années après seulement je vis que j'avais tort de chercher à noyer mes insomnies, qu'elles m'apportaient sur moi-même des trésors, comme les vagues des coquillages, et qu'à mon rivage sous la lune je n'avais plus qu'à baisser les mains pour me servir.

Je m'étais fourvoyé, une fois de plus, et c'était d'un banal à pleurer de refuser de reculer. J'imaginais cette foule d'invités débarquant sur une île déserte, habitée seulement par un orchestre qui ne jouait pour personne. Je me couvrais de sueur, j'avais froid et j'avais chaud mais d'où que je reprenne l'histoire elle se déroulait de la même façon, inexorable, et j'interprétais mon propre rôle sans fausse note.

Ma femme avait voulu une messe. Elle était sincère dans ce qu'elle entreprenait et me jurer fidélité devant Dieu et les hommes faisait, sans conteste possible, partie du programme. Sans doute elle aussi voyait à travers une brume que j'étais plus tremblant, plus incertain que je ne voulais en donner l'illusion. Mais, dans le roman anglais, elle était à la place légitime de l'héroïne et bien des indices lui donnaient raison — des élans d'émotion, de passion peut-être, la légèreté de danse de la vie dans nos premiers mois, ces belles promesses, l'heureux mensonge de la sincérité, le trompe-l'œil d'une vie peinte en ligne droite dans les perspectives nobles et rassurantes d'un jardin à la française. Je ne manifestais ce qui de moi était absent que par des sautes d'une mauvaise humeur sans cause apparente, des désespoirs trop difficiles à comprendre et trop faciles à calmer.

Le matin du mariage il se mit à pleuvoir un déluge... Là encore il était temps de s'éclipser pour laisser place à des scènes qui, sûrement, auraient fini par devenir comiques. Mais c'est dans les films (anglais ? américains, plutôt !) qu'à la dernière minute le conjoint douteux s'enfuit (et pour retrouver qui ?), que la voix dans l'église s'élève et proteste, qu'un incident miraculeux se produit qui interrompt la cérémonie. Dans la vie tout s'accomplit comme il a été dit, il y a les chants, les alliances, les intentions de prière, des petites filles en robe blanche et des gens âgés qui sont entrés dans l'église pour se réfugier, il y a les baisers, les bravos, les « mariage pluvieux mariage heureux », les mains serrées et les sourires et dans ce bordel il y a Jeannot, mon copain d'enfance que je n'ai pas vu depuis vingt ans facile, qui s'en va sans dire un mot après t'avoir filé une claque dans l'épaule, s'en va sous la pluie et passe en laissant une gerbe d'eau.

Même Jeannot ne réveilla pas le désarroi engourdi — je me contentai d'enregistrer son passage — et je me laissai couvrir encore de baisers et encore de bonnes paroles. Dans la légère ivresse qui montait j'arrivais à trouver des raisons de continuer et de croire à ce à quoi je ne croyais pas. Ne pouvait-on pas, avec un peu d'efforts, devenir ce grand garçon un peu raide qui porte une cravate gris perle et un gilet à fines rayures, ne pouvait-on pas l'être pour la vie en commençant par l'être un jour, puis un autre jour, ne pouvait-on pas y croire comme on arrête de fumer, et par cela gagner l'approbation de tous ?

Je ne sais pas pourquoi Johnson était venu à la messe. Lui qui ne croyait qu'à l'herbe du diable et à la petite fumée, lui qui ne connaissait les dieux qu'au pacifique pluriel, était venu coller sa silhouette trop grande juste à côté d'une vierge en bois peint vers laquelle il jetait des coups d'œil intrigués et attentifs : entre le géant et la sainte, il devait bien y avoir moyen de s'entendre.

Quand tout le monde, à la sortie, nous embrassait encore, il se tenait à l'écart, les pieds dans une flaque, comme une île à lui-même. J'allai gentiment jusqu'à lui, soulagé qu'il fût avec moi (et ressentant fugitivement, par contraste, le pincement de ma solitude).

— Je ne savais pas que tu aimais les messes.

— Ça m'a rappelé quand j'étais enfant de chœur. On fumait des gros pétards pour se donner du courage.

La représentation d'un petit Johnson légèrement dans les vapes, agenouillé derrière le curé, avait quelque chose d'irrésistiblement comique mais il gardait un air sérieux et je n'avais pas envie d'être moqueur avec lui — pas ce jour-là.

— J'ai parlé avec ton ami Jeannot.

(Naturellement, il dit « yano ».)

— Pourquoi il n'est pas resté, ce con? et pourquoi il est parti sans rien dire?

— Il a dit que tu n'étais pas un homme pour elle et elle pas une femme pour toi.

— C'était censé être méchant pour elle ou pour moi?

(Quand on jouait au jeu de la couverture, c'était toujours Jeannot qui se débrouillait pour embrasser la plus jolie.)

— Ce n'était pas méchant, je crois.

J'avais envie de piétiner sa flaque et de lui envoyer de la boue à la figure. Je reculai sans un mot de plus. Le sang s'était retiré de mon visage et je me voyais pâle à mourir, incapable de répondre, comme si une pierre m'avait frappé en pleine poitrine. Johnson ne bougeait pas et n'en disait pas plus ; son feuillage mouillé s'agitait sous la brise encore chargée d'humidité et plus nous étions silencieux, plus j'étais obligé de prendre conscience que la remarque de Jeannot n'appelait ni dénégation, ni approbation, ni mise au point, ni correctif : elle était là, posée entre nous et déjà plantée en moi pour des jours pires.

Je rejoignis les groupes et tentai de m'absorber dans la bonne volonté ambiante. Quand je me retournai pour voir si Johnson avait bougé, il avait disparu.

Le soir, il nous fallut des bateaux pour gagner l'île où brûlaient des torches qui sentaient l'essence. Sur le lac des lumières blanches clignotaient et l'on entendait — sans voir les musiciens — un quatuor à cordes qui jouait du reggae. La pluie restait dans l'air et tournait autour de nous tandis que le ballet des barques se poursuivait.

Debout sur un ponton, j'accueillais des gens que je ne connaissais pas et dont certains, déjà ivres, disaient que j'avais de la chance. Tout en parlant, tout en remerciant et en échangeant de mauvaises blagues, le visage ayant mal au sourire, j'avais une image de mon corps allongé sur l'eau, flottant, le visage tourné vers le fond et devinant dans l'ombre la danse de gros poissons rouge-gris, légèrement fluorescents dans le reflet des torches.

À regarder les autres vivre je n'avais rien observé et rien appris. Je m'étais exilé de façon à être absent de moi-même, j'avais accroché l'impératif panneau *Do not disturb*. Et pourtant c'était un de ces soirs où il fallait *être là*, où je pouvais difficilement demander aux autres de regarder ailleurs pour y trouver des êtres plus puissants ou plus sages, plus rebelles ou plus beaux — tous plutôt que moi, poisson mou aux yeux proéminents dont le ventre flottait au fil de l'eau. La vie était passée par là, avec ses inquiétudes et ses colères, ses risques de guerre, sa terrible évidence — mais la vie était déjà un *souvenir*.

Tu arrivas seule dans une courte robe bleue que je ne connaissais pas et qui découvrait tes jambes blanches. Tes yeux brillaient : tu avais déjà bu pour te donner du courage et l'alcool te rendait tendre au-delà de ta réserve, tendre au-delà de la mesure. Tu me pris par le bras et m'obligeas à quitter ma vigie. Tu m'entraînas loin de la tente et des lumières, vers un groupe d'arbres — je te sentais accrochée à mon bras, d'une mollesse attirante et troublante. J'avais envie — une envie désespérante et grotesque — de te prendre dans mes bras, de t'embrasser et de faire l'amour avec toi. Mais je savais aussi que je ne pourrais plus le faire que les jours où ton père mourrait — ce qui n'était pas si souvent.

— Pourquoi ce n'est pas moi que tu épouses? demandas-tu d'une voix liquide.

— Tu es déjà mariée.

— Toujours des excuses. Donne-moi une bonne raison : pourquoi?

Tu étais indifférente aux détails techniques.

— Je ne sais pas.

— C'est encore une excuse ou une réponse honnête. Je ne sais pas. Je saurais à ta place... Qu'est-ce que tu me fais chier...

Tu n'employais jamais de mots grossiers et quand tu le faisais ils sonnaient vulgairement.

— Tu ne m'apprends rien. Je me fais chier moi-même terriblement. Mais je n'ai pas moyen de faire autrement...

— Quel baratin fétide! Tu me dégoûtes. Je m'en fous de tout ça. Je t'aime.

Tu avais lâché mon bras et tu t'étais détachée à quelques pas. Tu me regardais depuis l'arbre. Je ne te voyais presque plus mais l'ivresse était ce qui restait quand tout avait disparu.

— Je veux dire que je ne t'aime pas, tu es un con et je suis contente que tu te maries pour être débarrassée de toi. Je suis contente. Si contente...

Ton bras décrivit un arc de cercle, comme pour marquer que ce contentement titubant embrassait l'univers.

— Tu vas rendre une femme heureuse, pauvre con.

— Je ne sais pas si je saurai.

— Combien de fois dans ta vie as-tu dit : « Je ne sais pas. » C'est la phrase la plus con du monde. Arrête de ne pas savoir : tu sauras si tu veux. Tu veux la rendre heureuse, ou malheureuse ?

— Je suis désolé, mais je ne sais toujours pas.

— Alors c'est que tu veux la rendre malheureuse. Quel con. Quel salaud. C'est...

Tu hésitas, butas sur les syllabes.

— C'est dé-gueu-lasse.

Tu avais toujours autant de mal à prononcer le mot et ton ivresse n'arrangeait rien. Il y a des mots dans notre propre langue qui nous demeurent toujours étrangers. Cette hésitation que nous mettons à les dire, ce brouillard dans lequel leur sens reste dissimulé nous les rendent étrangement chers, et nous ne nous obstinons à les apprendre que pour les oublier, afin de ressentir l'exil en notre langue.

— C'est dégueulasse, répétas-tu avec lassitude.

On ne devrait pas voir celle qu'on aime assise

au-dessus des toilettes, les jambes écartées et se grattant le nez. On ne devrait pas et pourtant la vie nous y force, et à entendre le jet de son urine et à la voir dans cette position disgracieuse où elle se relève et tortille le cul pour remonter sa culotte. On ne devrait pas, pas plus qu'on ne devrait lui imposer sa propre et ordinaire misère. Y a-t-il moyen de trouver cela *beau*, de l'aimer aussi ?

Ce qui était déjà notre vie était passé d'un dégueulasse à l'autre, de la colère passionnée à la tristesse résignée, de la violence au désenchantement et je n'y pouvais rien, sinon rajouter d'autres mots qui auraient dit ce que tu disais déjà, comme des cadavres qui s'empilent dans une tranchée.

Je posai ma main sur ton épaule, celle que tu aimais embrasser en disant que tu étais belle, et te fis pivoter. Ton corps se colla contre le mien et j'effleurai d'une main tes cuisses mystérieusement chaudes dans cette soirée froide.

— Il est temps d'aller danser, dis-tu d'une voix calme.

Et nous allâmes danser.

J'allais déjeuner avec mon grand-père tous les trois ou quatre mois, dans un restaurant de cuisine française où il choisissait des bordeaux trop chers qu'il renvoyait souvent parce qu'ils étaient bouchonnés avec une assurance qui faisait ma gêne et mon envie. Tous les plaisirs se retiraient doucement de lui et il gardait assez d'esprit pour le voir et en parler, en plaisanter avec de petits rires secs et sans joie. Il m'aimait bien parce que je l'amusais et que je ne prétendais encore rien lui interdire — ni son amie beaucoup plus jeune, ni l'alcool, ni la conduite de sa voiture qu'il garait au milieu de la route, faisant du premier passant un voiturier à qui il confiait ses clés.

« Les femmes durent deux ans, me dit-il un jour, j'en sais quelque chose. » Le dit était définitif, comme tous les principes qui guidaient sa vie — un gaullisme qui gardait dans sa frénésie l'empreinte du stalinisme qui l'avait précédé, une obsession de l'hygiène passant par la pratique quotidienne du gant de crin, et toute une exaspérante litanie de petites manies qui n'arrivaient pas à étouffer son extraordinaire fantaisie, sa connaissance intime d'auteurs oubliés comme Daniel Halévy et Charles Fourier et son talent pour déchiffrer les partitions les plus complexes alors qu'il ne travaillait plus le piano depuis un demi-siècle ; à quatre-vingts ans il avait fait le tour de l'Arc de Triomphe en patins pour en retirer l'impression qu'auraient ses passagers quand ce monument qu'il détestait aurait été monté sur roulettes.

Il regardait mon mariage avec mépris et s'obstinait à me demander des nouvelles de ma femme en l'appelant par toutes sortes de prénoms dont aucun n'était le sien. Il avait pratiqué la vie de couple avec un esprit de décision dont j'étais absolument dépourvu : séductions, enlèvements, fuite par les toits, batailles au couteau, tentatives de suicide, mariages au galop, divorces au sabre : quand il disait que les femmes duraient deux ans, il faisait ce qu'il disait.

J'attendais donc la limite fatidique de mes deux ans de mariage avec l'imprécise sensation qu'une nuée serait déchirée et que je serais emporté au ciel ou en enfer.

Elle passa — et les années d'après — dans une indécision qui devenait acariâtre et au fond plus cruelle que les méthodes à la hussarde du grand-père, qui laissaient à la plupart des femmes des souvenirs amusés.

Je te voyais de moins en moins, je ne te voyais presque plus...

Un soir, dans une foule où sonnaient les bijoux et les verres, j'attrapai tes yeux fixés sur moi par-dessus dix groupes animés. Il n'y avait pas moyen de se rejoindre, le temps d'essayer, l'autre aurait été englouti. Tu posas seulement deux doigts sur tes lèvres et me soufflas un baiser auquel je ne m'attendais pas et qui me fit monter les larmes aux yeux. Même pour nous dire bonjour ou au revoir avec cœur, nous n'avions plus le choix que d'être à distance l'un de l'autre.

Tandis que je m'enfonçais dans ces années de plomb et que je disparaissais à mes propres yeux, un reste de sagesse m'empêchait de me présenter devant toi trop souvent. Je l'écris maintenant mais alors je ne le savais pas ; je n'avais pas peur d'être jugé et je supportais le premier choc de mes yeux te découvrant, aimant à chaque époque un peu mieux ma privation de toi, j'enfouissais au plus profond de moi les échos de la rencontre et je les effaçais. Tu devais n'avoir devant toi qu'un sourire amical, légèrement crispé, et les rumeurs qui me donnaient perdu, m'enfonçant dans la boue. Notre malaise l'un face à l'autre grandissait au lieu de s'estomper et là où, chez les autres, le factice protège les apparences d'une relation, entre nous il s'effritait peu à peu, ne nous laissant que les restes refroidis de notre festin d'amour. C'était triste, c'était si triste de ne rien pouvoir nous dire de ce qui nous avait fait aimer et souffrir, et pleurer et rire aussi ; c'était triste et ridicule, presque exaspérant, mais rien n'y faisait. Le silence recouvrait cela aussi dans ma vie même si, de temps en temps, une voix intérieure me harcelait, m'assommant d'invectives.

Nous perdîmes l'habitude de nous voir, de nous téléphoner et même quand nous nous voyions au milieu des autres nous ne nous reconnaissions plus qu'à peine, comme de vagues connaissances se font signe de loin et choisissent plutôt, avec résignation ou soulagement, de se laisser porter par le flot qui les sépare et les rejette sur les bords de la route, vraiment étrangers l'un à l'autre.

Nous finîmes par nous revoir mais nous n'avions pas choisi le moment ou la raison de ces retrouvailles : c'est quand tu perdis ton deuxième enfant. Je n'avais à t'offrir qu'un rideau de larmes au-dessus d'un cercueil trop petit.

Je n'avais pas beaucoup d'efforts à faire, d'imagination à déployer, pour me représenter la souffrance qui avait été la tienne, la vôtre. Est-ce qu'avec le temps les souffrances réelles, *sérieuses*, ne prenaient pas la place de ces souffrances largement imaginaires qui nous avaient tant occupés, est-ce qu'à force d'avoir mal on ne finissait pas par perdre cet air triste et sourire ?

Je me souviens seulement que dans la masse de tes amis, de nos amis, je ne pris ni plus ni moins que ma place, qu'elle fut à la fois nécessaire et vaine, chaleureuse et inepte — un peu comme tout ce qui se passe dans les églises quand on y entre pour une autre raison que sa foi. Je t'embrassai donc et aussitôt la solitude se referma autour de moi, sans que la douleur ne cesse un instant de te faire plier, et je te laissai seule à ton tour.

J'ai entendu parler de ces couples que la mort d'un enfant sépare. Ce ne fut pas le cas du tien

— du vôtre — mais j'ose à peine te dire que ce fut le cas du *nôtre* — je veux dire celui que nous n'en finissions pas de ne plus former et qui n'en finissait pas de disparaître.

Je crois que la vanité du reste de mes sentiments m'emporta et que je me contentai de dériver; je crois que tu refis ta vie plus simplement, et un autre enfant avec le même homme.

Il avait fallu que tu perdes un enfant pour que je commence, moi aussi, mon deuil de toi.

12

Autobiographie en mangeant du sable

Ce que nous pouvons savoir de la vie se situe quelque part entre la souffrance que nous subissons et celle que nous infligeons. Il n'y a pas d'autre connaissance, c'est la mémoire de la survie qui reste en nous, c'est par elle que nous est transmis le moyen de parvenir à une certaine intelligence de nos émotions et de celles des autres. Toutes les expériences de la vie ne se jugent qu'à ce prix et nous ne pouvons considérer nos frêles malheurs, nos bonheurs misérables que sur cette balance. J'ai réfléchi trois jours face à un mur de brique pour parvenir à cette conclusion élevée. Il y en avait une autre aussi, peut-être plus importante : ce qui compte vraiment, c'est de se raser et de se brosser les dents.

Ne m'en veux pas : c'est que je n'ai pas envie de parler de ces années-là, de ce qui s'y passa, de mes errances, de mes trahisons — et avec cela d'une espèce de printemps souterrain qui se produisait parfois à la saison morte et m'épuisait plus qu'autre chose.

J'ai mentionné cette lettre de Noor que je reçus et à laquelle je ne répondis pas. C'était une belle lettre intimidante dont l'écriture ronde et penchée semblait celle d'une enfant. Il y eut aussi d'autres indices que sur le moment je n'étais pas capable de relier, d'attacher au même fil ; un seul d'entre eux aurait suffi à me donner la lumière mais je n'avais pas fini de m'enfouir...

Enfouissement, c'est l'image qui me revient sans cesse. Tu me pardonneras de te la raconter comme un film.

Je suis allongé sur la plage et deux enfants m'enterrent comme par jeu. Au début nous rions tous ensemble et puis un certain silence se fait tandis que le soleil se voile et que la plage se vide. Le jeu est devenu un travail qui se poursuit dans le crépuscule, à la pelle, à la main, sans plus une plaisanterie ni d'autres bruits que les haleines essoufflées et les cris des mouettes retardataires. Presque intégralement enterré, je suis à la fois consentant — je ne dis pas un mot pour que le jeu cesse, je ne fais pas un mouvement pour m'arracher à l'immobilité — et soumis à une angoisse terrifiante. C'est comme si la paralysie progressive de l'extérieur rejoignait la paralysie de l'intérieur et que mon être entier soit coulé dans une chape d'immobilité. Rien n'existe plus de moi à cet instant que cette peur panique, impossible à réprimer autrement que par un regard pour personne — littéralement le regard plein de terreur nue d'un agonisant. Même quand j'ai du sable dans la bouche, même quand je m'étouffe, je me soumets à cette détermination féroce de ne pas bouger, je réfugie toute ma volonté d'être dans cette détermination qui me tue et me laisse en vie.

Car je fais une découverte : je peux vivre ainsi, contrairement à ce que je croyais, j'ai cette capacité merveilleuse de survie qui fait que, par une voie mystérieuse, l'oxygène dont j'ai besoin me parvient, l'alimentation, l'hydratation s'effectuent et je me rends compte qu'avec une reptation minimale je peux même améliorer ma survie, trouver des miettes de confort dans cette entreprise d'annihilation. C'en est une, je ne m'y trompe plus maintenant : je ne prétends pas, je n'ai jamais prétendu que j'avais voulu jouer et que c'est par erreur, par inattention, ou du fait de la perversité des enfants, que je me suis trouvé dans cet état d'où je ne peux rien faire pour sortir. Me dégagerait-on par un miracle que je ne bougerais pas plus, je cracherais du sable et je me cacherais les yeux de la lumière. Enterré je suis mieux : au moins je suis invisible et tous mes efforts ne servent qu'un but grandiose et efficace : être le maître d'œuvre de ma propre destruction, organiser l'ensablement de mon insignifiance.

Je suis parfois envahi d'émotions étranges qui déclenchent des larmes sèches au goût de sel — nous sommes au bord de la mer, après tout. J'ai honte ou bien j'ai envie ou j'ai un chagrin d'enfant quand les enfants sont partis depuis longtemps. Je me souviens de toi. Mais tout ça n'est pas grave, rien n'est grave d'ailleurs du moment que je continue à m'enfouir, sans aide extérieure maintenant, de mon propre mouvement. Je survis toujours mais je crois comprendre que mon corps s'enfonce doucement dans le sable. La profondeur de la terre ressemble à celle de la mer : la lumière s'y fait rare et le poids léger sur la poitrine devient écrasant. La vie ressemble au sommeil de certaines nuits : une sorte d'état intermédiaire, qui n'est ni la veille ni le repos, ni la conscience ni l'oubli, ni le réel, ni le rêve, une sorte de flottement de l'être, chargé de désagréments, de sensations physiques déplaisantes, de visions à la texture très réaliste. C'est un état que j'ai du mal à qualifier avec des mots, ce n'est pas celui d'un enfant quand il appelle parce qu'il y a des monstres, pas celui d'une femme aimée quand elle se réveille dans un cri, pas une journée difficile. C'est un état d'abolition des frontières où les repères se perdent, c'est l'être en montre molle. C'est la vie comme une crise de foie.

Tu peux te demander comment j'en sors.

Le plus simple serait de dire : je me lève, mon

corps traverse le sable sans effort, je m'époussette, respire un grand coup et regarde autour de moi.

À ma propre surprise je ne suis pas mort.

Je suis sur une plage, la nuit, avec des collines de dunes derrière moi et un océan noir. Je fais le tour du trou creusé et j'y découvre un ordre, une structure et même un réseau de galeries...

Je m'en vais.

Je t'ai déjà mentionné la lettre de Noor : ce n'est pas un hasard. C'est qu'elle joua un rôle que je ne parviens pas encore complètement à élucider dans le changement qui se produisit en moi.

J'étais parti à Washington pour un de ces voyages indispensables qui ne servaient à rien. De trois jours de rencontres où l'on ne rencontrait personne et de visites où l'on ne voyait rien, je ne gardais le souvenir que d'une heure à regarder le jeune homme et le cheval de Picasso. J'étais mécontent de rien et de tout, sauf du chagrin incompréhensible que cette toile me procurait.

J'arrivai à l'aéroport avec deux heures d'avance et m'installai dans une bulle d'absence. Je venais de reprendre mes vieux livres de Wittgenstein, ceux que je lisais quand j'étais avec toi, écornés, froissés et pourtant ils étaient comme si je ne les avais jamais lus. Le jour de sa rencontre célèbre avec Popper, Wittgenstein agita devant ses yeux un tisonnier avec une attitude qui fut jugée légèrement menaçante par Russell. « Wittgenstein, intima celui qui avait été son maître et que W. méprisait maintenant assez profondément, reposez ce tisonnier tout de suite. » Sur ce, exaspéré, W. quitta la pièce et laissa Popper donner un exemple d'attitude morale : « Ne pas menacer les conférenciers en visite avec un tisonnier. » Ce même jour, W. avait pris une note codée sur un de ses cahiers — W. laissait en clair ce qui ne l'était pas, sa logique et ses principes mathématiques, mais il écrivait dans l'ordre alphabétique inverse ses amours et ses masturbations. Il avait écrit : « *Love is the pearl of great worth which you hold to your heart and which you will never exchange for anything.* » L'amour est cette perle de grande valeur que tu tiens près de ton cœur et que tu n'échangeras pour rien au monde. En buvant du mauvais café je relisais cette phrase et le paragraphe entier et, sans oublier sa mièvrerie, son côté presque doucereux arraché à un roman sentimental, je ne pouvais m'empêcher de la comprendre à la manière d'une peine personnelle dont je pouvais payer le prix, encore un de ces chagrins chantants et merveilleux dont on ne sait pas bien s'ils nous tuent ou s'ils nous aident à vivre.

À cet instant, mes yeux se remplirent de larmes et je vis la silhouette de Noor.

Je te l'ai dit, elle m'avait écrit une fois, peut-être cinq ans auparavant, et je ne lui avais pas répondu. Je ne la reconnus pas immédiatement car elle ne portait pas son éternelle tenue blanche mais un jean et un gros pull bleu marine. Bien qu'elle eût dépassé la quarantaine, elle avait l'allure d'une jeune étudiante égarée.

Elle m'aborda comme si nous nous étions quittés la veille, avec le naturel absolu qui est le fruit de la distance intérieure, débarrassée des conventions. Elle s'assit à côté de moi, me prit le livre des mains :

— J'ai mal à la tête rien que de lire le titre, dit-elle avant de me le rendre. Pourquoi aviez-vous de la peine quand je suis arrivée ? À cause de ce livre ?

Elle le tourna entre ses mains, y cherchant une cause mystérieuse de puissance. Puis elle me le rendit, son regard interrogateur posé sur moi.

Je n'avais pas envie de répondre et elle ne m'y obligea pas. Il y eut quelques nouvelles de Lahore. Puis :

— Vous ne l'aimiez pas, ce n'était qu'une infatuation.

Je la regardai avec surprise, mettant un temps de retard à comprendre qu'elle parlait de toi.

— J'étais amoureux, tout de même.

— De qui n'étiez-vous pas amoureux à ce moment ? D'elle, de Meriem ? De moi peut-être ?

Elle eut un rire de jeune fille et ses yeux bruns

tournèrent sur eux-mêmes avec affectation — et ils étaient moqueurs en même temps.

— Pourquoi pas de vous en effet ?

— Je ne l'aurais pas permis.

— Ce ne sont pas des choses pour lesquelles on demande une autorisation.

— Vous ne comprenez pas, vous êtes un enfant. N'importe quelle femme pakistanaise en connaît sur le sujet cent fois plus que vous. Vous savez pourquoi ?

— Non.

— Parce que nous devons survivre quotidiennement au mâle musulman du monde moderne, voilà tout. Brutal, peu sûr de lui, exigeant, romantique, lâche, amant médiocre et jaloux, tendre à contre-temps, perdu, dévoré de complexes d'infériorité, bref : impossible à vivre.

— Vous trouvez que ça me ressemble ?

— Je ne sais pas. C'est vous qui savez...

J'éclatai de rire.

— C'est un portrait pas pire qu'un autre, sinon que je ne suis toujours pas musulman.

— Vous m'aviez promis d'étudier le Coran, dit-elle sérieusement.

Elle partait pour Lahore via Karachi, et moi je revenais à Paris ; son avion était en retard et moi j'étais en avance. Je me glissai dans les deux heures dont nous disposions avec avidité. Nous parlions des choses les plus importantes de notre vie avec une légèreté qui faisait de chaque sentiment, chaque émotion, l'objet d'une série de plaisanteries devenant un décorticage serré. À la fin, toutes ces pierres que nous portons dans l'âme en étaient désintégrées et on se demandait ce qui faisait si mal, avant.

— Chez nous, dit-elle, il n'y a pas de psychiatres, de psychanalystes, de psychothérapeutes... Ce n'est pas seulement parce que nous n'avons pas les moyens, que ce sont des luxes pour Occidentaux bien nourris. C'est aussi parce que, n'ayant rien à faire, tout nous étant interdit, il ne nous reste qu'à parler entre nous jusqu'à ce que les plus graves de nos problèmes soient réduits à ça !

Elle montrait l'extrémité de l'ongle de son pouce. Je lui pris la main sans réfléchir. Elle ne réagit pas et je lâchai sa main sans même m'excuser, le cœur battant.

— Prenons ce sujet, dit-elle d'une voix enjouée.

— Lequel ?

— Pourquoi vous m'avez pris la main. Pourquoi vous la lâchez aussitôt.

— Je ne sais pas : un élan ?

— De la prendre ou de la lâcher ? Vous avez l'air tellement misérable que, de toute façon, j'aurai du mal à vous croire. Les tourments sont ce qu'il y a de plus trompeur en nous. Pourquoi ne parlez-vous pas de votre vie ?

Je lui parlai de ma vie. Je lui dis notre séparation, la naissance de ma fille, la rencontre avec ma femme. Je lui parlai de mon travail, de mes infidélités, de ces trois jours à Washington et du tableau de Picasso, de la note de Wittgenstein.

Une voix retentit, appelant mon vol. Elle se leva en même temps que moi.

— Déjà, dit-elle gaiement, nous aurions parlé toute la nuit, je suppose. Mais ce n'est pas grave, nous avons encore beaucoup de temps. Je vais vous accompagner.

Tandis que nous approchions de la porte d'embarquement, elle me parla de toi à nouveau, avec affection, cherchant à comprendre pourquoi, vraiment, nous nous étions quittés. Elle me demanda de parler de ta vie et je le fis avec réticence. Elle devina la distance entre nous.

— C'est dommage, dit-elle.

— Qu'est-ce qui est dommage ?

— Que vous ne soyez pas toujours amis. Pourquoi pas ? Qu'est-ce qui vous retient ? Est-ce qu'on ne doit pas être amis avec les gens qu'on a aimés ?

J'eus un geste d'impuissance et une moue qu'elle jugea sans doute comiques.

— En tout cas, je serai toujours votre amie, n'est-ce pas ?

J'allai pour l'embrasser mais elle me repoussa de la paume de sa main.

— Nous n'embrassons pas les hommes sur les

joues, dit-elle, et ce que nous ne faisons pas dans l'intimité chez nous, vous n'imaginez pas que nous puissions le faire dans des lieux publics chez vous.

Elle me serra la main et la garda entre les siennes.

— André, je voulais vous demander quelque chose avant que vous partiez. Enfin, je ne voulais pas vous le demander mais maintenant je le veux. Ça ne vous ennuie pas ?

Je fis signe que non. Une hôtesse s'était approchée de nous et répétait qu'il était temps d'embarquer.

— Pourquoi n'avez-vous pas répondu à ma lettre ?

— Parce que je n'étais pas heureux. C'est bien vous, qui avez dit que nos tourments étaient trompeurs...

— Et maintenant, êtes-vous heureux ?

L'hôtesse me tira littéralement par le bras et je m'éloignai sans plus la regarder, gardant en mémoire sa silhouette frêle, laissant descendre en moi les mots que j'avais prononcés, si simples qu'ils étaient eux aussi comiques, ce qui ne les empêchait pas d'être vrais.

Pour la première fois depuis des années, j'eus une impression de justesse qui n'était pas étouffée par la confusion des sentiments et l'emprise des tristesses anciennes. Même cette espèce de romance orientale dans laquelle j'avais mis la main et que Noor avait repoussée avec délicatesse, même cette histoire ne me dissimulait plus que je m'étais égaré en route. Je voyais où j'étais.

Un ami me citait parfois ces vers d'un poète roumain que je le soupçonnais d'avoir inventés pour les besoins de la cause :

Car la vie est un bien perdu
Quand on n'a pas vécu comme on aurait voulu.

C'étaient des vers que je n'avais pas envie de répéter ainsi, au conditionnel passé d'un soir de vie. Et pourtant, déjà, je ne vivais pas comme j'aurais voulu et j'avais fait de ma vie mon bien perdu.

Wittgenstein écrit quelque part qu'il faudrait poser sur sa porte un verrou tel que seuls ceux destinés à entrer pourraient le voir. Pour moi, j'avais posé des verrous dont je confiais la clé au premier salaud venu et quand tout était saccagé et que j'étais tout nu, grelottant dans un coin, il ne me restait qu'à partir. C'était la belle vie perdue quand j'avais si mal au dos que je rentrais dans mon lit à quatre pattes, quand j'arrêtais de fumer, quand croiser chaque femme était douloureux, quand je mangeais du magnésium et des multivitamines... Parfois — tu n'imagines pas — j'étais si fatigué que je devais aller voir un médecin pour qu'il me suce le sang à la recherche d'un virus ; parfois j'allais baiser, comme au bon vieux temps — baiser la sainte qui voulait partager son malheur avec moi — et je revenais chez moi couvert de sueur, je n'avais rien à dire à personne, *it was beyond my control.*

Je voudrais bien te dire qu'il y avait un reste de pureté en moi, qu'elle s'était réfugiée dans le château fort de mon âme, cette foi rebelle qui résistait à tout. Elle devait bien être quelque part, n'est-ce pas ? puisque je suis ici et vivant, puisque je suis si près de ta porte... Mon jeu de guitare électrique ne s'améliorait pas — pas du tout — mais dans certains morceaux, en public, j'atteignais une joie sauvage qui m'épuisait pour de bon et je touchais à une forme de lucidité où j'étais au moins capable d'*écouter* les autres — le commencement de la musique et, peut-être, de la vie.

Je me mis à regarder tout cela avec moins de crainte après avoir croisé Noor. Sa question restée en suspens se fraya un chemin au milieu de ma honte, de mon mépris de moi-même ; elle franchit les barrières que la culpabilité et la peur de vivre avaient édifiées. Elle m'empêcha de dormir — ce n'étaient plus des insomnies d'abruti où on se branlote en mangeant des yaourts, debout devant le frigidaire dont la lampe est cassée ; c'étaient des heures d'éveil où mon cerveau tournait à pleine vitesse, où mon cœur battait, empli d'une attente encore indistincte.

Je retrouvais mon chaos où je l'avais laissé, confus et terrifié, pour me réfugier en zone occupée; la ligne de démarcation était dans cet aéroport, avec cette femme à la silhouette de petite fille, cette femme qui m'intimidait terriblement et qui me répétait inlassablement la même question : *Are you happy now ?*

Non, je ne l'étais pas, pas plus maintenant qu'alors, et j'avais eu beau traiter mon inquiétude de vivre comme un territoire en guerre, l'entourer de sacs de sable et de chevaux de frise et me barricader, rien n'y avait fait et il fallait commencer par se rendre.

Je voulais te revoir.

J'en avais assez d'être séparé de toi, au milieu de la nuit j'avais des certitudes comme ça : si je te parlais, ça irait mieux. Si je parlais, je te dirais enfin ces choses qui... (L'instant d'après je savais que je ne te parlerais pas plus, mais je n'arrivais pas à me débarrasser de cette attente.) Je voyais bien, dans une exaltation imprécise, que je m'étais séparé de moi-même quand je me séparais de toi. Si je te retrouvais, je me mettrais en même temps sur ma propre piste.

Tu reçus mon appel avec une hésitation que je décidai de ne pas entendre, inaugurant une chaîne subtile de chicanes où je m'égarai à nouveau quand je croyais me trouver.

Tu m'emmenas dans un petit restaurant bruyant. C'est étrange comme les choses que l'on dit bien à voix basse, en hésitant, presque en murmurant, deviennent ridicules quand il faut les articuler, les crier, les répéter par-dessus l'annonce de la terrine campagnarde et la rumeur des mots mélangés avec les bouchées. On n'a pas manqué de profondeur dans la réflexion, on n'a pas oublié un angle important ; mais de la même façon qu'une pensée n'existe pas avant d'être écrite, on est resté dans une indifférenciation où tous les possibles sont contenus à la fois, on a traité la relation avec l'autre non comme une réalité qui fabrique ses beautés et ses limites mais comme une sorte d'œuvre d'art à peine ébauchée, un désir en puissance et qui les contient tous. L'autre ne nous interdit rien de ce que nous avons envisagé de lui, l'autre — comme un roman — nous oblige seulement à prendre position, à faire nos choix, il nous force au *renoncement.*

Je souriais bêtement et tu étais crispée depuis la première minute où j'avais été te chercher dans ton bureau au ministère. Tu étais « ministre » maintenant, enfin pas loin de lui, et je retrouvai dans ton petit bureau austère le même sérieux imperturbable que tu avais mis dans tes études. Ce que j'avais trouvé alors insupportable, je le jugeai soudain magnifique, émouvant... Comment, alors que tu aurais pu t'engraisser dans des consultations à six cents balles, tu étais là à te dévouer au service du public ? Putain, c'était beau et j'en avais les larmes qui brillaient au coin des yeux. Évidemment tu n'aurais pas fait ça si tu n'avais pas cru, par ailleurs, que tu contribuais à l'œuvre de Changement de la Société en vue de l'Amélioration du Monde que tu partageais avec tant de brillants sujets de ta génération. Pour moi, la dialectique du bien et du mal restait d'essence purement spirituelle et personnelle ; vous aviez depuis longtemps dépassé ces problématiques bourgeoises pour créer le Culte du Perpétuel Mieux, une sorte de synthèse démocratique moderne sur laquelle il était rétrograde d'émettre des réserves et qui déboucherait bientôt sur des concepts comme la requalification des victimes en « dommages collatéraux » et l'invention des bombes humanitaires. La nouvelle grammaire du monde privilégiait l'euphémisme et mon cher oxymore.

Mais je n'avais le cœur ni à m'opposer, ni à me moquer : je voulais justement te dire que tu étais merveilleuse, que tu faisais partie de ma vie et que je regrettais ces années passées si vite à nous croiser sans nous voir, à nous reconnaître pour nous ignorer.

Tu ne mangeais pas beaucoup, tu « chipotais » comme disait ma grand-mère, et tu gardais ton sourire crispé, m'accompagnant de brèves approbations, gardant le silence quand je pensais t'entraîner. Plutôt que de me taire je continuai, je prenais ton silence pour un assentiment timide alors que — je le compris plus tard — c'était un refus plein de rancœur et de méfiance qui se roulait en boule dans ton estomac. Je ne m'arrêtai de parler que dans le brouhaha final des cafés et des additions. Il y eut un long silence gêné où mon sourire se défit. « Tu veux que je sois ton amie, dis-tu finalement, mais moi je t'en ai tellement voulu que je ne sais pas ce que ça veut dire et je ne suis pas sûre que tu le saches, toi. » Tu t'arrêtas là, tout net, puis tu repris sèchement : « Si tu veux quitter ta femme, tu n'as pas besoin de me mettre dans ce coup-là. »

Tu m'empêchas de prendre l'addition et, légèrement hébété, je me laissai faire et je te suivis sans parler jusqu'à ton bureau. Je t'avais admirée gaiement, avec une attente imprécise et gentille, et maintenant je t'admirais tristement, incapable de te dire que je n'étais pas venu chercher *cela*, mais incapable aussi de te dire ce que j'étais venu chercher vraiment. Le temps où je te désirais était passé — cela n'avait rien à voir avec le léger épaississement de ta silhouette et de la mienne, avec cet éclat moindre de la peau, le bleu refroidi de ton regard, c'était simplement que j'acceptais mieux que je n'avais accepté, et pourtant je ne pouvais pas te prendre par la taille et te proposer une danse lente de la vie qui passe, je ne pouvais pas te taper sur les fesses et dire que bon sang je t'avais aimée et je t'aimais encore. Il ne restait que le silence et la peine, et l'apaisement ne viendrait pas.

Le découragement me rendait lucide. Je voyais que j'avais voulu ce qu'on n'a pas dans la vie, je voulais me tromper tout le temps et ne jamais renoncer, alors qu'il est plus reposant d'avoir raison et de céder à tout.

Tu disparus dans ton bureau en m'embrassant comme on embrasse les étrangers, la bouche exilée des joues. L'un de nous deux dit : « À bientôt » et l'autre répondit : « C'est ça. »

Trois années encore s'étaient passées quand je te revis, un soir d'été.

J'avais quitté ma femme la veille, après une nuit à crier, à geindre et même à parler. Dans une fureur qui ne lui ressemblait pas elle avait cassé quelque chose et vidé le tiroir d'une commode avant de s'arrêter au milieu de ce désastre peu désastreux. « C'est ridicule, avait-elle dit, je ne suis pas comme ça », et c'était vrai qu'elle n'était pas comme ça. À certains moments elle voulait me parler comme à celui qu'elle avait cru être son meilleur ami, à d'autres moments elle s'accrochait avec ses doigts et me demandait si je n'étais pas fou, si je n'étais pas malade et pervers, c'était là où je voulais en arriver depuis le début.

Tout en la vivant, je ne pouvais manquer de

regarder cette scène sans évoquer par éclairs celles des films que j'avais vus, des livres que j'avais lus — et bien sûr ma rupture avec toi. Il y a dans le cœur de nos colères les plus profondes, de nos deuils les plus sincères, une part de posture où nous nous jouons à nous-mêmes la tragédie que nous n'inventons pas, mais qu'il nous est impossible de ne pas interpréter en référence à l'ensemble des mises en scène auxquelles nous avons assisté. Il n'y a jamais de première fois, même la première fois, et la douleur n'est jamais nue, elle réveille une mémoire antérieure : elle mobilise ce qu'il y a de plus intime en nous mais elle ramasse, ce faisant, les miettes des douleurs vécues ou racontées, réelles ou imaginaires, enfantines et antérieures, qui se sont imprimées dans notre âme. Une scène de rupture n'échappe pas à la règle, au contraire, parce qu'elle est forte d'émotions à l'état brut, rien n'y est plus construit et convenu. Chacun est dans son rôle et l'imprévu vient d'un fou rire, d'une morve qui coule du nez, et le déchirement est qu'à la fin tout s'est accompli comme prévu, et la peine n'est pas moindre d'avoir été partagée par des millions d'autres, avant et après.

Je mesurais le temps passé : quinze ans plus tôt je t'avais quittée et je n'avais pas plus de peine parce qu'il n'y avait pas de distance entre ma peine et moi. Je la regardais sans savoir, la croyant unique et irremplaçable ; la voir aujourd'hui, même fugitivement, au milieu de toutes les autres peines (à commencer par celle que j'avais en face de moi, la douleur unique et irremplaçable de ma femme), ne la diminuait pas; je remontais dans ma propre histoire avec netteté et sans joie et je rejoignais l'histoire des autres, mon libre arbitre dans ce guignol était réduit à ma position de spectateur : pour le reste j'étais clown ou gendarme, je prenais des coups de bâton ou j'en donnais, et dans la salle vide, comme de toute éternité, on pleurait comme on aurait pu rire.

Je dormis près de la gare du Nord, m'exerçant par esprit de vengeance contre moi-même à passer la nuit seul dans un hôtel de passe, mon sommeil bref et léger rythmé par le claquement final de la minuterie à l'extinction de la lumière.

J'avais été réveillé le matin à l'aube par Johnson qui m'appelait sur mon portable. Johnson! C'était bien de lui, de disparaître pendant dix ans et de refaire surface dans un hôtel de passe derrière la gare du Nord le jour où j'avais quitté ma femme. Je ne lui demandai pas comment il m'avait trouvé, ça l'aurait lancé sur ses contacts chamaniques avec un chêne, dans le sud du Chili, qui lui servait de relais téléphonique avec sa mère et avec l'univers. Je l'imaginais comme un gros enfant-bouddha assis dans une pièce blanche, barbouillant les murs de ses doigts pleins de couleurs.

— J'ai pensé à toi, dit-il, et j'ai pensé que je devais te voir.

— Qu'est-ce que tu deviens, J. ?

Il eut son gros rire émigré.

— Tu ne vas pas me croire mais je suis un capitaliste. Toujours un peu marxien, mais capitaliste aussi...

— Si tu cessais d'être marxien, la terre s'arrêterait de tourner. Qu'est-ce que tu fais ? Tu vends des farines animales ?

— Je fais des jardins.

J'eus un frisson de plaisir. La dernière fois que je l'avais vu il était demi-clodo et voilà qu'il me revenait en ange planteur de troènes et tailleur de haies, en bon géant de jardin, en grosse asperge de bonheur. Je lui dis que ça me faisait plaisir, je n'avais pas de jardin, je n'avais pas de maison, je n'avais rien à vrai dire et le clodo c'était devenu moi mais j'étais content pour lui.

— De toute façon, je ne fais que les riches.

— Qui te dit que je ne le suis pas ou que je ne vais pas le devenir ?

— Dieu sera miséricordieux avec toi parce que tu as fait beaucoup de conneries mais tu n'as pas perdu la foi.

— La foi en quoi ?

— La foi tout court.

— Tu es sûr que tu n'as pas d'ennuis ?

— J'ai une mauvaise hanche, un contrôle fiscal et j'ai oublié de payer les charges sociales, mais tout est bien et je ne vends pas de teck en provenance du Brésil.

Johnson m'invita à une fête dans le dernier jardin qu'il avait réalisé. Je notai l'adresse et promis de venir. Je raccrochai sans avoir noté son numéro. Johnson n'était pas un type qu'on retrouvait sans raison.

J'avais la gueule de bois de celui qui n'a pas bu, le goût de carton dans la bouche de celui qui n'a pas fumé. Dans la matinée, je trouvai un studio meublé en vieil Ikea. J'essayais d'allumer le chauffe-eau en me demandant si c'était cela, la liberté : se sentir comme un salaud moulu.

Le temps n'était pas passé : j'étais nu et fragile, branlant, j'étais à la merci des cons et des méchants mais enfin bon, j'étais en vie et si chez moi il n'y avait plus rien, si chez moi n'était nulle part, au moins j'étais chez moi.

J'étais parti avec un sac où ne pesaient qu'une dizaine de livres, le *Tractatus* de Wittgenstein, les *Confessions* de saint Augustin et celles de Jean-Jacques Rousseau, *Les frères Karamazov* et *Le Petit Nicolas*. J'avais essayé des tas de choses dans ma vie mais je lisais toujours les mêmes livres — c'était moi qui changeais et eux pas, ils étaient encore capables de me faire sursauter. Je m'allongeai sur le parquet de pin, les livres autour de moi. Les yeux fermés, les doigts passant et repassant sur le grain du papier, je respirais doucement de l'air des mots.

Après le studio j'allai louer une voiture décapotable rouge et tandis que je gagnais l'autoroute du Sud il se mettait à pleuvoir et je pensais à ce que Martial m'avait dit un jour — lui qui n'avait jamais possédé qu'une trottinette et cette paire de jambes choisie par le Seigneur — « ce qui compte, avec une décapotable sous la pluie, c'est de rouler assez vite pour que la pluie te glisse au-dessus ». Quand la pluie s'arrêta, du côté d'Auxerre, je fis demi-tour et je revins.

La nuit s'était éclaircie et, à une dizaine de kilomètres de la tour Eiffel, on voyait les éclats d'un feu d'artifice qui ressemblait à la guerre en couleurs. Les détonations lointaines étaient celles de combats qui n'avaient pas lieu et dont les impacts se confondaient avec les battements sourds d'un cœur un peu lourd. Mon ralenti était mal réglé et ma capote claquait au vent, le rétroviseur m'était tombé sur les genoux ce qui m'évitait de regarder en arrière, il ne me restait plus qu'à faire tomber les vitesses, clac, clac, clac, comme dans les rêves.

Ma fille avait seize ans. J'allai la chercher pour danser et c'était drôle de la voir si belle et si sage, sachant tant de choses sur la vie que je ne savais pas encore — ne saurais sans doute jamais. En passant à côté de ma vie j'étais passé à côté de son enfance, il n'y avait rien à rattraper. Je serrais les lèvres, de toute façon il aurait fallu crier pour s'entendre. Elle était fière dans sa voiture rouge, tournant la tête pour mieux sentir ses cheveux qui s'envolaient, croyant en la nuit comme une héroïne de Scott Fitzgerald au début de ses livres. Elle partit danser avec des jeunes filles plus grandes que moi et des garçons polis qui m'appelaient Monsieur.

Ma fatigue s'envolait — j'avais de la légèreté pour traverser la nuit et ma voiture rouge pour traverser la ville.

Johnson avait les cheveux gris.

— Tu es beau, dit-il en me serrant les deux épaules dans ses mains larges. Tu es magnifique !

Le jardin était protégé de la rue par une grille circulaire où ne s'ouvrait qu'une seule porte ; il ressemblait à ces parcs privés que l'on trouve à Londres et autour desquels, adolescent, j'avais tourné désespérément, cherchant à percer un mystère qui n'existait pas, ou plutôt était réduit à la dimension d'une petite clé.

Son propriétaire, m'expliqua Johnson, l'avait acheté pour édifier une maison à la femme qu'il aimait mais celle-ci était morte et il avait décidé de ne rien construire sinon un jardin à l'anglaise où il n'irait jamais et tiendrait ouvert une fois par an pour une fête où il ne serait pas. L'histoire avait l'air tirée d'un roman à l'eau de rose et je soupçonnais Johnson de l'avoir inventée pour dissimuler un délit poétique. Il fallait traverser un labyrinthe de feuilles pour parvenir à une esplanade qui surgissait au milieu du fouillis végétal comme une clairière en forêt. La seule concession à la civilisation était une fontaine. La musique semblait sourdre des arbres eux-mêmes.

— C'est beau, n'est-ce pas ? dit Johnson, l'air ravi.

C'était plus étrange que beau, ce jardin de ville dominé par des immeubles et qui pourtant réussissait à conserver une sorte de mystère alors qu'il n'avait pas l'espace pour le cacher.

Je n'avais aucune idée de la façon dont les invités avaient été choisis. Il y avait dans l'air ce bruit discret des conversations de gens qui ne se connaissent pas bien avec en même temps une familiarité comme un peu lasse. On ne riait pas, on ne se laissait pas aller à des embrassades ; on se laissait glisser plutôt, sans beaucoup d'efforts. Au début, je crus que je ne connaissais personne ; pourtant je lus dans certains sourires, dans des signes de tête, cette façon légère qu'on a de vous montrer une distinction, quelque part entre un signe de rencontre et un geste de retrouvailles d'où le spectaculaire est exclu. Tandis que la soirée avançait, que la musique montait, j'acceptai à mon tour d'entrer dans cette danse, d'y trouver ma place sans avoir franchi d'autre frontière que cette grille.

Mon ami Frédéric voudrait que la vie soit ainsi : un jeu de piste où la succession des indices, pour peu qu'on ait la vigilance de les relever et de les interpréter, nous guiderait vers une féerie finale où nous trouverions l'extase en même temps qu'une chaise longue et un cigare, un bungalow sur la plage. Je lui dis ce qu'il attend de moi, c'est-à-dire que cette magie n'existe pas, et pourtant comme lui il m'est arrivé de la rencontrer dans des nuits comme celle-là, au cœur d'un labyrinthe dans un jardin imaginaire, avec de belles femmes douces qui sourient et promettent silencieusement qu'il y a mieux à vivre que la vie.

Je ne te cherchais pas — je ne cherchais personne — et dans cette indifférence peut-être affectée des visages familiers s'allumaient, les uns après les autres, et des conversations reprenaient à l'endroit où elles avaient été interrompues, dix ou quinze ans auparavant. *Dicevamo...* Toutes les formes de légèreté me revenaient et, pour une fois, mon corps était toujours à sa place, flottant au milieu des petits groupes, penché à l'oreille d'une femme rousse, et même dansant au ralenti, mimant les gestes d'un samouraï. Nous étions à un âge où l'on commence à peine à compter ses morts, nous n'avions connu qu'une brève éternité. Des invincibles avaient été vaincus et le temps était passé de notre stupéfaction même si la résignation sans larmes ne venait pas encore. Nous apprenions peu à peu que nous avions un passé à géométrie variable : nés dix ans après la guerre qui semblait alors lointaine, il semblait qu'en vieillissant nous nous en rapprochions, de sorte qu'en s'éloignant des fantômes on finissait par vivre avec eux, peut-être même par devenir l'un d'entre eux. On nous avait caché nos défaites pour nous dissimuler la honte ; on nous avait en même temps volé nos héros. Ces tours du bonneteau de la bienveillance ne nous suffisaient plus et nous demandions maintenant des comptes avec l'arrogance de ceux qui n'ont jamais rien perdu ni gagné.

Je ne me sentais pas vieux — je veux dire que mon corps fonctionnait mieux que jamais : j'avais faim et soif de tout et j'étais plutôt moins triste qu'à vingt ans, quand nous nous étions rencontrés ; mais le temps était passé autour de moi, dans le jardin il restait des lauriers-roses et des rhododendrons sauvages mais l'horizon était creusé par la chute d'un cyprès, l'océan des feuillages noirci par le tronc d'un olivier gelé, l'hiver d'avant. C'est ainsi qu'avant de nous défaire nous sommes défaits par les pertes et les départs. Certaines absences, même celles qu'on avait à peine remarquées, deviennent aussi lourdes que des présences et on finit gonflé de manques, seul au milieu des esprits, comme une forteresse posée sur une colline et qui, à force de mines et de contre-mines, s'effondrerait sur elle-même sans qu'un coup ait été tiré.

Je voyais donc ceux qui n'étaient pas là à ceux qui étaient là, derrière chaque visage un autre, ou bien chaque voix en écho d'une autre. Dans notre mémoire, au sortir des rêves, flotte le monde intermédiaire de nos disparus. (Ce mot m'arrête à chaque fois que je le lis dans un journal après une catastrophe ; je comprends qu'on n'est « disparu » que le temps d'être reconnu mort ou vivant, mais il m'apparaît qu'à la fin du compte, quand chacun a regagné ce monde-ci ou ce monde-là, il reste encore quelques unités irréductibles de disparitions, des fantômes, encore, qui refusent de partir ou de revenir, des absents qui s'obstinent à ne pas ouvrir la porte de la maison et se tiennent tapis dans l'ombre d'un volet.) Nous y mêlons la détestation des départs et la répétition des trahisons — tout ce qui coupe et arrache, ce qui sépare, ce qui égare.

Peut-être, remuant ces pensées, n'étais-je en proie qu'à un chagrin tout simple — je veux dire la peine de la femme que j'avais quittée la veille. Je n'avais pas la prétention de la partager avec elle ; je la portais avec moi timidement et sans hésiter, sans tentation d'oubli. Peut-être même glissais-je dans la nostalgie commune. Même dans ce cas il n'est ni facile ni utile de prétendre faire la leçon aux autres : il suffit de savoir porter son sac avec vaillance, et le temps écoulé n'est rien de plus qu'un sourire de connivence quand les enceintes crachent le riff démodé d'une certaine chanson. Ne commence pas à dire « je me souviens », laisse-toi seulement bercer par des mots qui ont grisonné au rythme de tes saisons et on dit : « C'était pas si mal, au fond, pas mal du tout. »

Tu étais seule et tu me voyais sans me regarder. J'eus l'image brutale d'une scène au restaurant, quelques années auparavant, quand deux tables derrière la mienne j'avais entrevu un visage qui ressemblait terriblement au tien, douloureusement — ce n'était pas toi puisque tu ne me reconnaissais pas mais c'était toi, absolument, et c'était comme de te rencontrer en étant sûr de ne jamais te trouver. (Je me souviens encore : j'avais été pris à cette idée d'une émotion subite. Moi qui n'abordais personne, je devais découvrir un moyen ; j'avais écrit un mot sur le coin de la nappe en papier et je l'avais tenu plié en quatre dans mon poing, les yeux clos, m'imaginant seulement me retourner et lui tendre ma main ouverte, d'un geste aussi naturel que possible. Quand finalement je l'avais fait elle n'était plus là et j'étais resté comme un con, la main ouverte vers une table où traînaient des cendriers pleins et des verres vides. Ensuite, il avait bien fallu rire.)

Tu te tournas vers moi et ton regard me traversa comme celui de cette inconnue — je pensai un instant que c'était *elle* que je retrouvais et non toi. Il y avait autour de toi deux ou trois personnes à qui tu parlais avec cette animation forcée que tu adoptais souvent en public, comme si la vie avait été *tellement* formidable. Tu continuais à embrasser le camp de ceux qui avaient eu cette prétention terrible de *changer la vie* et que l'accumulation des désillusions et des déboires ne suffisait pas à plier d'humilité.

Je savais que tu m'avais vu — malgré mon talent naturel, c'était difficile d'être invisible à ce point — mais je ne bougeais pas, je n'avais pas envie de m'approcher, pas plus que de m'éloigner. Je t'attendais, suspendu entre deux temps.

Je ne voulais pas revenir en arrière — bien qu'une fois de plus j'aie pris ta beauté comme une pierre en plein cœur — mais je trouvais difficile d'aller plus avant sans toi, sans que nous ayons déposé ce poids qui nous attachait sans nous lier.

Comme ta conversation se terminait (j'entendais les derniers mots aimables, vous viendrez, n'est-ce pas ? c'est une grande maison et elle est faite pour les amis), je fis un pas dans ta direction. C'était un pas piteux, un pas de gueux, de quêteux qui ravale sa dernière fierté.

— C'est toi.

Je t'avais déjà imaginée passant sans me voir et ta voix me surprit. Était-ce une question, une simple constatation, un regret ? Je ne pouvais pas te demander de répéter.

— Nous partons, repris-tu d'une voix neutre. Les enfants sont inscrits à l'école.

— C'est bien.

— Deux ans, peut-être trois. J'ai déjà commencé mes cours de...

Je ne voulais pas savoir le nom du pays où tu partais, et je ne faisais pas partie de ces amis qui seraient toujours les bienvenus dans la grande maison. Je le savais et d'ailleurs je ne le souhaitais pas — si tu m'avais invitée je t'aurais remerciée et je ne serais jamais venu, j'étais du type embarrassé mais pas embarrassant. J'étais stupidement blessé et je ne crois pas que c'était seulement d'amour-propre. J'étais devant toi rigide et silencieux et je ne pouvais me défaire de cette impression que derrière chacun des mots de ta conversation polie, derrière chacune de mes réponses convenues, se cachait la brutalité sans gants de la scène de rupture que tu avais gardée en toi pendant quinze ans et que la nouvelle de ma défection réactivait sans te permettre de la jouer. Tu étais dans ton camp, celui des femmes victimes de mon inconséquence, de ma façon d'aimer qui n'aimait pas, de mon éternelle entreprise de séduction qui se consumait d'elle-même, comme si j'avais allumé toutes les mèches mais aucune bougie. Ton jugement tombait sur moi sans un mot plus haut que l'autre, se nourrissant tout autant de la souffrance accumulée que de mon sens affiné de la succession de mes fautes. Il plombait ton regard, s'insinuait dans tes silences. Il était la matière de la peine qui bientôt nous paralysa.

Je ne sais même plus comment nous nous sommes quittés. Je me souviens seulement que la nuit continua, que le vent passait dans les feuilles, jouait avec la musique, lui collait des rafales qui la dataient du temps d'avant, qu'un rigolo mit *All right now* et que tout le monde applaudit. Je me souviens que je baisai une fille sous les arbres et nous nous faisions dans des souffles précipités des promesses de jardins de délices, je me souviens que je vis une lumière grise du matin, que je rentrai chez moi qui n'était pas chez moi dans ma décapotable rouge, et je pensais que cette fois, vraiment, notre histoire était finie.

13

Avec la femme que j'aime

Il me fallut encore longtemps pour cesser de t'attendre, et même cesser de souffrir de t'avoir attendue. N'eussé-je connu que la mélancolie des paquebots, j'en serais sans doute toujours à t'attendre, vieux jeune homme heureux d'un malheur caché qui partirait en terre avec moi, petit tas dans un monticule à peine plus haut. J'avais eu la tentation d'y user ma vie et c'est sans doute par fierté que je m'étais échappé. L'attente n'est pas humble, elle est la braise d'une vie qui se termine étouffée sous les cendres et l'on dit : « Déjà ? » et l'on dit : « Encore ! » alors même qu'on part en pelletées. L'attente porte un nom et puis on se rend compte que ce nom n'était qu'un conte, même pas : un bruit, et elle devient anonyme, indifférenciée. Je t'attendais toi et puis je n'attends plus rien que l'attente elle-même, j'espérais quelque chose et je n'espère plus qu'un espoir, les sentiments deviennent des souvenirs et nos émotions les crispations d'une version narcissique du devoir de mémoire — un peu à la manière dont certains souvenirs d'enfance se constituent non par la remémoration mais par la répétition de ce que les autres nous ont raconté.

Certains jours — peut-être la plupart des jours — il semble impossible, surhumain, de vieillir sans échapper à la malédiction de la chanson : *Alors avec le temps, on n'aime plus...*

Quand donc j'en eus fini de t'attendre, je pus m'arracher à cette hantise et commencer à vivre. J'étais couturé de partout et je crachais du sable, j'avais les poumons encombrés et quelques handicaps sérieux, mais j'y croyais encore — las mais vivant, las de tout sauf d'avoir tout essayé en y croyant, y compris de me perdre.

Je ne m'étais occupé que d'amour ou plutôt l'amour m'avait occupé entièrement — chacun sa drogue, n'est-ce pas, et quand d'autres choisissaient des choses admirables le pouvoir la politique le dévouement l'édification d'une œuvre et que sais-je encore — et je ne suis pas libre de savoir pourquoi sinon que j'étais incapable de faire quoi que ce soit d'autre si je n'aimais pas. N'aimant plus je n'écrivais pas et je m'occupais mais je ne renonçais pas, je ne renonçais jamais, cela me réveillait la nuit vainement, cela me donnait mal au ventre et au dos, cela me couvrait de sueur, mais je ne renonçais toujours pas. Ce n'était même pas réellement intéressant, vois-tu, en tout cas je n'y attachais pas de valeur particulière, et même pas celle d'en parler à des amis choisis, cela avait même quelque chose d'humiliant, de vivre comme un adolescent — autour de moi j'en voyais beaucoup, des adolescents qui vieillissaient, mais moi je me sentais comme un adolescent qui ne vieillissait pas, c'était même un des rares sujets d'histoire qui m'étaient venus, celle d'un homme qui traversait le siècle en gardant ses vingt ans. Aux yeux de nombre de femmes cela m'avait donné du charme et moi j'étais incapable de voir, je me débattais comme un furieux avec de grands moulinets, et elles voulaient me sauver contre moi-même et moi je voulais me noyer tout seul. Il avait fallu la question de Noor, et puis son rire, et puis son amour, pour me sortir de là.

Dans les quelques semaines que dura notre amour, c'était comme si toute ma vie était venue se reprendre à sa source, se laver, se tremper, trouver sa force et sa lumière avant de repartir affronter le monde. Je vivais dans sa maison — cette maison que j'avais connue avec toi — et j'entendais soir et matin chanter l'arbre aux oiseaux et j'étais gagné par une joie d'être d'où toute peur s'était retirée. Jamais plus, me disais-je avec exaltation, jamais plus je n'aurai peur et ce n'était pas vrai, bien sûr, mais cela disait qu'en un sens je n'avais jamais eu assez peur pour ne pas vivre ce que je voulais vivre, quoi qu'il dût en coûter, ce qui semble assez facile quand il s'agit de soi et de soi seul mais l'est un peu moins (et un peu moins glorieux) quand il est question de celles qu'on entraîne avec soi dans l'histoire.

Nous ne cessions pas de parler et Noor avait cette patience infinie, elle m'aidait à déverser mon cœur trop plein et trop vide, et certainement rien ne pouvait l'impressionner après ce qu'elle avait vécu (sauf naturellement ce qu'elle craignait depuis le début mais que je voyais d'autant moins qu'elle me le cachait soigneusement et quand je le vis, à la fin, c'était trop tard et ça n'aurait rien changé), rien en tout cas de ce que je pouvais lui dire et dont elle m'aidait à discerner les nombreux aspects comiques. Elle ne s'autorisait à pleurer qu'en écoutant des chansons de Julio Iglesias, ce qui évidemment ne manquait pas de me faire rire. À nous deux nous arrivions finalement toujours à rire et à pleurer mais ce n'était pas des mêmes choses et plus j'étais sentimental, plus je m'envolais dans mon enfoncement, plus elle trouvait ça drôle — ce qui n'était peut-être que sa façon à elle de m'encourager.

Noor m'apprit que, aussi profond que j'aille en moi, aussi sincères et dépouillés que soient mes confessions et mes regrets, je n'avais rien vécu qui ne fût à la fois très unique et très banal. Occidental observé depuis l'Orient, je me vis soudain exotique et minuscule, enchaîné par des émotions dont le pathétique mièvre prêtait en effet à rire. Oui, elle ne cessait de rire en m'entendant raconter des épisodes que j'avais jugés tour à tour terribles, tragiques ou misérables. Ce faisant, elle ne me faisait pas sombrer dans le ridicule : elle m'emmenait simplement faire le tour de moi-même par la terre et me poster sur un petit point du sous-continent. En un sens, vraiment, je n'étais pas plus ou moins à plaindre que Peter Sellers dans *The Party,* et presque aussi drôle.

Cette vérité inattendue ne m'humilia pas (sur ce sujet elle en connaissait un rayon et m'apprit ce qui me restait à apprendre) mais au contraire me libéra ; elle vit encore en moi et je me tourne vers elle dans les moments où j'en ai besoin, comme devant mon mur de brique, où ma nature de lecteur de W. m'entraîne. Elle me donna la mesure de ma nullité et donc celle de la puissance qu'il m'était loisible de développer si je l'acceptais au lieu de la craindre et de la fuir. Je trouvais autant de charme à l'oxymore oriental (*in order to become significant, we have to come to terms with our insignificance*) qu'au chapelet des oxymores augustiniens qui m'avaient bien occupé, et alors vainement.

Quand il fut l'heure de revenir, je me sentis déchiré de part en part et je ne voulais pas partir et je faisais l'enfant et c'était à Noor de me rappeler que j'avais une fille et une vie et tant de *mini-skirted girlfriends* avec qui j'avais oublié de rompre. Je lui dis que je reviendrais bientôt et dans une sorte d'innocence déchaînée je montais des plans pour m'installer à Lahore qui avaient l'apparence de la plus parfaite logique. J'avais retrouvé le petit homme qui m'appelait « boss » et il m'appelait chaque soir pour me raconter les démarches qu'il entreprenait pour moi, démarches où je ne comprenais rien mais qui jouaient leur rôle dans le développement de mon entreprise imaginaire. Je n'avais d'autre projet qu'une histoire d'amour. Noor atteignait les limites de son propre jeu : m'encourageant, elle se désespérait. Elle me souriait encore et me mettait en fureur — *Do you really love me ? what is this passion you call love ?* — et je promettais de lire sérieusement le Coran, je promettais tout ce qu'elle voulait du moment qu'elle croie mes promesses éternelles et que nous puissions rire ensemble à l'idée que nous fabriquerions une petite métisse, qu'elle prononçait matisse.

Jamais je ne l'aimai tant qu'au moment où je me séparai d'elle et où, dans si peu de temps, j'allais la trahir de façon si violente et cruelle et nécessaire pour pouvoir enfin commencer la vie que je m'étais refusée, contre laquelle j'avais combattu. *Le laboratoire de l'autodestruction* : tel était le titre du premier chapitre de la biographie de Wittgenstein par Ray Monk. Ma vie n'avait jamais dépassé ce stade, sans parler de tous ces neurones qui claquaient par millions et qui me rendaient définitivement inapte (à supposer que j'eusse jamais été apte) à la compréhension des propositions logiques dont la simplicité faisait sourire le maître. J'avais à ma façon fait partie de la cohorte de ceux qui voulaient l'imiter et portaient sans avoir sa grâce des chemises blanches sans cravate, le dernier bouton ouvert, et des vestes de tweed, j'avais voulu l'imiter et je n'avais jamais dépassé le premier chapitre et j'étais venu à Lahore pour trouver une échelle. Je laissai la femme derrière moi et aussi l'échelle mais cela n'avait pas d'importance car j'avais monté les quelques barreaux nécessaires et j'avais vu les cerfs-volants dans le ciel de Lahore et je les verrais désormais dans tous les cieux où je passerais, je saurais lever la tête sans trébucher ni tomber.

Dans les semaines qui suivirent, tandis que s'alourdissait ma note de téléphone et que nous échangions des lettres de plusieurs pages, je perdis de vue ce dont la certitude m'avait ébloui. Je me crus plongé dans les mêmes confusions que par le passé et je me voyais refluer avec la marée de la vie et le sable me recouvrait de nouveau et j'en mangeais à étouffer. J'étais très loin de rompre avec les *mini-skirted girlfriends*, au contraire il m'en fallait de nouvelles et bien que ça n'ait aucune importance pour Noor elle entendait ma voix qui s'alourdissait et mes silences qui se prolongeaient et elle savait ce qu'elle avait toujours su, dont elle n'avait jamais sérieusement douté, que je ne viendrais pas et que le petit homme qui m'appelait « boss » disparaîtrait, que nous ne nous retrouverions sans doute jamais, nous n'aurions pas de matisse, au masculin comme au féminin.

C'est alors que je rencontrai la femme que j'avais toujours connue, celle que j'avais désirée sans la voir, celle qui avait été là tout ce temps ou presque et m'avait regardé depuis l'ombre de ses yeux avec une sagesse plus vieille que son âge, regardé devenir qui j'étais, peut-être un autre, tandis que les autres autour s'amusaient des figures de danse du crapaud. Je la rencontrai, cette femme, ma femme, et je mis mon cœur entre ses mains et je tremblais, je lui disais : tu crois que tu peux vivre avec ça ? tu crois que tu ne me feras pas de mal ? et elle me dit oui silencieusement, si profondément que je suffoquai presque de cette confiance qui m'était donnée.

Elle me lisait des poèmes de John Donne et elle se mettait sur la tête pour que nous fassions l'amour. Quand nous avions faim nous mangions avec les doigts. Par la fenêtre de ma chambre nous regardions les lumières de la ville, les soirs de vent, et nous criions ensemble sans aucune retenue et nos corps s'envolaient avec nos souffles et le vent, ils parcouraient les courants portés par les nuages et pénétraient dans les endroits les plus secrets, on pouvait jouir et comprendre et Peter Pan n'avait pas d'âge et la vie était incertaine mais possible et peut-être belle.

Je le dis à Noor

Elle rit au téléphone. Elle dit : « *No ?* » d'une grosse voix cassée qui jura aussitôt que nous serions « *best of friends* ». Je le répétai à la femme que j'aimais et elle était timide, elle disait que je devais revoir Noor pour savoir, qu'une passion comme la nôtre ne pouvait pas s'arrêter comme ça et, tout plein de ma confiance nouvelle, logiquement prétentieux, je lui disais que c'était ainsi, c'était l'échelle qui m'avait amené à elle.

Nuit après nuit, Noor téléphonait et maintenant la voix partait en morceaux, et maintenant elle ne riait plus et elle n'était plus si sûre que nous étions « *best of friends* », elle me demandait de lui expliquer et quand j'avais fini de recommencer, elle voulait comprendre, si elle comprenait elle me laisserait tranquille, est-ce que tout cela n'avait été qu'une illusion ? est-ce que je lui avais menti ? est-ce que je ne lui mentais pas maintenant ? est-ce que je ne me trompais pas terriblement ? Je ne l'avais jamais aimée ou bien je l'aimais encore — et si grande était sa puissance sur moi que je me perdais sur l'autre face de ma romance orientale, je finissais par lui donner raison et je disais oui à tout quelle que soit la question. Mais quand je revenais dans les bras de la femme que j'aimais j'étais peut-être triste et confus, mais je l'aimais et je savais d'une certitude sans faille que je ne la quitterais pas, jamais. Mon savoir ancien s'effaçait au profit d'un savoir nouveau et qui me rendait ignorant, heureux de mon ignorance.

Bientôt, Noor n'appela plus toutes les nuits, ni toutes les semaines, et moi j'aimais la femme que j'aimais, je l'aimais mal, je l'aimais bien, je l'aimais comme j'étais devenu, avec toute ma force d'homme qui avait tardé à naître mais qui maintenant qu'il avait vu le jour ne voulait pas en perdre une seconde et ne plus fermer les yeux et ne plus se trouver dans le sable. Jouir, bien sûr je voulais jouir mais je n'oubliais pas (je n'oubliais jamais) la tristesse parce que je voulais vivre enfin, et donc accepter mes chagrins — les philosophes et les mystiques de toutes les religions n'avaient au mieux accepté l'amour humain que comme une image de ce que devait être l'amour divin, il avait été leur échelle à eux mais il était mon sommet à moi, il était ce qui m'aidait à comprendre et à supporter, ce qui donnait du sens à ma joie et à ma peine. Il était ce qui me permettait — enfin — de regarder les autres et d'être touché par eux sans avoir peur, de tendre la main sans réserve ; il était ce qui me guérissait de ma colère, il était ma patience impatiente, mon endurance et ma joie, il me donnait la beauté unique des nuits de solitude et de silence, il me donnait aussi la beauté du monde, quand au sommet d'une montagne la terre s'ouvre et le fleuve gronde et qu'il n'y a plus de temps, plus de mémoire, plus que l'évidence de l'être.

Oui, je t'avais cherchée longtemps, mon amour, et quand je t'avais trouvée ce n'était plus toi.

Pourtant, je n'en avais pas fini avec toi.

Quand je fus près d'avoir quarante ans, la femme que j'aimais me prépara en secret un acte d'amour et moi je ne voyais rien, je laissais les jours passer et je trouvais que la vie avait une étrange qualité dans ses bras, je ne me lassais pas de découvrir que je la désirais au-delà du désir. De plus en plus souvent il m'arrivait d'être réveillé non par la peur mais par une attente familière et que j'avais crue perdue, je voulais écrire, j'étais travaillé d'un désir d'histoires, de chansons, de poèmes, de lettres, les mots me revenaient à tire-d'aile et l'hiver de leur migration avait duré bien trop d'hivers, la mer était restée gelée une ère entière et il fallait attaquer des couches de glace.

Le jour de mes quarante ans j'avais vu apparaître devant moi à la suite des gens que j'aimais et que je n'attendais pas forcément. C'était mon anniversaire, n'est-ce pas? et sans avoir un sens excessif de la surprise j'aurais pu m'attendre à les voir arriver — et Laurence, et Johnson, et même Martial qu'elle avait retrouvé Dieu sait où, et ma fille, et la plupart de ceux qui avaient d'une façon ou d'une autre fait partie de ma vie. Ils arrivaient chez moi, sonnaient et m'embrassaient, me donnaient des cadeaux d'idiot et qui me faisaient rire. Elle leur disait bonjour timidement parce que vois-tu elle ne les connaissait pas — aucun d'eux — et qu'elle avait dû les trouver un par un, pour ainsi dire dans le noir de ma vie, les extrayant à pioche d'amour après nos conversations, quand je dormais.

Quand ils furent tous arrivés, elle me fit asseoir et me donna avec une grande douceur une boîte bleue et je lui dis que c'étaient bien des cérémonies pour une paire de chaussures et elle était si belle et sérieuse, si délicate. Il y avait un peu de paille et dans la paille un petit livre dont le titre était « Cher André ». Je mis un peu de temps à comprendre qu'il s'agissait de moi. Puis je l'ouvris, et je vis que le livre était fait de lettres que tous les gens de ma vie m'avaient écrites pour ce jour-là. Chacune commençait par « Cher André » et elles me racontaient, me taquinaient, me déchiraient, et c'était comme si ma vie était traversée de part en part, ma vie un livre ouvert et puis tout de même, l'affection de tous ces gens à qui j'avais pu faire de la peine, que j'avais pu décevoir et qui malgré tout ne me rendaient que de l'amitié et de l'amour, comme ça, sans raison ou plutôt si — parce que cette femme-là par amour le leur avait demandé alors qu'elle ne les connaissait pas, reconstituant à tâtons leur passage dans ma vie, leur expliquant au téléphone son entreprise, prenant avec eux des rendez-vous clandestins. Johnson avait dessiné des arbres magnifiques et ma fille m'écrivait des choses qui me bouleversèrent — mais je n'avais pris le temps de rien lire, car la richesse des sentiments qui étaient là, la générosité de celle qui avait rendu possible ce moment étaient si belles et si peu attendues que j'en fus submergé.

Ce n'est rien de dire que je pleurai : je pleurai sans pouvoir m'arrêter, j'allais écrire « comme un enfant » mais je ne me souviens pas, enfant, d'avoir pleuré ainsi, d'une inconsolable joie, j'imagine donc que je pleurai comme un homme peut pleurer, comme je n'avais pleuré ni avant ni depuis, et elle était avec moi, elle me parlait doucement, elle me disait des mots que je n'entendais pas.

J'avais une impression d'indignité profonde et l'envie de répéter que je ne méritais pas ça — qu est-ce que j'avais fait de ma vie pour avoir cet amour-là — et en même temps la conscience claire que personne ne me demandait mon avis, c'était une grâce qui m'était donnée, une grâce tout humaine qui me rendait redevable, vis-à-vis d'eux, vis-à-vis d'elle, vis-à-vis des autres et de moi-même.

Quand je me fus calmé je la pris dans mes bras, cette femme-là, et je la gardai en lui disant à mon tour des mots idiots, et puis à voix basse nous nous mîmes à murmurer des chansons tous les deux, des chansons entières si nous nous en souvenions et des bribes, des fragments, des mots tout seuls et il me revint ce que je ne lui dis pas — et d'ailleurs ça n'avait pas d'importance — que bien des années plus tôt j'avais passé une nuit entière, dans un train, à faire la même chose avec toi.

À ce moment — mais à ce moment seulement — je me souvins que, seule, tu manquais dans le livre qui m'était adressé.

14

Nouvelle adresse

Je sus par Laurence qu'elle avait essayé et que tu n'avais pas voulu et cela n'avait pas d'importance, c'étaient des choses de la vie qui passe et avec lesquelles nous passons, et pourtant semaine après semaine je n'arrivais pas à l'oublier vraiment et j'en avais une peine qui ne diminuait ni mon bonheur ni — bien sûr — mon amour, mais une peine quand même, une peine qui ne cède pas.

Cela ne m'empêchait plus de vivre, tu comprends, cela ne m'empêchait pas d'avoir envie de tout et c'était là, c'était en moi et ça ne passait toujours pas. J'écrivis à chacun de ceux qui m'avaient écrit et quand ce fut fini je t'écrivis aussi. Je leur envoyai ma réponse à leur lettre mais à toi je ne l'envoyai pas. Il était après tout de l'ordre des évidences qu'une absence répondît à une autre.

La lettre resta avec moi dans ma boîte bulgare, la seule boîte qui ait résisté à mes nombreux déménagements. Elle n'alla pas dans la boîte bleue, celle que j'avais prise pour une boîte à chaussures. Elle resta seule à sa façon, peut-être comme le grain de blé qui ne tombe pas en terre avec les autres, et qui meurt. Qu'advient-il de sa vie ? Je ne l'ai toujours pas envoyée mais elle reste à côté de celle que tu m'avais adressée il y a vingt ans et à laquelle je n'avais pas répondu. Ainsi une vie entière se passe et rien ne s'est passé, tout disparaît et on peut survivre à cet effacement, le temps fait de nous des inconnus, même si nous restons à la même adresse.

Je rencontrai ton mari dans un bar, tandis que j'attendais des gens qui ne venaient pas et qu'il raccompagnait des gens qui ne partaient pas.

J'avais entendu derrière moi les voix des Japonais qui voulaient parler anglais, cet anglais presque incompréhensible qui est une langue à lui tout seul. Puis je vis cet homme devant moi, que d'abord je ne reconnus pas et qui dut littéralement se pencher vers moi pour que je sorte de l'étonnement. Enfin je lui serrai la main et l'invitai à s'asseoir mais avec cette gêne particulière du corps des gens trop grands, cette espèce d'encombrement de soi qui fait de chacun de leurs gestes une aventure à part, il me dit non, qu'il préférait rester debout. Je lui demandai comment tu allais (inutile de faire comme si nous avions eu un autre sujet de conversation que toi) et il me dit que tu n'allais pas bien.

Ce n'était pas un ton de voix très dramatique et c'est cela qui m'alarma. « Pas bien ? » repris-je en essayant de ne pas forcer mais en insistant dans son regard. Il me dit ce que tu avais et puis se tut, balançant d'un pied sur l'autre, avec sa grande carcasse d'homme malheureux.

Je lui demandai où tu étais et si je pouvais venir te voir et il dit oui, bien sûr, je suis sûr que ça lui fera plaisir. Il griffonna une adresse et un téléphone sur un morceau de papier qu'il me glissa dans la main. Il disparut sans se rendre compte qu'il n'avait pas dit au revoir. Je rentrai chez moi qui était devenu chez nous (ce n'était pas le moindre de mes étonnements mais c'est une autre histoire).

Elle comprit, bien sûr.

Elle dit : « Reste avec elle le temps que tu veux, le temps qu'il faut. » Gentiment, et sans mélodrame, elle n'ajouta pas : « Reviens. » Mais il est vrai qu'elle n'avait pas besoin de le demander : je reviendrais.

15
Dégueulasse

Ton visage est terriblement le même et c'est une peine de te retrouver, une peine aussi lourde que de te quitter, autrefois, une peine où est passée toute la vie avec sa vraie peine. Ce n'est pas une « impression », c'est simplement un fait : te retrouver, c'est te quitter bientôt, et ainsi chaque jour. Tu as tes yeux bleus attentifs tournés vers la porte et tu suis d'abord l'infirmière qui dit « Bonsoir » et vient derrière moi retaper les coussins qui te soutiennent. Puis elle demande si tu veux autre chose et tu fais non de la tête, gentiment ; avec un clin d'œil vers moi, l'infirmière dit : « Je ne reste pas, vous avez de la visite », et ton regard la suit jusqu'à sa sortie et reste posé sur un point de la porte. Je ne bouge pas. Puis avec lassitude il remonte lentement et accepte ma personne et mon visage.

— C'est toi.

Par les mêmes mots tu avais commencé notre dernière conversation, cinq ou six ans auparavant et alors ils signifiaient — ou du moins j'y entendais : malheureusement c'est toi, encore et toujours toi qui fais ce qu'il ne faut pas faire, qui quittes quand il faudrait être là, qui es là quand il faudrait être absent. Je suis incertain de ce qu'il faut entendre par les mêmes mots maintenant : pas la même hostilité, en tout cas.

— Approche-toi, dis-tu de la même voix neutre, mais un bras est passé par-dessus le drap et tu me tends la main.

Je fais ce que tu dis, je m'assieds sur le fauteuil à côté du lit et comme tu tends toujours la main je la prends simplement entre les miennes.

— J'étais tellement en colère, dis-tu et pour la première fois tu souris et je te souris. Et puis maintenant...

— Tu es moins en colère.

— Plus du tout, tu veux dire, sinon je leur aurais dit de ne pas te laisser passer la porte. Tu sais comment ils m'appellent ici ? Docteur Marcel, à cause de la photo. Je les ai prévenus que j'avais bon cœur mais que je cognais si on me cherchait.

— Et alors ?

— Jusqu'ici tout va bien.

Il me semble que tu parles un peu plus doucement et qu'il y a un léger voile sur tes mots et ce peut être aussi bien un effet de mon imagination, une invention parce que *je sais.* C'est une pensée que je n'aime pas mais qui doit, malgré moi, traverser mon visage.

— Ça ne se voit pas, dis-tu. N'est-ce pas?

Je hoche la tête. Non, ça ne se voit pas.

— Je le sens à l'intérieur. C'est une présence terrible et on ne peut pas se réveiller, même au milieu de la nuit, sans penser immédiatement : est-ce que c'est maintenant? est-ce que je vais me mettre à étouffer? Les médecins m'ont expliqué que ça ne se passait pas comme ça, que c'était une maladie suffisamment horrible pour ne pas lui ajouter des fantasmes. Donc il n'y a pas un moment décisif, il n'y a pas de « maintenant » : maintenant, c'est tout le temps. Et donc aussi, on n'étouffe pas : on est encombré, ralenti, empêché... Et pour la respiration, il y a toujours la possibilité de...

Tu t'interromps brusquement.

— Je n'ai pas vraiment envie de te parler de tout ça. Et je n'en ai pas besoin : c'est juste pour t'expliquer. Mais tu n'as pas besoin, tu as parlé avec Alex. On met des mots avec, genre « terrible », « horrible », mais ce n'est pas si... Il y a une chose, oui, mais je te le dirai tout à l'heure... Parle-moi de toi, plutôt.

— Je vais bien. J'ai cessé de vivre en fuite et de faire une valise tous les soirs. J'écris les livres que je veux écrire. J'aime la femme que j'aime.

Ton sourire s'élargit au fur et à mesure que je parle.

— C'est bien, je suis contente, vraiment.

Tu dégages ta main prise entre les miennes et passes ton doigt sur mes poings.

— C'est dé-gueu-lasse, articule-t-elle avec le même effort maladroit qu'autrefois, mais je suis contente. Qu'est-ce que je t'en voulais...

— Je sais.

— Oh non, tu ne sais pas. Je t'en voulais si fort que ça m'étouffait. Et le plus bizarre c'est que ça ne passait pas. Le temps passait, lui, et il m'arrivait des choses heureuses et malheureuses, mais dès qu'il était question de toi j'étouffais de cette vieille rage. Il y avait eu de l'amour-propre au début, comment tu avais pu me quitter, moi, comment tu avais pu me faire ça... Et puis ma vie n'était pas si mal, elle était même bien, mais les mêmes choses repassaient en désordre : ton départ, ta fille, ton mariage, ta séparation, Noor. Je continuais à t'en vouloir de tout, de ne m'avoir pas choisie quand tu pouvais, et ensuite de faire du mal aux autres, de les piétiner, de les humilier, de les quitter comme tu m'avais quittée. Tu étais devenu un salaud perpétuel.

— C'est ce que j'étais aussi. Pas seulement...

— Et puis de toute façon ce n'est pas le problème. Je me disais que tu étais fait comme ça...

— « Tu mourras seul. » Ta malédiction, tu te souviens ?

Tu te redresses et cesses de sourire.

— Ce n'est pas moi qui l'ai dit. C'est toi !

— C'est moi qui ai dit : « Je mourrai seul » ? C'est toi qui me l'as dit !

— Mais non, André, je te promets que c'était toi. Tu étais extrêmement mélodramatique, je ne te le reproche pas parce que mon sens de l'humour était aussi limité et qu'il est sans doute impossible d'y échapper dans des scènes comme ça, et puis nous adorions employer des mots trop grands pour notre âge. Enfin, surtout toi.

Je ne dis pas : « Et puis de toute façon, maintenant c'est toi qui vas mourir seule. » Tu ne le dis pas non plus. C'est là, dans l'air, entre nous. C'est comme ça et ça ne bouge pas.

— Ça a changé, tu vois, tout doucement... Tu pourrais penser que c'est à cause de la maladie mais je te jure que je n'ai pas attendu ça. C'était avant. La maladie, elle te bouffe le temps donc elle te force à en gagner, parce que tu n'as pas le choix. En fait, je pensais de temps en temps à cette lettre que je t'avais envoyée, « je t'aimerai toute ma vie » et tout le tremblement... Je ne me moque pas, hein, je le pensais — enfin je t'aimais avec beaucoup de haine et toute seule, ce qui limite pas mal l'amour mais bon... Je me souviens que quelques jours après cette fête où j'ai été si douce avec toi...

— Parce que là, c'était bien toi qui...

— Je pourrais pour me venger prétendre que c'était toi... Donc je me suis réveillée un matin et j'étais fâchée, tellement fâchée contre moi.

J'ai appelé Alex, mon géant. Quand les affaires deviennent sérieuses, je l'appelle « mon géant ». Il connaît notre histoire et je crois qu'il devinait ma colère mais nous n'en parlions jamais. Alors j'ai voulu lui raconter à nouveau, depuis le début. Et c'est lui qui a fait le lien avec la lettre, qui m'a aidé à voir qu'avec ma fierté et mon dépit, j'avais au fond trouvé moyen de me marier avec toi sans toi, histoire que tu ne m'échappes pas et que ce soit malgré tout moi qui décide. Toutes ces années, j'avais vécu avec toi et tu m'avais trompée avec d'autres femmes, tu m'avais quittée et fait souffrir. Alex m'a posé une question simple, si gentiment qu'il en était irrésistible. Il m'a demandé si je t'aimais toujours. Je voyais bien mon bon géant et qu'il était un peu craintif, mais je ne lui ai pas laissé le temps de souffrir. « Si tu veux dire que nos histoires d'amour durent toute la vie, alors c'est vrai je l'aime toujours et je l'aimerai toujours. Mais si tu veux savoir si c'est toi que j'aime, approche-toi seulement que je te le dise. » Et je ne sais pas comment il a fait, mais il a réussi à se caser dans mes bras et je l'ai gardé aussi longtemps qu'il a fallu.

Tu t'arrêtes.

— C'est ça qu'on peut dire, non ?

— Mais tant qu'on ne peut pas le dire...

— On est un peu dans la merde. Mais une fois qu'on l'a dit...

Nous nous sommes parlé longtemps, et nous nous racontions des histoires et la nuit avançait et le temps se modelait à notre guise, il nous laissait une place folle, la place de rire et celle de nous taire, la place de chanter, la place d'être ensemble. Il y avait des derniers jours et des premiers, on n'arrêtait pas de finir et de recommencer, on s'envoyait des cartes postales en direct, on feuilletait de vieux albums et dans nos rêves on prenait encore des photos, des photos de filles, celles où on prend des poses et où on se fait des coiffures, celles où on a des étoiles en couleurs sur les joues. Je ne me donnais pas le temps de penser que je l'avais attendu longtemps, ce moment, et que je l'avais quand il était « trop tard ». Trop tard ? il était ce moment-là, bien à son heure, assez tôt pour que j'en profite pendant que la nuit, fenêtre ouverte, s'invitait dans la chambre.

Tu m'as raconté l'histoire de Brigitte, l'infirmière qui tournait les lits des malades pour qu'ils puissent voir le feu d'artifice le 14 juillet ; je t'ai montré le W de la constellation Cassiopée.

Tu m'as demandé de t'aider à te lever et je l'ai fait sans trop d'appréhension. Tu marchais encore bien et ça m'a surpris. Je t'ai entendu pisser — notre ancienne intimité revenait facilement, pas toujours où je l'attendais — et puis nous avons ouvert la porte de la chambre. « On se fait un couloir », as-tu dit d'une voix gourmande, comme tu aurais parlé de l'ascension du mont Ventoux. Tu étais légère, tu marchais presque seule, en fait, juste assez doucement et avec des mouvements qui commençaient à devenir saccadés. Quand nous sommes revenus à ton lit tu étais en sueur et très pâle. Je t'ai réinstallée sans commentaire : j'avais compris. Tu as fermé les yeux et j'ai cru que tu allais t'endormir mais tu voulais seulement récupérer. Tu as demandé une pêche et j'en ai pris sur le petit plateau signé du nom de ton mari et de tes enfants — de ces conneries qui te font pleurer sans prévenir. Je t'ai tendu la pêche et tu as mordu dedans et ça coulait en rigole, sur ton menton, j'ai voulu aller chercher une serviette et tu m'as dit laisse, après c'est bon, et je voyais que c'était toi, et pourtant tellement de choses d'avant avaient cédé, ton organisation et ton sérieux étaient partis en morceaux mais c'était toujours toi, il y avait des choses que tu n'aurais pas faites mais ces choses-là tu les choisissais maintenant. Tu t'es léché le dessus de la lèvre et le creux du menton et il en restait encore ; je t'ai essuyée sans que tu protestes. Tu t'es remise à parler.

— Je ne suis pas venue pour rester, je suis venue pour voir où j'allais mourir et avec qui. C'est un drôle d'endroit...

— J'ai vu.

— Ils m'ont appelée : « Docteur — c'était avant qu'ils m'appellent docteur Marcel ou

Marcel tout court, ce qui fait qu'il y a des patients qui croient que je m'appelle Marcelle —, si vous voulez faire un stage, c'est bon. » Et c'était ça, je voulais avoir le temps de me poser, de mettre les choses en ordre avant qu'il y ait trop de désordre.

— Tu pars quand ?

Tu ne réponds pas.

— Tu sais, dans la façon dont les choses vont tourner, il y a un moment où j'éprouverai cette gêne (souviens-toi : je n'étoufferai pas !) respiratoire — je ne la sens pas encore mais elle est en moi comme un petit animal qui se fait sa place, un petit animal à fourrure qui ronronne... Et là, il faudra que je décide s'ils me branchent ou pas sur un respirateur, pour que ça dure plus longtemps. La première fois qu'ils m'ont parlé de ça, parce que je les interrogeais, je savais mais je voulais l'entendre et savoir comment ils en parlaient, je leur ai dit ça vous le ferez à qui vous voudrez mais pas à moi et ils m'ont dit c'est comme vous voulez, docteur, mais ce n'est pas maintenant que vous décidez. Ça m'a énervée, tu vois, j'ai dit je décide quand je veux, quand même, et ils m'ont dit c'est pas grave. C'est seulement maintenant que je commence à comprendre... Toute ma vie j'ai été une bien portante, une qui se lève et qui est tout de suite à fond et qui s'arrête à l'heure du dodo. C'est toi qui voulais me faire lire Marc Aurèle ou je ne sais pas qui ? Ça n'était pas au programme de l'internat mais je l'ai lu quand même et avec les années des trucs comme ça, de temps en temps, si si... *Not just a pretty face...* Franchement, ces histoires de se regarder dans la glace le matin et de se dire qu'on va mourir alors qu'on va très bien, j'ai essayé mais... Et maintenant, ça me fait une belle jambe. Eh bien l'histoire du respirateur, c'est pareil. Tant que tu es chez toi, que ça semble encore loin, tu fais le bien portant, tu joues la femme libre et tu réponds aux questions comme dans les sondages, ça te semble tellement évident... Et puis ensuite deux ou trois détails qu'on t'a donnés te reviennent et te grattent. Éthique : tu as le droit de refuser le respirateur mais une fois qu'il est branché, *eux* n'ont plus le droit de l'enlever. Idem quand le respirateur ne suffit plus : tu peux demander une trachéo, mais une fois que c'est fait, pas question de leur dire les gars refermez, j'avais dit fromage et dessert, le reblochon était bon mais j'ai plus faim pour l'île flottante. Tu prends tout ce qu'il y a à bouffer et tu te le manges, cuillerée par cuillerée, jusqu'au bout. Tu me diras : ça devrait plutôt t'encourager à ne pas y aller, dans leurs techniques épatantes pour te maintenir sans te guérir, avec un petit tuyau qui gargouille à ton cou et qu'il faut aspirer pour que tu ne t'étouffes pas... Mais ça ne marche pas comme ça, tu vois, parce qu'il y a un hic et on le découvre seulement à un moment et pour moi c'est maintenant : on veut vivre. J'étais comme tout le monde, je croyais que ma liberté c'était de mourir quand je voulais et je découvre sans plaisir particulier que ma liberté — enfin ce qu'il en reste — c'est de vivre autant que je peux... On veut s'accrocher et aspirer chaque goulée, on veut dire chaque mot même quand ça n'est plus qu'un gargouillis et de la bave qui coule comme le jus de la pêche sauf que ça n'est même pas bon. Quand on ne peut plus parler on veut les signes de tête et quand on ne peut plus bouger on veut les clins d'œil et quand il n'y a presque plus rien on veut le presque rien parce que c'est presque rien, la vie, et que ce presque rien c'est presque tout... Je ne te dis pas que je ne me révolte pas, hein... Quand j'ai enregistré l'histoire du respirateur, celle de la trachéo, j'ai discuté des heures... avec les médecins, et aussi avec Brigitte, l'infirmière du 14-Juillet, et même le cuisinier d'ici, un type magnifique ! j'essayais de savoir s'il n'y aurait pas moyen de... Mais non, c'était comme ça. Tu ne branches pas, tu meurs. Tu branches, tu vis, mais tu vis jusqu'à ta mort. J'ai gueulé, j'ai protesté, j'ai dit que puisque c'était comme ça j'irais crever plus loin. Ils m'ont dit tu peux, docteur, c'est aussi ta liberté. Remarque, ils n'ont pas dit que personne ne me laisserait faire. Ils m'ont juste dit qu'ici ils ne le feraient pas, qu'ils m'aideraient, que je ne souffrirais pas, des tas de conneries, un peu gênés, et en même temps, je n'arrivais pas à leur en vouloir parce qu'ils ne me baratinaient pas, ils étaient mal à l'aise avec ça et ils acceptaient d'être mal à l'aise et ils acceptaient de me le montrer, dans une certaine mesure, et c'était encore une façon de me montrer qu'on était en famille, entre êtres humains. Quand il y avait de la confiture de roses, on en mangeait, quand il y avait de la merde on en mangeait aussi. Enfin, surtout moi, mais bon... Ça m'a touchée. Ça m'a renvoyée à des trucs dans ma vie de médecin, des trucs où je n'avais pas toujours... Je me suis dit tiens, ça, ce ne serait pas pareil, et puis je me suis vite arrêtée parce qu'en dehors de dire à Thomas de prendre de l'Actifed pour son rhume, ma vie de médecin... Et il y avait quand même des choses que je revoyais, des regards qui m'avaient échappé, je me repassais la scène et j'entendais ma voix, ma sûreté technique, c'était comme si le film passait au ralenti et je me disais là tu pourrais t'arrêter de parler, tu pourrais juste poser la main sur le bras de la maman parce que tu es une femme et qu'elle a compris ce que tu dis, mais dans le film de ma tête je continuais à parler parce que je n'avais pas envie de l'entendre, cette femme, je n'avais pas envie qu'elle pleure devant moi, il y avait des endroits pour ça et moi, j'étais là pour lui soigner son gamin... Il y a un film qui n'a eu aucun succès, je crois, d'ailleurs Alex et moi on l'a vu par erreur parce que c'était avec Emma Thompson et ça s'appelait *Wit*, esprit, on s'est dit c'est sympa ça va être une comédie rigolote avec des tas de répliques genre Capra et Lubitsch... Putain... Ça commence avec ce médecin en blouse blanche, les lunettes cerclées de métal. On voit sa tête en gros plan et il dit : « Madame, vous avez un cancer. » Alex a voulu arrêter le film parce que ça n'avait pas l'air précisément excellent pour mon moral mais je l'ai empêché, je voulais voir. J'ai vu jusqu'au bout et je n'ai pas fait de cauchemars : c'était ça, exactement, ça disait tout ça et c'était juste et je me retrouvais dans Emma, parfois elle était si laide qu'elle était belle, et si dure aussi, et très drôle quand même. Et tout ce temps-là elle mourait et moi je mourais avec elle tant et si bien qu'à la fin, quand elle est morte et qu'on reste un peu avec son corps, je pensais que j'étais morte aussi. Il m'a fallu du temps pour me dire qu'elle était vivante, beaucoup plus vivante que moi... Les médecins, dans ce film, je peux te dire que je n'étais pas comme ça, hein, mais j'en connais, j'en connais... Tu vois, de penser qu'il y a ici des gens qui peuvent me regarder pleurer sans prendre la fuite immédiatement, ça m'a... Ça m'a touchée, comme si ça ne me touchait pas seulement moi mais tous ceux que j'aime et ceux que je connais et les autres que je ne connais pas. Je ne suis pas religieuse, tu sais, et je ne le suis pas devenue : mais ça me semblait aussi proche de ce que je peux comprendre de la religion. On n'était pas dans un ordre compassionnel, tu vois, on était dans de l'humain tout court, on était dans la merde mais dans le fond de ta merde il y avait quelque chose qui te rattachait encore, sans aucun chantage, quelque chose qui faisait que les copains là-haut te disaient ma fille, tu fais encore partie du groupe... Tu peux selon les moments trouver ça complètement dérisoire et même révoltant, tu peux hurler que tu n'en as plus rien à foutre, que tu n'en veux pas, de leurs sourires, de leurs émotions, de leurs soins qui ne soignent pas, de leurs bonjours qui ne t'ajouteront pas un jour de plus, de leurs mains compatissantes qui ne te retiendront pas une fraction de seconde quand ce sera le moment... Mais ça te reste, quand tu n'y crois plus ça te relie... Il y a un peu d'amour qui traîne en toi et chez les autres et tu le ramasses, tu t'en fais des ventrées et tu dis : encore. Encore. J'en veux.

Tu t'arrêtes enfin pour déglutir péniblement. Je te donne à boire.

— Il y a les gens qui ne comprennent pas, ceux qui sont tellement dans leur truc qu'ils ne se laissent même pas aller à vaguement comprendre le tien. Il y a maman qui renifle et qui a tellement mal que de toute façon elle a plus mal que moi alors c'est elle qui pleure mais j'ai envie de lui dire que c'est moi qui l'emmerde alors je ne dis rien parce que je ne vais pas en plus lui faire de la peine et je suis furieuse contre moi-même j'ai l'impression d'avoir seize ans et de recommencer des révoltes qui n'ont même pas eu lieu et quand elle part je suis de tellement mauvaise humeur... Alex m'a trouvé cette phrase de Goethe, je crois, qui dit qu'être adulte c'est avoir pardonné à ses parents... À ce compte-là je risque de mourir en enfance. Même avec Alex, il y a des moments... Je suis difficile, quand même. Je veux dire : j'ai toujours été difficile mais là je me laisse être difficile, je me regarde le devenir. Je me laisse ne pas supporter ce que je ne supporte pas : avec les petites conneries des enfants, les il m'a fait chier à l'école... Et en même temps ça me fait du bien, tu n'imagines pas. C'est bon et c'est con, c'est de la vie et il faut que ça donne, que ça donne.... L'autre jour j'ai vu le médecin et je lui ai dit tu sais, je ne sais plus et il a dit je sais et je me suis marrée, on s'est marrés ensemble comme des cons — on en a profité comme des voyous qui volent une poule. Après il m'a dit voilà et j'ai dit voilà et on en est là. Suspendus, si tu veux, et en vie jusqu'à la prochaine. On continue à dire : jusqu'ici tout va bien. Il n'y a pas de réponse, c'est ça que je comprends — tu vois la profondeur de ma démarche philosophique. Tu te souviens de cette chanson à la con avec Gabin qui disait — c'était Gabin ? — tout ce que j'sais, c'est que j'sais rien... C'était bon et con et c'est ça qui me reste, honnêtement, plus que

Marc Aurèle, sans compter ton Wittgenstein auquel je n'ai jamais rien compris sinon qu'il te frappait sérieusement. Non, je dis ça pour te taquiner — qu'est-ce que tu as pu m'emmerder avec tes philosophes, avec ton Kafka, ton Wittgenstein, avec ta bande de Juifs allemands malheureux, qu'est-ce que tu m'as pris la tête et fait passer pour une niaise... Attends... Je te jure, il m'a fallu des années pour me remettre... Ça, et plein de trucs, tu les as oubliés maintenant... Wagner, ta période Wagner, quand il fallait passer quatre heures à regarder la stéréo comme si ç'avait été un autel en écoutant *Tristan et Isolde* ou *Le vaisseau fantôme*... Tu avais oublié ? Tu me trouvais trop sérieuse mais toi, la vache, tu étais sérieux de chez sérieux, tragique... Les choses étaient tellement... solennelles... Tu découvrais un truc et aussitôt il fallait communier avec toi sinon on n'était pas... Tu étais tellement... intense... Tout ça était si terrible... Je crois que tu ne croyais plus, déjà, mais tu avais tellement besoin de croire et pour toi croire ça n'était pas une petite histoire, c'était tout donner et se dévorer et se sentir raclé jusqu'au fond de l'âme, et puis se tromper, peut-être trahir, se sentir humilié, se racheter, recommencer... Que des trucs religieux, en fait. Tu n'en sortais pas, hein ? Mais je crois que maintenant tu vas mieux, depuis que tu es dans cette secte, là... Non, je déconne. Il y avait quelque chose de beau, évidemment, on sentait que tu pouvais aimer, que c'était quelque chose, pour toi. Il n'y avait pas mieux, il n'y avait rien d'autre et moi je voulais que tu me le donnes à moi, espèce de salaud, je voulais que ça soit pour moi toute seule et ça m'échappait, ça s'en allait, et pourtant quand je la voyais passer, ta flamme olympique, je la voulais encore... Pendant des années, j'arrivais pas à dire autre chose, au fond, jusqu'à la lassitude : comment ce con n'a pas vu... Je ne comprenais pas le truc le plus simple : ce n'était pas moi que tu ne voyais pas, c'était toi. Et ça je n'y pouvais rien du tout, c'était ton histoire, à vivre comme tu pouvais et peut-être à ne jamais vraiment vivre si tu n'y arrivais pas. Et puis il a fallu que moi-même... Parce que c'est ça aussi qu'on met du temps à comprendre : on se croit dans un état, on se voit avec des données, parfois des choses complètement stupides qu'on a répétées depuis l'adolescence. Je suis comme ci, je suis comme ça, moi je... Et avec ça on perd le mouvement, c'est-à-dire qu'on perd sa vie elle-même. On se réveille et puis on a changé : toujours la même, bien sûr, puisqu'on te bassine avec ça, mais transformée, blessée, vivante... Alex, tu vois, je ne l'aimais pas tant que ça, cet homme-là, je ne l'aimais pas tant que ça puisque c'était toi que j'aimais et que dans ma tête j'avais décidé que j'étais sérieuse et malheureuse, ce que tu avais fait ne se faisait pas, pas à moi. Et jusqu'au jour où on a parlé de toi, jusqu'au jour où il a posé la question, je ne lui avais rien dit, finalement, je m'étais laissé faire comme une princesse, j'avais pris son amour à lui, son courage, notre vie, ces gestes qu'il a — des trucs qu'un type comme lui ne peut même pas imaginer —, nos enfants... J'avais pris les nuits qu'il avait passées à côté de moi à me caresser le cou après la mort de... J'avais pris son regard un peu triste quand je l'insultais, quand je lui disais que tout était fini et que je voulais partir tout de suite, là, descendre de voiture, quitter la maison — et lui à chaque fois il venait me chercher, il disait que c'était normal, il n'avait aucun mérite, les Sagittaires étaient faits pour s'enfuir et les Lions étaient faits pour aller les chercher... je prenais, je prenais et je devais lui donner à ma façon puisqu'il restait (je fais la coquette, là : lui, je savais bien qu'il ne partirait pas). Après ce moment-là, c'est comme si je m'étais mise à le voir. Je ne me disais plus seulement il est là, je me disais il est bien. Je ne me disais plus il est à côté de moi, je me disais l'homme que j'aime est à côté de moi et ça me faisait tout drôle, c'était comme un bonheur qui m'était arrivé sans que je m'en rende compte, clandestinement. Alors je me suis rattrapée : je lui en ai donné, des petits mots doux et même quelques grands et lui avec son double mètre il se pliait toujours de traviole et il me disait en silence tu crois? c'est vrai ce mensonge? même faire l'amour c'est redevenu autre chose et on a fait des choses, bon... Abandonner les enfants une soirée pour aller voir en cachette d'eux des films cons (les mêmes qu'ils nous supplient d'aller voir et nous on prend des grands airs, on ne va pas voir des films comme ça, alors) et gigoter comme des crétins... chanter faux tous les deux... Des trucs comme ça : des trucs cons, je t'ai dit. Même quand il vient ici, il essaie d'arriver avec des trucs cons, parfois, l'autre jour il est venu avec une jolie poupée bleue qu'il avait trouvée à Auchan et elle était si laide qu'on a rigolé et à la fin je la lui ai rendue, je lui ai fait promettre de dormir avec elle tant que je n'étais pas là, pour sa peine. Je me demande si on peut les avoir jusqu'au bout, des trucs comme ça, parce que j'ai attendu tellement longtemps que maintenant j'ai envie d'en profiter un peu.

J'entends les oiseaux avant de voir le jour. Je pense à l'arbre de Lahore. Tu t'arrêtes aussi.

— C'est bien. Tu vas t'en aller. Tu vas prendre avec toi la photo de Marcel Cerdan parce que c'est comme ça, elle est à toi. Et puis tu ne vas pas revenir. Ça n'est pas la peine, c'est bien comme ça... Ça serait... hein... dé-gô-la-ce ? C'est mieux ?

— Non. Dégueulasse.

— Qu'est-ce que tu le dis bien. Qu'est-ce que j'aimerais... Viens. Descends de ce putain de fauteuil et viens.

Je m'assieds sur le lit et je te prends dans mes

bras. C'est immédiat et surprenant, pour toi comme pour moi. Il y a des tas de drôles de choses qui passent — du désir aussi, mais c'est lointain, étouffé. Je te serre, avec hésitation au début, et puis sans retenue après, plus fort n'est jamais trop, plus fort n'est jamais assez. Puis quand c'est moi qui faiblis et que je te relâche tu ne me laisses pas partir encore, tu murmures quelque chose que je n'entends pas mais qui veut dire, je crois,

embrasse-moi

Alors je l'embrasse et ça dure longtemps, aussi.

Après elle me regarde gentiment et elle dit :

— Ça n'est pas ça que j'avais demandé mais c'est bien.

— Tu avais dit quoi ?

Elle ne répond pas.

Je passe la main sur sa couverture, son épaule, sa joue.

— Ça ne peut pas être mieux, dit-elle.

Cet homme qui referme doucement la porte derrière lui.

Cet homme soudain fatigué et qui se passe la main sur le menton pour sentir la naissance d'une barbe dure.

Cet homme qui descend l'escalier doucement pour ne pas tomber, traverse le hall désert et puis sort sur la terrasse, regarde les deux amandiers entre lesquels il ne s'est pas allongé et dont l'un tarde à fleurir, le platane à la drôle de forme, cet homme qui se remplit les oreilles d'oiseaux et avale des goulées de lumière fraîche, cet homme qui tourne entre ses doigts une vieille photo de boxeur, cet homme qui regarde, les yeux pleins de larmes, mais qui ne pleure pas.

Cet homme-là, peut-être moi, qui sursaute — comment elle avait dit, déjà ? nos histoires d'amour durent toute la vie.

I
PARTIR

II
L'ARBRE AUX OISEAUX

III
REVENIR

DU MÊME AUTEUR

Aux Éditions Gallimard

MARIE EN QUELQUES MOTS, *roman,* 1977.

LE VOYAGE AU LIBAN, *roman,* 1979.

ABEILLES, VOUS AVEZ CHANGÉ DE MAÎTRE, *roman,* 1981.

ADIEU, MON UNIQUE, *roman,* 2000 (Folio, *n° 3675*).

UNE MAISON AU BORD DU MONDE, 2001 (Folio, *n° 3972*).

LA PEAU À L'ENVERS, *roman,* 2003 (Folio, *n° 4258*).

Chez d'autres éditeurs

LE MESSAGER DES SABLES, en collaboration avec Léonard Anthony, *Robert Laffont,* 2003.

COLLECTION FOLIO

Dernières parutions

4118. Daniel Rondeau — *Istanbul.*
4119. Dominique Sigaud — *De chape et de plomb.*
4120. Philippe Sollers — *L'Étoile des amants.*
4121. Jacques Tournier — *À l'intérieur du chien.*
4122. Gabriel Sénac de Meilhan — *L'Émigré.*
4123. Honoré de Balzac — *Le Lys dans la vallée.*
4124. Lawrence Durrell — *Le Carnet noir.*
4125. Félicien Marceau — *La grande fille.*
4126. Chantal Pelletier — *La visite.*
4127. Boris Schreiber — *La douceur du sang.*
4128. Angelo Rinaldi — *Tout ce que je sais de Marie.*
4129. Pierre Assouline — *État limite.*
4130. Élisabeth Barillé — *Exaucez-nous.*
4131. Frédéric Beigbeder — *Windows on the World.*
4132. Philippe Delerm — *Un été pour mémoire.*
4133. Colette Fellous — *Avenue de France.*
4134. Christian Garcin — *Du bruit dans les arbres.*
4135. Fleur Jaeggy — *Les années bienheureuses du châtiment.*
4136. Chateaubriand — *Itinéraire de Paris à Jerusalem.*
4137. Pascal Quignard — *Sur le jadis. Dernier royaume, II.*
4138. Pascal Quignard — *Abîmes. Dernier Royaume, III.*
4139. Michel Schneider — *Morts imaginaires.*
4140. Zeruya Shalev — *Vie amoureuse.*
4141. Frédéric Vitoux — *La vie de Céline.*
4142. Fédor Dostoïevski — *Les Pauvres Gens.*
4143. Ray Bradbury — *Meurtres en douceur.*
4144. Carlos Castaneda — *Stopper-le-monde.*
4145. Confucius — *Entretiens.*
4146. Didier Daeninckx — *Ceinture rouge.*
4147. William Faulkner — *Le Caïd.*
4148. Gandhi — *La voie de la non-violence.*
4149. Guy de Maupassant — *Le Verrou et autres contes grivois.*
4150. D. A. F. de Sade — *La Philosophie dans le boudoir.*

4151. Italo Svevo — *L'assassinat de la Via Belpoggio.*
4152. Laurence Cossé — *Le 31 du mois d'août.*
4153. Benoît Duteurtre — *Service clientèle.*
4154. Christine Jordis — *Bali, Java, en rêvant.*
4155. Milan Kundera — *L'ignorance.*
4156. Jean-Marie Laclavetine — *Train de vies.*
4157. Paolo Lins — *La Cité de Dieu.*
4158. Ian McEwan — *Expiation.*
4159. Pierre Péju — *La vie courante.*
4160. Michael Turner — *Le Poème pornographe.*
4161. Mario Vargas Llosa — *Le Paradis — un peu plus loin.*
4162. Martin Amis — *Expérience.*
4163. Pierre-Autun Grenier — *Les radis bleus.*
4164. Isaac Babel — *Mes premiers honoraires.*
4165. Michel Braudeau — *Retour à Miranda.*
4166. Tracy Chevalier — *La Dame à la Licorne.*
4167. Marie Darrieussecq — *White.*
4168. Carlos Fuentes — *L'instinct d'Iñez.*
4169. Joanne Harris — *Voleurs de plage.*
4170. Régis Jauffret — *univers, univers.*
4171. Philippe Labro — *Un Américain peu tranquille.*
4172. Ludmila Oulitskaïa — *Les pauvres parents.*
4173. Daniel Pennac — *Le dictateur et le hamac.*
4174. Alice Steinbach — *Un matin je suis partie.*
4175. Jules Verne — *Vingt mille lieues sous les mers.*
4176. Jules Verne — *Aventures du capitaine Hatteras.*
4177. Emily Brontë — *Hurlevent.*
4178. Philippe Djian — *Frictions.*
4179. Éric Fottorino — *Rochelle.*
4180. Christian Giudicelli — *Fragments tunisiens.*
4181. Serge Joncour — *U.V.*
4182. Philippe Le Guillou — *Livres des guerriers d'or.*
4183. David McNeil — *Quelques pas dans les pas d'un ange.*
4184. Patrick Modiano — *Accident nocturne.*
4185. Amos Oz — *Seule la mer.*
4186. Jean-Noël Pancrazi — *Tous est passé si vite.*
4187. Danièle Sallenave — *La vie fantôme.*

4188.	Danièle Sallenave	*D'amour.*
4189.	Philippe Sollers	*Illuminations.*
4190.	Henry James	*La Source sacrée.*
4191.	Collectif	*«Mourir pour toi».*
4192.	Hans Christian Andersen	*L'elfe de la rose et autres contes du jardin.*
4193.	Épictète	*De la liberté* précédé de *De la profession de Cynique.*
4194.	Ernest Hemingway	*Histoire naturelle des morts et autres nouvelles.*
4195.	Panaït Istrati	*Mes départs.*
4196.	H. P. Lovecraft	*La peur qui rôde et autres nouvelles.*
4197.	Stendhal	*Féder ou Le Mari d'argent.*
4198.	Junichirô Tanizaki	*Le meurtre d'O-Tsuya.*
4199.	Léon Tolstoï	*Le réveillon du jeune tsar et autres contes.*
4200.	Oscar Wilde	*La Ballade de la geôle de Reading.*
4201.	Collectif	*Témoins de Sartre.*
4202.	Balzac	*Le Chef-d'œuvre inconnu.*
4203.	George Sand	*François le Champi.*
4204.	Constant	*Adolphe. Le Cahier rouge. Cécile.*
4205.	Flaubert	*Salammbô.*
4206.	Rudyard Kipling	*Kim.*
4207.	Flaubert	*L'Éducation sentimentale.*
4208.	Olivier Barrot/ Bernard Rapp	*Lettres anglaises.*
4209.	Pierre Charras	*Dix-neuf secondes.*
4210.	Raphaël Confiant	*La panse du chacal.*
4211.	Erri De Luca	*Le contraire de un.*
4212.	Philippe Delerm	*La sieste assassinée.*
4213.	Angela Huth	*Amour et désolation.*
4214.	Alexandre Jardin	*Les Coloriés.*
4215.	Pierre Magnan	*Apprenti.*
4216.	Arto Paasilinna	*Petits suicides entre amis.*
4217.	Alix de Saint-André	*Ma Nanie,*
4218.	Patrick Lapeyre	*L'homme-soeur.*
4219.	Gérard de Nerval	*Les Filles du feu.*
4220.	Anonyme	*La Chanson de Roland.*

4221. Maryse Condé — *Histoire de la femme cannibale.*
4222. Didier Daeninckx — *Main courante* et *Autres lieux.*
4223. Caroline Lamarche — *Carnets d'une soumise de province.*
4224. Alice McDermott — *L'arbre à sucettes.*
4225. Richard Millet — *Ma vie parmi les ombres.*
4226. Laure Murat — *Passage de l'Odéon.*
4227. Pierre Pelot — *C'est ainsi que les hommes vivent.*
4228. Nathalie Rheims — *L'ange de la dernière heure.*
4229. Gilles Rozier — *Un amour sans résistance.*
4230. Jean-Claude Rufin — *Globalia.*
4231. Dai Sijie — *Le complexe de Di.*
4232. Yasmina Traboulsi — *Les enfants de la Place.*
4233. Martin Winckler — *La Maladie de Sachs.*
4234. Cees Nooteboom — *Le matelot sans lèvres.*
4235. Alexandre Dumas — *Le Chevalier de Maison-Rouge.*
4236. Hector Bianciotti — *La nostalgie de la maison de Dieu.*
4237. Daniel Boulanger — *Le tombeau d'Héraldine.*
4238. Pierre Clementi — *Quelques messages personnels.*
4239. Thomas Gunzig — *Le plus petit zoo du monde.*
4240. Marc Petit — *L'équation de Kolmogoroff.*
4241. Jean Rouaud — *L'invention de l'auteur.*
4242. Julian Barnes — *Quelque chose à déclarer.*
4243. Yves Bichet — *La part animale.*
4244. Christian Bobin — *Louise Amour.*
4245. Mark Z. Danielewski — *Les lettres de Pelafina.*
4246. Philippe Delerm — *Le miroir de ma mère.*
4247. Michel Déon — *La chambre de ton père.*
4248. David Foenkinos — *Le potentiel érotique de ma femme.*
4249. Eric Fottorino — *Caresse rouge.*
4250. J.M.G. Le Clézio — *L'Africain.*
4251. Gilles Leroy — *Grandir.*
4252. Jean d'Ormesson — *Une autre histoire de la littérature française I.*
4253. Jean d'Ormesson — *Une autre histoire de la littérature française II.*

4254.	Jean d'Ormesson	*Et toi mon cœur pourquoi bats-tu.*
4255.	Robert Burton	*Anatomie de la mélancolie.*
4256.	Corneille	*Cinna.*
4257.	Lewis Carroll	*Alice au pays des merveilles.*
4258.	Antoine Audouard	*La peau à l'envers.*
4259.	Collectif	*Mémoires de la mer.*
4260.	Collectif	*Aventuriers du monde.*
4261.	Catherine Cusset	*Amours transversales.*
4262.	A. Corréard et H. Savigny	*Relation du naufrage de la frégate la* Méduse.
4263.	Lian Hearn	*Le clan des Otori, III : La clarté de la lune.*
4264.	Philippe Labro	*Tomber sept fois, se relever huit.*
4265.	Amos Oz	*Une histoire d'amour et de ténèbres.*
4266.	Michel Quint	*Et mon mal est délicieux.*
4267.	Bernard Simonay	*Moïse le pharaon rebelle.*
4268.	Denis Tillinac	*Incertains désirs.*
4269.	Raoul Vaneigem	*Le chevalier, la dame, le diable et la mort.*
4270.	Anne Wiazemsky	*Je m'appelle Élisabeth.*
4271.	Martin Winckler	*Plumes d'Ange.*
4272.	Collectif	*Anthologie de la littérature latine.*
4273.	Miguel de Cervantes	*La petite Gitane.*
4274.	Collectif	*«Dansons autour du chaudron».*
4275.	Gilbert Keeith Chesterton	*Trois enquêtes du Père Brown.*
4276.	Francis Scott Fitzgerald	*Une vie parfaite* suivi de *L'accordeur.*
4277.	Jean Giono	*Prélude de Pan et autres nouvelles.*
4278.	Katherine Mansfield	*Mariage à la mode* précédé de *La Baie.*
4279.	Pierre Michon	*Vie du père Foucault — Vie de Georges Bandy.*
4280.	Flannery O'Connor	*Un heureux événement* suivi de *La Personne Déplacée.*
4281.	Chantal Pelletier	*Intimités et autres nouvelles.*
4282.	Léonard de Vinci	*Prophéties* précédé de *Philosophie et aphorismes.*

Composition CMB graphic
Impression Bussière
à Saint-Amand-Montrond, le 20 octobre 2005
Dépôt légal : octobre 2005
Numéro d'imprimeur : 053954/1.
ISBN 2-07-031849-4./Imprimé en France.

138020